ullstein

CLAUDIA THESENFITZ kann auf eine lange journalistische Karriere zurückblicken, hat unter anderem festangestellt als Chefreporterin bei TEMPO und *petra* gearbeitet, bevor sie sich 2001 als freie Autorin und Journalistin selbstständig machte. Sie schreibt für alle großen Frauenzeitschriften und Magazine (*emotion*, *Brigitte*, *petra*, *Für Sie*, *Gala* u.v.m.) und hat unter anderem die Autobiografien von und mit Nena (2005, Luebbe), Dieter Wedel (2008, Luebbe) und Uwe Ochsenknecht (2013, Luebbe) geschrieben.

Von Claudia Thesenfitz sind in unserem Hause bereits erschienen: *Sylt oder Selters* · *Meer Liebe auf Sylt* · *Sylt oder solo* · *Mit James auf Sylt* · *Sylt oder Sahne*

claudia
thesenfitz

sylt auf unserer haut

EIN
GLÜCKSROMAN

Ullstein

Besuchen Sie uns im Internet:
www.ullstein.de

MIX
Papier
FSC® C083411

Originalausgabe im Ullstein Taschenbuch
1. Auflage April 2021

Umschlaggestaltung: zero-media.net, München
Titelabbildung: Landschaft: © FinePic®, München
Paar im Vordergrund: © DEEPOL by plainpicture;
Strandkörbe: plainpicture/© Silke Heyer;
Gesetzt aus der Quadraat Pro powered by pepyrus.com
Druck und Bindearbeiten: CPI books GmbH, Leck
ISBN 978-3-548-06428-4

Für alle Liebenden

Der Blick in Mikas Bernsteinaugen flutete sie blitzartig mit Liebe. Wie sehr sie die schwarze Neufundländerhündin doch liebte! Maja streichelte ihr über den flauschig-weichen Kopf und fühlte sich plötzlich ganz warm von innen. Gegen das zärtliche Lächeln, das sich auf ihrem Gesicht ausbreitete, konnte sie gar nichts tun. Die Hündin legte den Kopf auf Majas Oberschenkel und genoss es sichtlich, gekrault zu werden.

Dieses Gefühl tiefer Liebe – wann hatte sie das zuletzt Robert gegenüber empfunden? Es war schrecklich, aber sie musste sich eingestehen, dass sie ihren Hund mehr liebte als ihren Mann!

Robert ... Sie hatten eigentlich nie wirklich zusammengepasst: sie, die kreative, leicht chaotische Illustratorin – und er, der penible Städtebauarchitekt. Gegensätze ziehen sich bekanntlich an – und oft erst mal aus. So war es auch bei ihnen gewesen: Maja hatte ihn wegen seiner ruhigen Art geheiratet. Er erdete sie, gab ihr Sicherheit. Sein pragmatisches, rationales Denken war für ihre überemotionale Psyche wie Medizin ...

Aber leider hatten diese positiven Eigenschaften schmerzliche Schattenseiten: Roberts Penibilität, seinen Ordnungszwang, seinen Geiz und seine Spießigkeit in fast allen Bereichen hatte Maja in der Anfangsphase ihrer Beziehung übersehen und später wohl oder übel als nicht änderbare »Macken« akzeptieren müssen.

»Maja und Bob« – sie waren eine Institution. Mit 26 Ehejahren das am längsten verheiratete Paar ihres Freundeskreises – und ohne den anderen quasi nicht denkbar. Bei dem Gedanken daran stahl sich ein Lächeln auf Majas Gesicht.

Die Ehe hatte funktioniert, sie hatten die Kinder großgezogen und auf einen aussichtsreichen Lebensweg gebracht. So viele gemeinsame Jahre, so viele Erlebnisse – das war ein immenser Wert. Oder nicht? »O. k. ist mehr als o. k.«, hatte sie mal in einer Frauenzeitschrift gelesen – und sich dadurch in ihrem Lebens- bzw. Liebesmodell beruhigend bestätigt gefühlt. »Lieber der Spatz in der Hand als die Taube auf dem Dach«, hatte schon ihre Oma gesagt. Robert war zwar kein Spatz – aber noch weniger eine Taube. Eher war er ein Specht, der täglich stoisch sein Werk verrichtete. Maja musste grinsen. Dennoch liebte sie ihn. Er war das Surfbrett, auf dem sie über die Wellentäler des Lebens glitt, ihr Fundament, ihr Netz und doppelter Boden.

Der Anziehung jedoch, die sie mal füreinander empfunden hatten und die ihnen zwei Kinder beschert hatte, war mit den Jahren die Luft ausgegangen. Andere Dinge waren schleichend wichtiger geworden: Essen, Wein trinken – und neuerdings auch fernsehen. Sie hatten zuletzt vor drei Jahren miteinander geschlafen.

Beide Kinder waren im letzten Jahr ausgezogen. Der 23-jährige Milo studierte Kunst in Paris und die 26-jährige Nala BWL in Frankfurt. Sie hinterließen leere Zimmer – und leere Zeiträume. Die Tage hatten plötzlich endlos viele Stunden.

Robert und sie waren wieder allein zu Hause, wie am Anfang ihrer Beziehung – nur dass die Beziehung absolut nicht mehr am Anfang war: Robert langweilte sie, und seine Marotten, die sich im Alter zu verstärken schienen, gingen ihr mehr und mehr auf die Nerven – der Urlaub mit Roberts Kollegen und dessen Frau kam da gerade recht. Sie kannte die beiden zwar noch nicht, aber alles war besser als zwei öde Wochen mit Robert allein auf Sylt. Und vielleicht war die Frau seines Kollegen ja auch sehr nett, und sie könnten freundinnenhaft etwas unternehmen. Shoppen, durch die Friedrichstraße schlendern, bummeln, irgendwo einen Kaffee trinken, Zeit verplempern – das alles hasste Robert nämlich.

Freudig packte Maja die letzten noch fehlenden Kleidungsstücke in den Koffer und zog die Reißverschlüsse zu. Ächzend wuchtete sie die Koffer vom Bett und schreckte damit Mika auf, die sich auf dem Boden davor eingerollt hatte und eingeschlafen war.

»Komm, Miki-Maus!«, rief Maja ihr zu und rollte den Koffer Richtung Tür. »Wir wollen zu Dörte und Bella!« Bei dem Namen »Bella« legte Mika den Kopf schräg, guckte Maja mit großen Augen an, sprang dann plötzlich freudig auf, wedelte aufgeregt mit dem Schwanz und stürmte aus dem Zimmer.

In der Sylter Ferienwohnung waren keine Hunde erlaubt, deshalb musste die Neufundländerin jedes Jahr zwei Wochen lang zu Majas Freundin Dörte, die in der Nähe von Hamburg auf dem Land wohnte und außer einer fünfjährigen Labradorhündin, die Mikas geliebteste Spielkameradin war, einen großen umzäunten Garten besaß. Auch Mika erwartete also ein schöner Urlaub, wenngleich Maja sie jetzt schon vermisste und immer Angst hatte, es würde der Hündin bei Dörte und Bella vielleicht so gut gefallen, dass sie nachher nicht wieder mit nach Hause wollte.

Denn besonders willkommen war die Hündin in Roberts und ihrer Wohnung nämlich nicht: Robert mochte keine Hunde und ekelte sich furchtbar vor Mikas Speichel und den Haaren, die sie gerne an den Hosen und Pullis derjenigen abstreifte, die sie streichelten. Folglich versuchte Robert stets, einen großen Bogen um sie zu machen, und duldete nur zähneknirschend, dass sie abends beim Fernsehen auf ihrer Hundematte lag. Einmal hatte er Maja und Mika beim Kuscheln auf dem Sofa erwischt – der darauf folgende Streit hatte den ganzen Abend gedauert, und Maja hatte das Möbelstück dreimal unter Roberts argwöhnischen Augen mit dem Fusselroller abrollen müssen.

»Das letzte Kind hat Fell«, hieß es doch. Die Neufundländerhündin füllte die Lücke, die die Kinder hinterlassen hatten. Ihrer Anschaffung hatte Robert allerdings nur unter der Bedingung zugestimmt, dass Maja alles, aber wirklich alles – vom Tierarzt bis Gassirunden, Erziehung und Futterversorgung – übernahm. Er wollte nichts damit zu tun haben. Anfangs hatte er sich noch täglich über den Gestank und die Haare aufgeregt, die Mika seiner Ansicht nach überall verbreitete, aber mittlerweile hatte er sich an die vierbeinige Mitbewohnerin gewöhnt. Wenn er ihr, was sehr selten vorkam, mal kurz über den Kopf streichelte, war das für seine Verhältnisse schon ein großer Liebesbeweis.

In den Urlaub durfte sie trotzdem nicht mit, denn Robert bestand auf hunde- und haarloser Erholung und wollte sich auch partout nicht auf die wenigen Hundestrände der Insel beschränken. Dieses Versprechen hatte Maja ihm damals, als Mika noch ein kleines, niedliches schwarzes Fellknäuel war, in das sie sich bei der Züchterin sofort schockverliebt hatte, ebenfalls geben müssen.

»Los, Miki!«, befahl sie der Hündin, nachdem sie die Hunderampe am Kofferraum arretiert hatte. Routiniert schritt die schwarzhaarige Schönheit die Rampe hoch und ließ sich mit einem tiefen Brummen auf ihre Matratze fallen.

Wenn Maja vom Hund-Wegbringen zurück war, wollte Robert die Koffer einladen – und dann sollte es losgehen.

Robert

Robert hatte schlechte Laune. Maja hatte mal wieder ein Paar seiner teuren Merino-Wollsocken in die Buntwäsche getan, sodass sie auf Größe 36 geschrumpft waren. Schnaubend warf er sie in die Ecke und nahm ein neues Paar aus seiner pedantisch nach Farben und Materialien geordneten Socken-Schublade. Das fing ja wunderbar an! Wie hatte es bloß so weit kommen können, dass sein nerviger neuer Kollege ihn tatsächlich in seinen ersehnten Urlaub begleitete?

Bernd Simon war ein angeblich hervorragender Statiker, den Roberts Chef im Bauamt aus Berlin abgeworben hatte. Er hatte einen exzellenten Ruf. Gemeinsam mit Robert betreute er seit drei Monaten den Umbau des Bahnhofs Landungsbrücken – ein Prestigeobjekt der Stadt.

Bei einem ihrer zahlreichen gemeinsamen Mittagessen in der Kantine hatte Robert ihm von seiner Sylt-Liebe und dem geplanten Urlaub erzählt. »Sylt? Da war ich noch nie!«, hatte Bernd begeistert ausgerufen, und Robert hatte sich angesichts dieses phonstarken Gefühlsausbruchs (für Roberts Verhältnisse) fast an seiner zuckerfreien Apfelschorle verschluckt. »Wohin fahrt ihr denn da immer?«, hatte Bernd sich erkundigt. »Hast du einen Geheimtipp?«

Robert, der nicht lügen konnte und außerdem nicht davon ausgegangen war, dass Bernd zeitgleich buchen würde, verriet die Adresse der Ferienwohnung, in die er nun schon seit ein paar Jahren mit Maja fuhr.

Drei Tage später verkündete Bernd stolz, dass er in ihrem Urlaubs-Doppelhaus die Wohnung neben ihnen gebucht hatte. Sie mussten sowieso gleichzeitig Urlaub nehmen, da das Projekt aufgrund einer fehlenden Genehmigung gerade stagnierte.

Nun standen ihm also Ferien mit Bernd und dessen Frau bevor. Na prima! Robert entfernte die hölzernen Schuhspanner aus seinen maßgefertigten Budapestern, die er sich vor zehn Jahren von einem berühmten Londoner Meisterbetrieb hatte schustern lassen, und schlüpfte hinein.

Er hatte im Sylturlaub eingespielte Rituale, die er sich von Bernd auf keinen Fall durcheinanderbringen lassen wollte: Er stand um sieben Uhr auf, ging dann eine Runde am Strand joggen und brachte auf dem Rückweg Brötchen und die »Sylter Rundschau« von der Bäckerei Raffelhüschen mit.

Während seiner Abwesenheit deckte Maja auf der Terrasse den Tisch und setzte Kaffee auf; dann frühstückten sie gemeinsam (für Robert ein Sylter Ei und nie mehr als einen Teelöffel Morsumer Honig pro »Sylter Knacker«-Hälfte, seinem Lieblingsbrötchen), während er dabei die Zeitung las.

Danach machten sie sich zu Fuß auf den Weg zu ihrem schon im Vorjahr online gebuchten Strandkorb. Lesen, baden, dösen. Weil es Robert über Mittag am Strand zu heiß wurde und er es zudem unvernünftig fand, sich der in diesen Stunden erhöhten UV-Strahlung auszusetzen, gingen sie gegen 13 Uhr zurück in die Wohnung, kauften sich als Mittagssnack an der Crêperie beim Minigolfplatz einen Crêpe mit Käse, Schinken und Tomaten oder aßen im Iismeer-Bistro einen Chili-Chicken-Salat.

Zurück in der Wohnung, legten sie sich zum Mittagsschlaf auf der Terrasse in den Schatten oder auf die Lounge-Landschaft im Wohnzimmer.

Nachmittags begaben sie sich wieder an den Strand. Abends gingen sie essen, oder Maja kochte etwas. Einzige Abwechslung dieses Programms waren ein paar Runden auf dem Golfplatz (nur Robert spielte, Maja fand es langweilig und elitär, begleitete ihn aber dennoch) und die eine oder andere Fahrradtour.

»Robbi! Kommst du?«, rief Maja, die offenbar gerade vom Mika-Wegbringen zurückgekehrt war, von unten. »Robbi« – Robert mochte diesen Spitznamen nicht besonders, fand ihn aber besser als »Bob«, wie ihn einige seiner Freunde nannten. Er erhob sich, drückte den schmerzenden Rücken durch und besah sich ein letztes Mal im Spiegel: Gut sah er aus für seine 55 Jahre, fand er. Mit seinen 1,90 Metern Körpergröße und seiner schlanken Figur gab er ein stattliches Bild ab. Und die grauen Haare nebst der schwarzen Intellektuellen-Hornbrille verliehen ihm zusätzliche Seriosität. Am liebsten trug er dunkelgraue Wollpullis mit hellblauen Hemden drunter, so wie auch heute. Dazu ein Paar seiner geliebten 501-Jeans – natürlich gebügelt.

Mit seiner Figur, für die er glücklicherweise nicht viel tun musste, war er genauso zufrieden wie mit seiner Frisur: Stolz fuhr er sich durch die immer noch vollen Haare, schaute sich im Ankleidezimmer um, ob er auch nichts vergessen hatte, und machte sich auf den Weg nach unten.

Er würde sich von Bernd und dessen Frau nicht aus der Ruhe bringen lassen, beschloss er. Schließlich freute er sich schon das ganze Jahr auf diese zwei Wochen Nordseeluft und Entspannung.

Maja

Mit sorgenvollem Gesicht fädelte Robert den Mercedes SUV auf dem Shuttle ein. Wie Maja dieser Gesichtsausdruck nervte. Stets hatte er panische Angst, dass sein geliebtes Auto einen Kratzer kriegen könnte. Maja verdrehte innerlich die Augen und fuhr die Sitzlehne in eine bequemere Position. Wie gerne hätte sie zur Einstimmung auf den Urlaub ein Glas Champagner getrunken, so wie es viele Sylturlauber taten und die Beweisfotos dann im Facebook-Sylt-Forum posteten. Doch daran war nicht zu denken, denn Robert war strikt gegen Alkohol vor 18 Uhr.

Bizarr, dachte Maja, während sich der Zug langsam in Bewegung setzte. Robert bot ihr Luxus und einen gehobenen Lebensstandard, konnte ihn jedoch selbst nur nach strengen Regeln genießen. Einfach mal fünfe gerade sein lassen – undenkbar für ihren überkorrekten Gatten. Aber das war ja auch ganz schön, er war eben durch und durch prinzipientreu und verlässlich.

Er war immer ein zuverlässiger Familien-Versorger gewesen – und ein guter Vater. Er hatte mit Milo auf dem Fußballplatz gebolzt, in der Werkstatt mit ihm gebastelt und war ihm männliches Vorbild und Orientierungsfigur gewesen. Und Nala hatte er das Gefühl gegeben, ein hübsches Mädchen und später eine begehrenswerte Frau zu sein.

Während draußen die Wiesen und Äcker vorbeiflogen, gingen Maja Bilder von den vielen Familienspiele-Abenden mit Canasta und Mensch-ärgere-Dich-nicht durch den Kopf. Robert hatte den Kindern Schwimmen beigebracht und sie nachts von ihren ersten Partys abgeholt. Er hatte zwar immer erst abends, nach der Arbeit, oder am Wochenende Zeit für seinen Nachwuchs gehabt, dann aber konzentriert, wenn auch mitunter sehr streng in Bezug auf ihre Schulnoten.

Und das Geld, das er nach Hause brachte, hatte den Kindern Markenklamotten, Mofas und Skiurlaube ermöglicht.

Ein Bilderbuchvater, dachte Maja zärtlich und schaute ihn liebevoll an.

Sie war immer stolz darauf gewesen, »mein Mann« sagen zu können. Das klang so gesellschaftlich integriert und angekommen. Sie, ihre Kinder, ihr Mann – eine Festung der Rechtschaffenheit. Ob diese Trutzburg sie wirklich glücklich machte, hatte sie sich nie gefragt.

Der Shuttle ratterte Richtung Hindenburgdamm. Robert las eine Zeitung, Maja guckte aus dem Fenster. Es war Mitte Juli, ein milder Sommertag mit klarem blauen Himmel. Äsende Schafsherden, Solarfelder und die letzten einsamen Höfe zogen vorbei, bevor sich hinter dem Deich die Nordsee erstreckte.

Sylt … Schon seit über 20 Jahren verbrachten sie jeden Sommer zwei bis drei Wochen auf der den Deutschen liebsten Insel. Hier hatte Nala Reiten gelernt – und Milo Kitesurfen. Robert hatte wichtige berufliche Kontakte geknüpft, und sie selbst hatte sich immer wieder neu in den über ein Dutzend verschiedenen Ferienwohnungsküchen arrangiert, in denen sie ihre Familie ununterbrochen mit Mahlzeiten versorgt hatte. Majas Urlaubstage hatten im Wesentlichen aus Einkaufen und Kochen bestanden, aber das hatte ihr nichts ausgemacht. Im Gegenteil: Sie fühlte sich dadurch unentbehrlich und gebraucht.

Doch nun waren die Kinder groß und aus dem Haus, und das »Empty-Nest-Syndrom« wurde nur durch Mika gemildert, die aber in die Wenningstedter Ferienwohnung, in die sie seit drei Jahren fuhren, ja leider nicht mitkommen durfte. Haustiere waren dort nicht erlaubt, was Robert natürlich sehr recht war …

Der Zug ratterte durch die offene Nordsee. Links und rechts der Gleise leckte das Meer am Damm. Maja ließ sich durch die Scheibe die Sonne aufs Gesicht scheinen und schloss die Augen.

Sie war jetzt 52. Ihre einstigen Träume hatte sie schon lange aufgegeben. Ihr Lebensinhalt und -sinn waren ihre Kinder gewesen. Nun ging es nur noch ums Durchhalten. Sie trank zu viel Wein. Damit war jeder Abend schön, denn jedes Glas garantierte ein leichtes, beschwingtes Glücksgefühl. Doch sollte das die kommenden 30 Jahre, die sie statistisch noch erwarten konnte, so weitergehen?

Sie hatte als Illustratorin gearbeitet und ihren Job wegen der Kinder an den Nagel gehängt. Mit über 50 war es so gut wie unmöglich, wieder einzusteigen. Und wenn sie ganz ehrlich war, war sie auch viel zu faul dazu ...

Ein lautes Quietschen riss sie aus ihren Gedanken. Der Zug bremste ab, verlangsamte die Fahrt und blieb schließlich ganz stehen. Genervt ließ Robert die Zeitung sinken und schaute über seine Lesebrille.

»Das darf doch nicht wahr sein!«, motzte er. »Wann kriegen die das mit dieser elenden Strecke endlich mal in den Griff?« Er ließ sein Fenster runtersurren und streckte den Kopf heraus, um die Lage zu checken.

»Wollen wir eigentlich gleich einkaufen – oder laden wir erst aus?«, versuchte Maja ihn abzulenken. Denn Robert hatte eine starke Aversion gegen ungeplante Ereignisse. Sie hatten zwar nicht die geringste Zeitnot, aber er duldete einfach keine Unprofessionalität. Und er hasste es, sich zu verspäten.

»Wir machen es wie immer, Maja!«, zischte Robert. »Wie sollen wir die Einkäufe denn sonst im Auto unterbringen?« Ungeduldig hielt er wieder den Kopf aus dem Fenster.

»Kannst du dich nicht mal entspannen?«, schlug Maja vor. »Der Zug bleibt jedes Jahr an dieser Stelle stehen – und du regst dich jedes Mal wieder darüber auf!«

»Ja, weil die Bahn überhaupt keine Fortschritte macht!«, schnaubte Robert. »Wie kann denn so etwas sein?« Er trommelte mit den Fingern auf dem Lenkrad herum. »Und ich BIN entspannt!«, ließ er Maja wissen und verschwand wieder hinter seiner Zeitung.

»Ist klar«, murmelte Maja und schloss wieder die Augen. Wie schön wäre es jetzt, klassische Musik zu hören, sich einen leichten Schwips anzutrinken – und sich zu küssen ... Huch?? Die Vorstellung war Maja einfach so ins Bild gerutscht. Was war denn mit ihr los? An Sex hatte sie schon ewig nicht mehr gedacht – und ans Küssen oder Zärtlichkeiten schon gar nicht ... Vermutlich lag ihr Tagtraum an den aufgeregten Erzählungen ihrer besten Freundin Beate, die dank eines Online-Portals gerade eine heiße Affäre mit einem jüngeren Mann begonnen hatte. Seit Tagen schwärmte sie Maja am Telefon atemlos von dessen erotischen Qualitäten vor. Maja hörte sich die detailgenauen Beschreibungen erst belustigt, dann zunehmend neidischer an.

Sie schaute zu Robert herüber und studierte sein markantes Profil, das nach gängigen Maßstäben als ziemlich attraktiv galt. Würde sie für ihn jemals wieder solche Gefühle entwickeln, wie Beate sie beschrieb? Hatte sie die überhaupt jemals für ihn empfunden?

Früher, in ihrer Anfangszeit, waren sie in seinem schmalen Bett oft in Löffelchenstellung aneinandergekuschelt eingeschlafen. Er an ihrem Rücken, sie in seinen Armen. Maja erinnerte sich, dass sie die Wärme und den Schutz seines Körpers damals immer sehr genossen und sich behütet und geborgen gefühlt hatte.

Heute schliefen sie in einem Kingsize-Bett auf megateuren Einzelmatratzen, und die Besucherritze verhinderte zuverlässig jede Annäherung. Der Spalt zwischen den beiden Matratzen war zwar nur sehr schmal, aber gefühlt dennoch so tief, dass ihre Körper sich beim Liegen oder Einnicken seit Jahren nicht mehr berührt hatten.

Robert schlief zudem in einem seiner zahlreichen, penibel gebügelten und bis oben zugeknöpften Pyjamas – und Maja in Slip und überlangem Schlaf-T-Shirt. Ihre Körper waren genauso verhüllt wie ihre Libido.

Maja schaute ihren Zeitung lesenden Ehemann an. Sie vermisste ihn, obwohl er neben ihr saß. Ihr fehlte das »Wir«. Sie lebten nur noch nebeneinanderher, waren keine Einheit mehr. Das »Wir« war irgendwo auf der Strecke geblieben.

Vielleicht sollten sie mal eine Paartherapie machen, um ihre Libido wieder anzukurbeln? Eine Sexkursion bei einer Sexualberaterin? Aber wollte sie das überhaupt? Sie hatte den Sex mit Robert – nach einem erschöpfenden Tag mit Haushalt und Kindern – zunehmend als anstrengend empfunden und war im Grunde froh, dass ihr Liebesleben komplett eingeschlafen war.

Der Zug setzte sich wieder in Bewegung. Um auf andere Gedanken zu kommen, griff Maja in ihre Handtasche, kramte einen Block plus Kuli hervor und begann, eine Einkaufsliste zu schreiben. Zu ihren jährlichen Urlaubsritualen gehörte stets ein komplett spaßbefreiter Großeinkauf im Supermarkt am ersten Urlaubstag, damit sie sich in den nächsten zwei Wochen nicht weiter mit Einkäufen beschäftigen mussten.

Als sie in Westerland angekommen waren, fuhren sie vom Zug, sausten Richtung Wenningstedt, bogen in die kleine Sackgasse namens Dünenstraße ein, an deren Ende, direkt vor dem beeindruckenden Westküsten-Dünenkamm, ihr Ferienhaus lag – und trauten ihren Augen kaum: Auf den beiden zum Haus gehörenden Parkplätzen standen eine fette schwarze Harley – und ein ziemlich schrottreifer, mit

Blumen bemalter VW-Bus! Für Roberts SUV war kein Platz mehr.

Fassungslos parkte er den Wagen am Straßenrand und stellte den Motor ab. Sie sah, wie die Zornesfalten sich auf Roberts Stirn zusammenzogen, und wusste, was gleich passieren würde. Doch zu ihrer großen Verblüffung passierte etwas ganz anderes: Kaum dass Robert ausgestiegen war, schob sich die Tür des VW-Busses auf, und ein freudestrahlender dickbäuchiger, kleiner Mann mit Glatze, neonfarbenem T-Shirt und bunten Shorts trat heraus. Er trug das vermutlich geschmackloseste Outfit der Insel, stellte Maja amüsiert fest.

Doch statt den dicken Zwerg mit einem Wutanfall zu überschütten, glättete sich Roberts Stirn, er schritt freudig auf ihn zu und schüttelte ihm die Hand.

»Bernd!«, rief er aus. »Ihr seid schon da? Wie schön!«

Maja glaubte, sich verhört zu haben. Das war der sagenumwobene Bernd Simon?? Roberts viel gelobter Kollege? Er sah aus wie ein farbenblinder Imbissbudenbetreiber, der deutlich zu viele seiner fettigen Pommes selbst gegessen hatte!

»Maja-Schatz! Steig doch mal aus, und begrüße meinen Kollegen!«, rief Robert launig in Richtung SUV.

»Maja-Schatz!« Ging es noch? Maja hasste es, wenn er so jovial tat, obwohl er nicht die geringste Lust auf den gemeinsamen Urlaub mit seinem Kollegen hatte. Aber er war halt ein superdisziplinierter Profi – und in jeder Situation souverän.

Maja stieg aus und ging zu den beiden Männern. »Hallo,

Maja, freut mich sehr, dich kennenzulernen«, sagte Bernd und gab ihr seine überraschend weiche Hand. Er war stämmig und muskulös und erinnerte körperlich an Axel Prahl, den Kommissar aus dem Münsteraner Tatort, der immer an der Seite von Jan Josef Liefers spielte. Seine braunen Augen schmunzelten sie an. Sein Lächeln war unleugbar sympathisch, deshalb beschloss Maja, seine Statur und sein Outfit höflich zu ignorieren.

»Freut mich auch sehr«, presste sie hervor und schaute sich irritiert um. »Ist deine Frau gar nicht mitgekommen?«

»Meine Freundin, meinst du«, korrigierte Bernd sie. »Ich bin nicht verheiratet.«

»Oh, sorry, ich dachte ...«, stammelte Maja.

»Kein Problem, kannste ja nicht wissen!« Er schaute ihr sehr direkt in die Augen. Maja wich seinem Blick aus.

»Karin??«, rief er laut und drehte seinen Kopf Richtung Haus. »Kommst du mal?«

Die Haustür öffnete sich, und eine schlanke, durchtrainierte Frau Ende 20 trat heraus. Sie trocknete sich die Hände an einem Geschirrhandtuch ab und fuhr sich schnell durch ihren braunen strubbeligen Kurzhaarschnitt, während sie auf sie zukam.

»Entschuldigt, ich hab euch gar nicht kommen sehen«, lachte sie und reichte Maja die Hand. »Ich bin Karin!«

Sie trug abgewetzte Jeans, Flipflops und ein blaues T-Shirt ohne BH. Robert bekam Stielaugen, die er kaum verbergen konnte, als sie auch ihm die Hand schüttelte.

»Wir sind schon seit zwei Tagen hier«, erklärte Bernd. »Wir wollten das Wochenende noch mitnehmen.«

Robert hatte die Ferienwohnung, wie immer, erst ab Montag gebucht, um den regelmäßigen Wochenendstau an der Niebüller Shuttle-Verladestation zu vermeiden. An schlechten Tagen standen die Urlauber dort nämlich bis zu sechs Stunden.

»Standet ihr gar nicht im Stau?«, fragte Robert dementsprechend verblüfft.

»Nein, wir sind mit der Fähre gekommen«, strahlte Bernd. »Die Fahrt nach Rømø war einfach herrlich! Ich bin auf der Harley durch Wiesen und Felder geknattert, und Karin ist mit dem Bully hinterhergebraust.«

»Auch die Überfahrt war wunderschön«, ergänzte Karin schwärmend. »Das weite Meer, der blaue Himmel – und die immer näher kommende Insel ...«

»Und die Matjesbrötchen waren auch nicht schlecht«, schwelgte Bernd und strich sich dabei genüsslich über seinen Bauch, wodurch sich sein T-Shirt hochschob und den Blick auf üppige Behaarung freigab.

Robert drehte pikiert den Kopf zur Seite. Maja konnte sich nicht erinnern, dass ihrem Gatten jemals ein Kleidungsstück verrutscht wäre und nackte Haut freigegeben hätte. Die optische Entgleisung seines Kollegen musste unerträglich für ihn sein. Sie grinste. Innerlich.

»Mensch, jetzt stehen wir hier rum und quatschen euch zu, obwohl ihr bestimmt von der Fahrt total erschöpft seid«, rief Karin plötzlich, legte überraschend den Arm um Majas Schultern und schickte sich an, sie ins Haus zu bugsieren. »Kommt doch mit rein, ich habe gerade frischen Eistee gemacht!«

»Oder willste lieber ein Bier?«, stupste Bernd Robert kumpelhaft in die Seite. »Bist ja jetzt schließlich im Urlaub!«

»Nein danke!«, presste Robert schmallippig hervor. »Sehr freundlich! Wir laden nur kurz die Koffer aus und fahren dann einkaufen.«

»Echt jetzt? Wollt ihr nicht erst mal ankommen?« Bernd schien ehrlich verblüfft. »Na, wie ihr wollt, ihr seid ja erwachsen«, grinste er dann und legte seinen Arm um Karin, die Maja inzwischen wieder freigegeben hatte.

»Aber dann lasst uns doch heute Abend wenigstens zusammen grillen«, schlug Karin vor und tätschelte Bernds Hintern.

»Genau«, strahlte der begeistert. »So jung kommen wir schließlich nicht mehr zusammen!«

Der Uralt-Kneipenspruch musste ihrem kultivierten, hochintellektuellen Mann fast körperliche Schmerzen bereiten, fürchtete Maja.

»19 Uhr?«, schlug Karin vor.

»Gerne!«, rief Maja, bevor Robert die Absage aussprechen konnte, die ihm sichtlich auf der Zunge lag. Sie hatte nicht die geringste Lust, schon am ersten Urlaubstag zu kochen, und auf ein schweigsames Restaurantmahl mit ihrem übellaunigen Gatten war sie auch nicht besonders scharf.

»Prima!«, freuten sich Karin und Bernd.

»Soll ich euch ausladen helfen?«, bot Bernd an.

»Nein danke, das schaffe ich schon«, knurrte Robert.

»Wie du meinst.« Bernd hob erstaunt die Hände und zuckte mit den Schultern.

»Bis nachher dann!«, rief er, winkte und schlenderte hinter Karin zurück ins Haus, aus dem kurz darauf ein spitzer, lachender Kieks-Schrei ertönte. Es klang sehr vergnügt, fand Maja. In ihrer Fantasie hatte Bernd sich seine Freundin gerade über die Schulter geworfen und war mit ihr die Treppe hoch ins Schlafzimmer gestürmt, um über sie herzufallen.

»Maja!!«, rief Robert ungeduldig mit scharfer Stimme. »Wo bleibst du denn!! Träumst du? Ich habe dich jetzt schon zum zweiten Mal gebeten, die Haustür aufzuschließen!« Empört stand er mit ihren Koffern vor der Eingangstür.

»Ich komm ja schon«, murmelte Maja und setzte sich in Bewegung.

Robert

Wie hatte Maja nur fürs Grillen zusagen können? Er hätte sie dafür würgen können! Nichts lag ihm ferner, als mit diesem Vollproll und seiner BH-verweigernden Freundin den Abend bei verkohltem Grillgut zu verbringen. Er ernährte sich schließlich ausgesprochen bewusst, nahm nach 18 Uhr keine Kohlenhydrate mehr zu sich, aß wenig Fleisch, dafür viel Fisch und Gemüse. Und: Er achtete penibel darauf, möglichst wenig und möglichst salzarm zu essen, um seine Figur zu halten und seine Gesundheit nicht zu gefährden.

Sich figürlich so gehen zu lassen, wie Bernd es offensichtlich tat, war ihm vollkommen zuwider. Disziplinlosigkeit war eines der Laster, die Robert am meisten verachtete, denn sie war für ihn der Anfang des persönlichen Niedergangs. Karl Lagerfeld hatte vollkommen recht mit seiner Behauptung, wer Jogginghosen trüge, hätte die Kontrolle über sein Leben verloren. Bernd hatte zwar keine Jogginghosen an, aber ein fürchterliches T-Shirt und geblümte (!) Shorts. Auch für Herrn Lagerfeld wäre diese Art optischer Folter sicher kaum zu ertragen gewesen!

Aufgebracht schmiss Robert im Dachgeschoss-Schlafzimmer die Koffer aufs Bett.

Dass Maja in den letzten Jahren immer mehr Hüftgold angesetzt hatte, ohne etwas dagegen zu unternehmen, machte ihm schon genug zu schaffen. Doch darüber konnte er gerade noch gnädig hinwegsehen, denn vermutlich lag es ja an ihren Hormonen, den Wechseljahren – das hatte er zumindest gelesen. Sie aß jedenfalls nicht sehr viel mehr als er.

Sexuell stimulieren konnte ihn ihre Figur allerdings schon lange nicht mehr. Das erschlaffende Bindegewebe, das Cellulite an ihren Oberschenkeln, etwas weniger pralle Brüste und sogar ein kleines Bäuchlein zur Folge hatte, törnten ihn eher ab als an. Außerdem lag sie sowieso meist steif wie ein Brett im Bett, wenn er sich auf ihr abarbeitete. Vermutlich war sie mit den Jahren frigide geworden oder so etwas – wer verstand schon die Frauen?

Die knabenhafte Figur dieser Karin dagegen! Robert wischte sich den Schweiß von der Stirn, den das Kofferschleppen verursacht hatte. Ihr praller, apfelförmiger Busen hatte ihm schon gefallen ...

So ein Quatsch, schimpfte er mit sich selbst. Er war ein glücklich verheirateter Mann und hatte seine Frau noch nie betrogen. Na gut, außer diesen ein, zwei Malen mit betrunkenen Kolleginnen auf Geschäftsreisen – aber das war ja nichts Ernstes gewesen.

Robert schritt die Treppe hinab.

Oder waren es vier- oder fünfmal gewesen? Egal jetzt, er war sich sowieso nicht mehr sicher, ob seine Standfestigkeit noch so verlässlich war wie früher. In letzter Zeit war seine

Erektion, wenn er auf der Toilette heimlich Hand an sich gelegt hatte, ein paarmal wieder in sich zusammengefallen. Er hatte es als Stresssymptom verbucht und wollte nicht weiter darüber nachdenken. Mit dem Einschlafen des ehelichen Verkehrs war er also ganz einverstanden.

Maja wartete schon im Auto, als er aus der Tür trat. Schweigend fuhren sie Richtung Feinkost Meyer, dem einzigen Supermarkt auf Sylt, der Roberts kulinarischen Spezialwünschen genügte. Er freute sich schon auf die erstklassige Rotwein- und Käseauswahl. Er würde sich ein paar schöne Tropfen leisten – und sich dazu durch die französische Rohmilchkäsewelt probieren.

Maja trank zum Glück nur Weißwein und gab sich auch mit schlichten Tropfen zufrieden, sodass der Einkauf kein allzu tiefes Loch ins Portemonnaie reißen würde. Zumindest nicht für Majas Versorgung. Für sich selbst war ihm im Grunde nichts zu teuer, und das fand er auch vollkommen okay, denn er verdiente ja schließlich auch das Geld, oder nicht?

Selbstzufrieden manövrierte er den Wagen auf einen Parkplatz, dessen Parkbuchten links und rechts leer waren. So war die Chance am größten, dass kein Auto neben ihm parkte und dessen Besitzer beim Öffnen der Tür eventuell den Lack seines SUV beschädigte.

»Was ist das eigentlich für ein seltsamer Typ, dein Kollege?«, fragte Maja, als er den Motor ausgeschaltet hatte und gerade aussteigen wollte.

»Wieso seltsam?« Robert hatte jetzt wirklich keine Lust auf Diskussionen. Er wollte lieber mit dem erfreulich gut ausgebildeten Weinberater fachsimpeln und sich nach ein paar Fachkenntnisgefechten auf eine solide Anzahl rarer Gewächse einigen.

»Na, diese komischen Klamotten! Und dieser Bus!«, rief Maja.

»Auf der Arbeit sah er immer ganz korrekt aus«, versuchte Robert das Gespräch abzubrechen. »Ist wahrscheinlich nur sein Freizeitlook. Die Ossis haben ja oft einen schrecklichen Geschmack …«

»Der kommt aus der DDR?«, fragte Maja erstaunt.

»Ja«, sagte Robert trocken. »Er ist gebürtiger Stralsunder. Seine Eltern haben einen Bauernhof an der Ostseeküste …«

»Und woher weißt du das?«

»Er quatscht extrem viel beim Mittagessen! Können wir jetzt?« Ungeduldig öffnete Robert die Tür.

»Und die Frau ist doch mindestens 20 Jahre jünger als er! Was will die nur von diesem Zwerg?«, fragte Maja beim Aussteigen.

»Die hat er im Swingerklub kennengelernt«, knurrte Robert.

»Echt?« Maja riss die Augen auf.

»Nein, das war ein Scherz!« Robert verdrehte innerlich die Augen. Manchmal hatte seine Gattin echt ein Brett vorm Kopf.

»Wahrscheinlich hat er Geld«, überlegte er laut, während er den Einkaufswagen mit schnellen Schritten durch den Eingang schob. »An seinem guten Aussehen kann's ja nicht liegen …«

»Da hast du recht«, gab Maja lachend zu, doch da war Robert mit dem Einkaufswagen schon längst Richtung Weinabteilung verschwunden.

Maja

Gerne hätte sie etwas vom äußerst lecker aussehenden Sushi-Buffet mitgenommen, aber Robert war dagegen. »Heute müssen wir ja auf deinen Wunsch hin verkohlte Würstchen essen – und morgen ist das nicht mehr gut«, befand er knapp.

Während er sich in der Weinabteilung und an der Käsetheke endlos lange beraten ließ, kümmerte Maja sich um die Grundnahrungsmittel für die nächsten zwei Wochen. Zum Glück hatten sie ein Tiefkühlfach, sodass Roberts geliebte »Dry Aged Angus Rind«-Steaks in ausreichender Stückzahl eingefroren werden konnten. Fisch und Muscheln würde Maja bei Bedarf fangfrisch am Hörnumer Hafen kaufen. Sie stapelte Pasta, getrocknete Hülsenfrüchte wie Linsen und Kichererbsen, drei Basilikumtöpfe und jede Menge Obst und Gemüse im Einkaufswagen. Dass Robert so auf gesunde Ernährung achtete, fand sie gut und war gerne bereit, das zu unterstützen. Wenn irgend möglich kaufte sie Bioprodukte oder deckte sich auf dem Wochenmarkt ein. Schade nur, dass sie trotzdem stetig zunahm! Das mussten die Hormone sein, denn sie aß wirklich nicht viel …

Nachdem die Einkäufe im Haus verstaut und die Koffer ausgepackt waren, zog Robert sich zu einer Telefonkonferenz mit einem solventen Auftraggeber ins Wohnzimmer zurück und durfte nicht gestört werden. Neben seiner staatlichen Anstellung entwarf er auch immer wieder mal Baupläne für private Kunden, was ihnen einen angenehmen Zuverdienst bescherte. Und dieser Kunde hier war sehr vermögend und wollte sein Sylter Feriendomizil umgestalten.

Da sie im Haus nur störte und dringend frische Luft brauchte, beschloss Maja, einen ersten Blick auf das brandende Meer der Westküste zu werfen und ein bisschen über den berühmten Wenningstedter Holzstegweg zu schlendern, der auf dem Dünenkliff bis nach Kampen führte.

Sie erklomm die Treppe zur Aussichtsplattform, sog tief die herrliche Luft ein, ließ ihren Blick über die Küste einmal von Süd nach Nord schweifen und die nackten Arme von der warmen Sommerbrise streicheln. Es war schon später Nachmittag, aber die Luft für Sylter Verhältnisse noch erstaunlich lau und warm. Die Insel zeigte sich von ihrer lieblichsten Seite und präsentierte alles im Weichzeichner. Da waren sie, die wilden grünen Wellen und die schäumende Gischt, die sie so liebte.

Verlockend und harmlos schien die Nordsee jetzt, doch im Herbst und Winter konnte sie auch ganz anders brüllen, wie Maja wusste. Thomas Mann hatte die Sylter Wellen mal als Raubtiere beschrieben – das schien Maja zu jeder Jahreszeit sehr passend.

Sie hatte großen Respekt vor der tosenden Brandung und ging deshalb selten ins Wasser. Doch von hier oben konnte sie das Meer gefahrlos genießen. Sie breitete die Arme aus, schloss die Augen und lauschte der Brandung und dem Kreischen der Möwen. Sie stellte sich dann immer vor, sie würde schwerelos fliegen ...

»Na? Auch so eine Meeresanbeterin?«, hörte sie plötzlich jemanden hinter sich fragen, öffnete widerwillig die Augen und schaute sich um. Es war Bernd, mit einem Handtuch über dem Arm. »Ich springe noch mal kurz in die Wellen«, gab er bekannt und sprintete erstaunlich behände die Treppe zum Strand hinunter.

Ohne zu stoppen, rannte er über den Sand, schmiss im Laufen das Handtuch zur Seite, kämpfte sich durch die Gischt und hechtete mit einem Kopfsprung in die Brandung. Kaum aufgetaucht, ließ er sich rückwärts und mit ausgebreiteten Armen in die nächste Welle fallen. Maja konnte sein Juchzen bis oben hören.

Sie beobachtete ihn fasziniert beim Wellenbaden, doch plötzlich hielt er inne, schaute zu ihr hoch und winkte ihr zu. Maja drehte schnell den Kopf weg. Es war ihr seltsam unangenehm, dass er ihre Blicke bemerkt hatte. Schnell stieg sie die Aussichtsplattform hinab und eilte über den Holzweg außer Sichtweite.

Wie es wohl war, sich so in die Wellen zu werfen? Maja bewunderte Bernds Mut und seinen offensichtlichen Spaß daran. Ihre Kinder hatten sich auch immer begeistert in die Brandung gestürzt, doch Robert und sie hatten sich stets zurückgehalten. Robert wegen seiner Bandscheibe – und sie wegen ihrer Angst vor tiefem oder zu wildem Wasser.

Robert

Der Proll-Zwerg bot ihm doch tatsächlich Dosenbier an – und das auch noch von Aldi! Ja, war denn das zu fassen? »Nein danke!«, lehnte Robert pikiert ab und strafte die Dose, die Bernd ihm hinhielt, mit größtmöglicher Verachtung. »Ich trinke kein Bier!«

Das war gelogen, denn gegen ein gut gemachtes Bio-Craft-Bier hatte er ab und an nichts einzuwenden – aber was sollte er denn sonst sagen?

»Verstehe!« Bernd zwinkerte ihm zu. »Willste lieber Cola-Whisky?«

Bernd griff zu einer halb vollen Plastik-Cola-Flasche, die neben dem Grill stand, und schickte sich an, sie aufzuschrauben.

Robert schüttelte sich innerlich. Dieses Getränk war ihm zuletzt in den Siebzigern angeboten worden, erinnerte er sich. Was sollte die Frage? Hielt Bernd ihn für einen Alkoholiker, dem Bier zu niedrigprozentig war? Robert fühlte die nur zu gut bekannten Wutwallungen in sich aufsteigen. Ihm wurde heiß.

»Tief durchatmen!«, beschwor er sich. »Das ist dein Kollege, mit dem du noch mindestens sechs Monate an diesem unsäglichen Projekt zusammenarbeiten musst, und deshalb bleibst du jetzt diplomatisch!«

»Ich habe eine Flasche Rotwein mitgebracht, wenn du nichts dagegen hast, würde ich davon ein Glas trinken«, schlug er vor.

»Klar«, lachte Bernd, nahm einen Schluck Cola direkt aus der Flasche und drehte die Würstchen auf dem Grill um, die neben Nackensteaks und Schaschlikspießen vor sich hin bruzzelten.

Karin stellte derweil eine große Schüssel Kartoffelsalat auf den Tisch. »Selbst gemacht!«, strahlte sie.

Skeptisch beäugte Robert ihre Kreation. Er konnte Eier erkennen, Gewürzgurken, rohe Zwiebeln – und jede Menge Mayonnaise! Fett, Kohlenhydrate, Cholesterin! Keinen einzigen Löffel würde er davon verzehren. Er hoffte nur inständig, dass er sich von irgendeinem der Grillstücke einen mageren Streifen abschneiden konnte. Den Rest würde er dann heimlich Maja zuschieben.

Dazu wollte er den Salat essen, den Maja zum Glück noch schnell zubereitet hatte, nachdem sie viel zu spät von ihrem Spaziergang zurückgekehrt war.

So müsste es gehen.

Robert entkorkte den nicht ganz so teuren Bordeaux (er ahnte, dass Bernd und Karin Weinbanausen waren und einen edleren Tropfen vermutlich nicht zu würdigen gewusst hätten) und schenkte sich ein Glas davon ein. Ans Dekantieren war in diesem kulinarischen Niemandsland ja leider nicht zu denken …

»Na, denn mal Prost, mein Alter!« Bernd klackte seine Dose gegen Roberts Weinglas und wischte sich mit der anderen Hand über die schweißnasse Stirn.

Seine Haare, Wangen und seine Nase schimmerten weißlich, als hätte er sein Gesicht in Babypuder getaucht.

»Du hast da ...«, fing Robert an und deutete auf Bernds Nase.

»Salzkruste, ick weeß! Zwickt' n bisschen.« Er lachte. »Ich war noch kurz schwimmen und hatte keine Zeit mehr zu duschen.«

Auch das noch! Dieser Neandertaler ließ ja wohl auch nichts aus. Ungeduscht zum Dinner – das würde ihm selbst nie passieren.

»So, und nun lasst uns mal die Bäuche vollschlagen«, rief Bernd nach einem Blick auf den Grill. »Das Fleisch ist fertig!«

Er lud das Grillgut auf eine Platte und stellte sie auf den Tisch. Sie setzten sich. Zu Roberts großem Erstaunen trank Maja Bier. Aber wenigstens aus einem Glas – und nicht direkt aus der Dose.

»Das Tsatsiki müsst ihr unbedingt probieren!«, pries Bernd, der bereits mehrere Fleischstücke auf seinen Teller geschaufelt hatte und nun noch einen großen Berg Kartoffelsalat dazulud, eine Schüssel mit quarkähnlicher Substanz an.

»Niemand kriegt das so gut hin wie Karin. Selbst mein Hamburger Lieblingsgrieche nicht«, lobte er und gab Karin, die gerade neben ihm stand, um sich einen Schaschlikspieß von der Platte zu angeln, einen Klaps auf den Hintern.

»Du Charmeur«, wisperte sie ihm ins Ohr, beugte sich herunter und gab ihm einen Kuss.

Peinlich berührt schaute Robert zu Maja, die die Augenbrauen hochzog und ihm zuzwinkerte.

»Na dann, guten Appetit!« Bernd rieb sich beim Anblick seines überladenen Tellers erfreut die Hände und begann, Senf und Curryketchup über dem Kartoffelsalat zu verteilen.

Robert wurde übel. »Was machst du denn da?«, entfuhr es ihm.

»Musst du mal probieren! Ist superlecker!« Genüsslich schob Bernd sich einen Löffel seiner Spezial-Mixtur in den Mund und verdrehte ekstatisch die Augen.

»Echt?« Maja, die vom Bier bereits einen kleinen Schwips zu haben schien, griff nach der Ketchupflasche und dem Senfglas und machte es ihm nach. Robert traute seinen Augen kaum. War seine Frau noch ganz bei Trost?

»Mmmmh, lecker!!«, vermeldete sie, offensichtlich begeistert, nachdem sie die Mischung probiert hatte.

»Ja, nicht wahr?« Stolz strahlte Bernd sie an.

Mürrisch säbelte Robert an seinem halb verkohlten und viel zu durchgebratenen Nackensteak herum. Oder sollte er lieber sagen Nackenbrikett? Akribisch entfernte er die verbrannten Anteile, schob sich ein Stück Fleisch in den Mund und begann zu kauen. Es schmeckte furchtbar. Total überwürzt und zäh wie Leder. Hoffentlich hielten seine teuren Jacketkronen und Veneers das aus …

»Schmeckt es dir nicht, Kollege? Du hast ja das Beste von deinem Steak abgeschnitten«, rief Bernd verblüfft und zeigte auf die verkohlten Stücke, die Robert auf seinem Tellerrand sorgfältig aneinandergereiht hatte.

Robert konnte nicht mehr länger an sich halten: »Jeder weiß doch, dass verbranntes Grillfleisch Benzpyren, Acrylamid und heterozyklische aromatische Amine bildet!«, zischte er.

»Hetero-was?«, lachte Bernd.

»Heterozyklische aromatische Amine, kurz HAA – und die sind extrem ungesund!« Robert schob seinen Teller demonstrativ von sich weg.

»Robbi!«, setzte Maja besorgt an.

»Das ist so nicht ganz richtig, mein Lieber«, erklärte Bernd, legte sein Besteck zur Seite und nahm einen tiefen Schluck aus seiner Bierdose.

»Kanadische Wissenschaftler haben kürzlich entdeckt, dass ausgerechnet die verkohlten Stellen an Steaks und Bratwürsten das Gesundheitsrisiko verringern!«

»Wie bitte?« Robert würde diesem Clown gleich eine reinhauen.

»Ja, sie wirken wie Aktivkohle, und in dieser Funktion können sie vor allem Benzpyren an sich docken, sodass es unresorbiert den Verdauungstrakt durchwandert und schließlich ausgeschieden wird, ohne einen sonderlichen oxidativen Schaden angerichtet zu haben!«

Triumphierend grinste Bernd ihn an.

Robert fehlten die Worte angesichts dieses kurzen wissenschaftlichen Vortrags. Der Zwerg war also doch nicht so doof. Und wenn er wollte, konnte er sogar Fremdwörter aufsagen. Erstaunlich!

»Genau die Fleischstücke, die oft als extrem gefährlich eingeschätzt und herausgeschnitten wurden und da an deinem Tellerrand liegen, dienen also quasi als Prophylaxe!«

Selbstzufrieden exte Bernd seine Dose und griff sich aus einer Kühlbox eine neue.

»Das ist mir gänzlich neu! Ich werde das überprüfen«, knirschte Robert.

»Tu das, mein Guter!«, lachte Bernd und schob sich demonstrativ ein stark verbranntes Stück Wurst in den Mund.

»Und du komms ausm Oschdnn?«, fragte Maja leicht lallend. Der sorgenvolle Blick, den sie ihm während der Diskussion mit Bernd zugeworfen hatte, verriet ihm, dass sie sich zur Deeskalation offenbar bemühte, das Thema zu wechseln. Und ihre schleppende Aussprache bewies, dass sie zu viel Bier getrunken hatte. Das bedeutete, dass sie heute Nacht wieder schnarchen würde. Robert verdrehte genervt die Augen – innerlich.

Maja

Dass Robert aber auch nie mal lockerlassen konnte! Das wurde mit den Jahren auch wirklich immer schlimmer. Meine Güte, dann aß er eben mal ein Stück verbranntes Fleisch! Das hätte mit Sicherheit nicht seinen sofortigen gesundheitlichen Untergang zur Folge.

Maja ärgerte sich, und Bernd und Karin taten ihr leid, sich mit ihrem trockenknödeligen, besserwisserischen Gatten abplagen zu müssen.

Robert war sozial überhaupt nicht mehr kompatibel, befand sie. Ausgenommen, sein Gegenüber interessierte ihn als beruflicher Auftraggeber, oder er hatte Hochachtung vor dessen gesellschaftlichem Status. Früher war er nie so versnobt gewesen.

»Ja, meine Schöne«, zwinkerte Bernd ihr zu. »Ich bin ein Ossi! Aber ich esse nicht gerne Bananen.« Er lachte, und Maja musste grinsen.

»Ich bin eigentlich gelernter Dachdecker«, fuhr Bernd fort. »Hab dann nach dem Mauerfall in Berlin an der Abendschule mein Abi nachgeholt und danach meinen Bachelor und Master in Bauingenieurwesen an der Technischen Hochschule gemacht.«

»Er hat sich eisenhart hochgearbeitet«, ergänzte Karin stolz.

Maja war beeindruckt. So viel Ehrgeiz und Disziplin hätte sie dem lustigen Dicken gar nicht zugetraut.

»I am what I am«, tönte es aus dem klapprigen Gettoblaster, der auf einem Tisch neben der Terrassentür stand.

»Mein Lieblingslied!«, rief Bernd begeistert, sprang auf, ergriff Majas Hand und zog sie auf die imaginäre Tanzfläche.

Maja zierte sich, doch Bernd umtanzte sie so lange, bis sie ein paar zaghafte Schritte wagte. Karin feuerte sie begeistert an und kam dann Arme hochwerfend zu ihnen, um mitzugrooven.

Bernd konnte sich erstaunlich gut bewegen. Absolut taktsicher und sehr locker in der Hüfte. Immer wieder erfand er neue, fantasievolle Bewegungsabläufe.

Robert verabscheute Tanzen. Auch jetzt saß er bockig und stocksteif auf seinem Stuhl und strahlte arrogante Verachtung aus. Bernd hatte mehrfach versucht, ihn zu animieren – vergeblich. Robert tanzte nie. Grundsätzlich nicht. Er fand das unmännlich, behauptete er – doch in Wahrheit konnte er sich einfach nicht bewegen. Die wenigen Male, wo Maja ihn hatte tanzen sehen, sah es aus, als würde er Holz hacken. Oder er zuckte so arhythmisch, als würde er Elektroschocks bekommen.

»Night Fever« von den Bee Gees ertönte. Bernd performte übertriebene Disco-Moves, und Maja lachte sich darüber schlapp, bis ihr die Tränen die Wangen herunterliefen und der Bauch schmerzte. Wann hatte sie sich zuletzt so amüsiert? Atemlos schnappte sie nach Luft.

»Upside down« von Diana Ross schepperte aus den Boxen. Karin tänzelte plötzlich entschlossen auf Robert zu, schnappte sich seinen Arm und zog ihn vom Stuhl hoch. Er protestierte angesichts dieser Attacke, war aber so überrumpelt, dass er sich tatsächlich auf die Tanzfläche schieben ließ. Und natürlich war er viel zu höflich, die Frau des Gastgebers abzuweisen – er hatte schließlich eine gute Kinderstube genossen.

Ihm zuzusehen, wie er sich bemühte, beim Tanzen seine Würde zu bewahren, war eine Qual für Maja. Er tat ihr schon fast wieder leid, und auch Karin hatte sichtlich Mühe, sich irgendwie synchron zu ihm zu bewegen.

Maja sah Robert an, dass er furchtbar litt.

»Wir müssen jetzt wirklich los!«, rief er denn auch, kaum dass der Song zu Ende war. Entschlossen löste er Maja aus Bernds Umtanzungen und zog sie zur Tür.

»Ach, schade«, rief Bernd ihnen hinterher. »Schlaft gut!«, winkte Karin. Die beiden tanzten einfach weiter.

»Das war einer der schrecklichsten Abende meines Lebens«, bemerkte Robert genervt, kaum dass sie zurück in ihrem Haus waren, und verschwand im Bad, um zu duschen und seinen Pyjama anzuziehen.

Das konnte Maja nicht behaupten. Im Gegenteil! Mit ausgebreiteten Armen ließ sie sich aufs Bett fallen und genoss den leichten Dusel vom Bier. Dank des herrlich kalorienlastigen Kartoffelsalats und der leckeren Würstchen hatte sie zudem endlich mal wieder das Gefühl, wirklich satt zu sein. Und wann hatte sie eigentlich zum letzten Mal so ausgelassen getanzt? Und so einen herrlichen Lachflash gehabt? Es musste Jahrzehnte her sein.

Sie fühlte sich seltsam belebt.

Sagte man nicht, wie jemand tanzt, so ist er auch im Bett?, dachte sie, während sie unter die Decke kroch. Dann musste Bernd ja eine Granate sein! Und Robert ...?

Robert

Er hatte es ja schon geahnt: Maja schnarchte tatsächlich wie ein Sägewerk! Robert hatte die Nacht über kein Auge zugetan, weil er vergessen hatte, die Ohropax mitzunehmen, die er sich manchmal in die Ohren stopfte, wenn er befürchtete, wegen Majas Geschnarche nicht schlafen zu können. Seine Laune war dementsprechend schlecht. Zum Glück war wenigstens das Frühstück fertig, als er mit Brötchen und einer neuen Ohropax-Schachtel aus der Apotheke vom Joggen zurückkam.

Er setzte sich an den gedeckten Tisch, schenkte sich eine Tasse Kaffee ein und faltete die Zeitung auseinander. Wie entwürdigend es gewesen war, dort gestern Abend vor allen rumhampeln zu müssen! Tanzen – er hatte noch nie verstanden, was die Leute so toll daran fanden. Er bekam irgendwie keinen Draht dazu. Mit 17, als auf den Partys noch alle headbangten oder Pogo tanzten, ging es ja noch. Hochspringen und Kopfschütteln bekam er gerade noch hin. Aber später, sich auf Partys möglichst fantasievoll und sexy bewegen zu müssen – das überforderte ihn maßlos. Denn weder spürte er die Musik, noch konnte er den Takt halten, und er hatte auch keine Ahnung, wie er seine Hüften in geschmeidigen Balzbewegungen rotieren lassen sollte. Also ließ er es einfach – wenn man ihn ließ!

Einen riesigen Bogen würde er heute um seinen nervigen Kollegen machen – das stand schon mal fest. Noch einen Abend würde er sich bestimmt nicht von ihm verderben lassen! Es war schließlich sein sauer verdienter Urlaub, und der diente zu seiner Erholung – und nicht zu seiner nervlichen Zerrüttung.

Mürrisch verschwand er hinter der »Sylter Rundschau«, während Maja stumm ihr Ei löffelte und leicht verkatert am Kaffee nippte.

»Ich packe schon mal die Sachen für den Strand«, vermeldete sie, nachdem sie ihr Brötchen aufgegessen hatte.

»Gut!« Robert faltete zufrieden die Zeitung sorgsam zusammen und legte sie beiseite. Angenehm, dass nun endlich alles so lief wie immer. Wie sehr er Störungen seiner Routine oder Tagespläne doch hasste. Er stand auf und ging ins Wohnzimmer, um noch zwei E-Mails zu schreiben, solange Maja den Tisch abdeckte.

Eine halbe Stunde später stapften sie schwitzend nebeneinanderher durch den weichen Sand und hielten Ausschau nach ihrem online gebuchten Strandkorb, der ärgerlicherweise nicht – wie bestellt – direkt an der Promenadentreppe stand, sondern ziemlich weit draußen Richtung Kampen.

Robert hasste Sand an den Füßen und ärgerte sich, wie viel davon beim Laufen gerade in seine Sneaker geriet. Hoffentlich bekam er das alles wieder raus. Man konnte die Innensohle ja wohl ausschütteln, hoffte er …

Endlich fanden sie die Nummer 2307, mussten aber erst mal ein junges Paar daraus vertreiben, das sich dort gerade häuslich einrichten wollte.

Akribisch säuberte Robert seine Füße, als sie im Korb saßen, und klopfte umständlich die Innensohlen aus.

»Aber da kommt auf dem Rückweg doch sowieso wieder Sand rein, Schatz«, schüttelte Maja verständnislos den Kopf. »Warum gehst du bloß nicht barfuß?«

»Das weißt du doch, Maja!«, fuhr Robert sie verärgert an. Immer die gleiche Leier. Jedes Jahr musste er ihr aufs Neue erklären, dass er Sand zwischen seinen Zehen verabscheute.

Maja zog Jeans und Bluse aus, setzte sich in den Strandkorb, öffnete ihr Bikinioberteil, drehte Robert ihren nackten Rücken zu und hielt ihm die Sonnencremeflasche hin. »Cremst du mir kurz den Rücken ein?« Wie Robert das zuwider war! Das klebrige, parfümierte Zeug von den Fingern wieder loszuwerden war immer so schwierig, weil es ja wasserfest war. Aber diesmal hatte er schlau vorgesorgt und eine Packung Feuchttücher eingesteckt, die ihren Zweck zum Glück passabel erfüllten.

Nachdem die vor Sonnencreme glänzende Maja sich auf ihrer Seite zurechtgeruckelt hatte und ihr Gesicht mit geschlossenen Augen in die Sonne hielt, hievte Robert seine sandbefreiten Füße auf einen kleinen Hocker, den er extra dafür mitgenommen hatte, lehnte sich genüsslich zurück und schlug die Biografie von Mies van der Rohe auf, einem der – wie er fand – wichtigsten Architekten der Moderne. Wie kaum ein anderer hatte Ludwig Mies van der Rohe, der von 1886 bis 1969 lebte, nach Roberts Meinung die Vorstellung moderner Architektur geprägt. Das Buch hatte er sich extra für diesen Urlaub gekauft.

Für Maja hatte er »Ozelot und Friesennerz« mitgenommen, die Erinnerungen einer gebürtigen Sylterin, die gerade die Bestsellerlisten stürmten. Ein bisschen Ferienheimatkunde würde ihr ganz guttun, hoffte Robert. Zufrieden schlug er die Mies-Biografie auf und vertiefte sich in die ersten Seiten ...

»HUHU!!« Kaum hatte Robert ein paar Zeilen gelesen, ertönte eine mittlerweile nur allzu vertraute Stimme und riss ihn aus seiner Konzentration. Freudig winkend, stapfte Bernd auf sie zu. Wieder mal unfassbar geschmacklos gekleidet, wie Robert über den Rand seiner Lesebrille erkennen musste: Sein Kollege trug eine rote Baumarkt-Schirmmütze, ein ausgeblichenes, gelbes »I love Teneriffa«-T-Shirt mit grünem Bergmotiv, ausgefranste Jeans-Shorts und – Robert konnte kaum hinsehen – eine Plastiktüte von Aldi! Entsetzt ließ er das Buch sinken.

»Hey, ihr Sonnenanbeter! Das ist ja schön, dass ich euch hier finde!« Euphorisch strahlend, ließ Bernd sich vor ihrem Strandkorb in den Sand fallen, kramte eine karierte Wolldecke aus seiner Tüte, die er ächzend vor ihnen ausbreitete.

»Herrlich hier! Karin kommt auch gleich!« Mit diesen Worten zog er sich das T-Shirt über den Kopf und ließ sich mit nacktem Oberkörper auf die Decke fallen, um sich dort mit ausgebreiteten Armen erfreut stöhnend auf den Rücken zu legen.

Roberts Blick fiel auf seine üppige Brust- und Bauchbehaarung – und blieb schließlich an einer Tätowierung hängen, die Bernds Schulter zierte. Waren das tatsächlich ein Schiff und ein Herz mit einem Anker drin? Und stand da wirklich »My heart belongs to Mum« drunter? Robert war fassungslos.

»Dein Herz gehört deiner Mutter?«, fragte er mit ungläubig aufgerissenen Augen. »Im Ernst?«

»Ja, vollkommen ernst!«, lachte Bernd. »Ich liebe meine Mutter sehr! Du nicht?«

»Doch, doch«, murmelte Robert. »Aber deshalb lasse ich mir das doch nicht gleich in die Haut stechen ...«

»Sie hat sich sehr darüber gefreut«, schmunzelte Bernd.

»Und Karin? Die auch?«

»Ach, Robert ...«, setzte Bernd ermüdet an, offenbar fest entschlossen, sich nicht provozieren zu lassen.

»Du hast ja eine sehr exklusive Strandtasche«, grätschte Maja scherzend in den Schlagabtausch und deutete auf die Alditüte.

»Ja, oder?« Stolz grinsend hielt Bernd das blau-weiße Plastikding hoch. »Ist schon klar, dass die hier auf der Insel der Reichen und Schönen verpönt ist«, gab er zu. »Ist aber extrem praktisch! Da werden die Sachen weder nass noch sandig!«

»Stimmt«, Maja nickte. Wo er recht hatte, hatte er recht.

»Was kann man denn hier auf Sylt Schönes machen?«, fragte Bernd, auf dem Rücken liegend mit geschlossenen Augen. »Wir sind ja zum ersten Mal hier. Habt ihr Tipps?«

»Abreisen!«, wollte Robert spontan rufen.

»Ein Ausflug mit der Fähre nach Amrum oder Helgoland

ist sicherlich interessant«, schlug er stattdessen vor. Damit wäre das Paar wenigstens kurzzeitig weg von der Insel.

»Ach, da gibt es so viel ...«, sinnierte Maja. »Der Ellenbogen ist sehenswert, die Uwe-Düne, die Hörnumer Odde, Keitum, die Braderuper Heide, die Austernbänke ...«

»Und sportlich?«

»Ihr könnt euch E-Bikes mieten oder Segways ... Oder reiten, oder kiten, oder Stand-up paddeln, oder, oder, oder ...«

»Fallschirm springen?«

»Ja, das auch! Am Flughafen«, antwortete Maja verblüfft.

Maja

»Ach, Mist! Jetzt hab ich meine Badehose vergessen«, rief Bernd bestürzt, nachdem er seine Tüte gründlich durchwühlt hatte. Vor etwa einer Stunde war Karin zu ihnen gestoßen, und die beiden hatten sich seitdem gründlich von der Sonne durchbraten lassen.

»Dann geh halt ohne rein«, schlug Karin träge und mit geschlossenen Augen vor. »Ist doch sowieso schon fast FKK-Bereich hier – und auf Sylt hat Nacktbaden eh Tradition!«

Karin hatte recht, direkt an den Strandabschnitt, in dem ihr Strandkorb stand, grenzte der FKK-Bereich von Onkel Johnnys Strandwirtschaft, einem Strandrestaurant, das direkt am Strand auf Pfählen stand. Aber auch ohne diese Legitimation sagte auf Sylt niemand etwas, wenn man lieber unbekleidet in die Fluten sprang.

»Gute Idee! Uns Ossis liegt FKK ja eh im Blut«, strahlte Bernd und knöpfte seine Shorts auf. Verschämt schaute Maja weg und sah Sekunden später nur noch seinen nackten Hintern, als er Richtung Brandung rannte.

Schmunzelnd drehte sie sich zu Robert um. Irrte sie

sich, oder war er tatsächlich blass geworden – vor Entsetzen? Sie prustete los. »Zu viel für dich, Schätzchen, oder?«

Robert schnaubte Unhörbares und verschwand wieder hinter seinem Buch.

Pech für ihn, dass er sich so die Sicht versperrte, denn auch Karin hatte sich inzwischen nackt ausgezogen und rannte Bernd hinterher.

Maja blieb mit ihrem mürrischen Gatten im Strandkorb zurück und kam sich plötzlich alt vor. Sehr alt. Niemals, aber wirklich noch nie hatte Robert nackt mit ihr gebadet. Ja gut, am Anfang ihrer Beziehung hatten sie sich manchmal unter der Dusche geliebt, aber das war wegen Roberts Bandscheibenvorfall nun schon ewig nicht mehr vorgekommen.

Bernd und Karin kreischten und juchzten in der Brandung und warfen sich immer wieder kopfüber in die Wellen. Bernd ließ sich von den Brechern ans Ufer tragen – Bodysurfing nannte man das. Wie gerne würde sie das auch mal probieren ...

Wenn nicht jetzt, wann dann?, schoss es ihr plötzlich durch den Kopf.

Wild entschlossen, nicht länger alles zu versäumen, sprang Maja auf, schnappte sich ihr Handtuch und eilte zu den beiden ans Meer. Natürlich im Bikini.

»Ma ...«, hörte sie Robert noch verblüfft hinter sich herrufen, dann übertönte das Rauschen der Brandung alle anderen Geräusche.

»Hey! Kommst du auch?« Nass, nackt und haarig stand Bernd vor ihr und lächelte sie überrascht an. »Spring rein! Es ist herrlich!«

Zögernd tapste Maja durch die Gischt und spürte die beängstigend elementare Kraft der Wellen. Der Sog um ihre Beine war furchterregend. Sollte sie da wirklich reingehen?

»Komm, es sieht schlimmer aus, als es ist!«, lachte Bernd und reichte ihr die Hand. Widerstrebend ließ sie sich von ihm Richtung Brechungsgrenze ziehen, dem Bereich, wo sich die Wellen kopfhoch überschlugen und schäumend in sich zusammenbrachen.

Swuschhhh! Eine Welle brach über sie hinweg und spülte sie unter. Panik stieg in ihr auf, aber dann spürte sie, wie Bernds Hand sie souverän wieder an die Oberfläche zog.

Doch kaum hatte sie sich das Salzwasser aus den Augen gewischt, rollte auch schon die nächste Welle auf sie zu, und die war furchterregend hoch – etwa dreißig Zentimeter höher als ihr Kopf. Panisch wollte Maja gerade umdrehen und mit rudernden Armen ans rettende Ufer eilen, da fühlte sie plötzlich Bernds Hände an ihren Hüften, die sie kraftvoll hoch und durch die Welle hoben. Er selbst wurde dabei komplett überspült. »Du kannst auch einfach hindurchtauchen«, schlug er vor, nachdem er wieder aufgetaucht war. »Probier mal!«

Die nächste Welle kam, Maja köpfte mutig hindurch – und tauchte zu ihrer Überraschung in klarem, ruhigem Wasser wieder auf. Die Welle war fast unmerklich über sie hinweggerauscht. Wie einfach das war! Das hätte sie nie gedacht! Begeistert tauchte sie so durch die nächsten Wellen hindurch und genoss das schwerelose Gefühl dabei. Die schäumende Gischt massierte ihren Körper und fühlte sich auf der Haut prickelnd wie ein Peeling an.

»Und jetzt versuch es doch mal mit Bodysurfen!«, lockte Bernd. »Dazu musst du die heranrollenden Wellen beobachten und genau im richtigen Moment losspringen – und auf ihnen schwimmen!« Er stellte sich hinter sie, um sie für die ersten Male punktgenau in die Brechung zu werfen, und schaute sich konzentriert nach den Wellen um. Maja spürte seinen nackten Penis an ihrem Oberschenkel. Ein sehr ungewohntes Gefühl. Sie traute sich nicht, hinunterzugucken, um Form und Größe zu erfassen.

Swusch! Schon hatte er sie hochgehoben und auf die Welle geschmissen, die sie mit Wucht Richtung Ufer spülte. Nur mit dem Unterschied, dass Maja diesmal oben auf der Wasseroberfläche schwamm, statt von der Welle unterspült zu werden. Es war berauschend. Wie Fliegen.

Noch ein paarmal hob Bernd sie zum perfekten Zeitpunkt auf die Welle, und Maja war erstaunt, wie viel Kraft er hatte. Überhaupt schien er sehr muskulös und gar nicht so dick, wie sie dachte. Auch seine üppige Brustbehaarung beeindruckte sie, Roberts Oberkörper dagegen war komplett unbehaart.

Es kam ihr vor, als stünde sie hier mit dem Prototyp des nackten Ur-Mannes im Meer. Einem Neandertaler quasi – in dem Element, aus dem alle Schöpfung kam.

Außerdem waren sie fast gleich groß. Ein Mann auf Augenhöhe. Es war sehr ungewohnt für Maja, nicht wie sonst aufschauen zu müssen zu ihrem um einen Kopf größeren Gatten.

Geistesabwesend schritt sie zurück zum Strandkorb, in

dem Robert sie beim Näherkommen konzentriert über seine Lesebrille hinweg fixierte.

»Und? War es schön, mit Super Mario zu baden?«, fragte er bissig.

»Ja, ziemlich!«, antwortete Maja, um ihn zu ärgern, und ließ sich nass neben ihn in den Strandkorb plumpsen. Sollte er doch allein weiter seine sauertöpfische Tour fahren. Sie jedenfalls fand die beiden sehr nett.

»Hey!! Du bist ja klitschnass!« Angewidert rückte Robert von ihr ab und klemmte schnell ein Handtuch zwischen sie beide. »Trockne dich mal ab, sonst erkältest du dich noch!«

»Ja, Papa!«, murrte Maja und griff zu ihrem Handtuch.

Lachend, bestens gelaunt und ebenfalls tropfnass kamen Karin und Bernd zurück und ließen sich vor ihnen auf die Wolldecke fallen. Maja hätte gerne näher angeschaut, was sie sich im Wasser nicht getraut hatte, aber Bernd hatte ein Handtuch um die Hüften gebunden.

»Ich liebe es, mich in der Sonne trocknen zu lassen«, verkündete Bernd und stöhnte genüsslich. Karin küsste ihn auf die Wange.

»So, Freunde, wir gehen hoch und machen Mittagsschläfchen!«, verkündete Robert plötzlich nach einem Blick auf seine Breitling-Uhr, auf die er so stolz war. Maja schaute auf ihr Handy: Es war exakt 13 Uhr.

»Kommt ihr mit, oder bleibt ihr hier?«, fragte Robert und zog umständlich seine Sneaker an – diesmal mit Socken, um noch sicherer vor dem »bösen Sand« zu sein.

»Nö, wir bleiben noch …«, murmelte Bernd, der einzuschlafen schien. »Sind ja gerade erst angekommen!«

Karin hatte sich gemütlich an seiner Seite eingerollt und schien ebenfalls wegzunicken.

»Maja, kommst du?«, fragte Robert ungeduldig, nachdem er seine Tasche gepackt hatte und wartend vor dem Strandkorb stand.

»Nein, ich bleibe auch lieber hier«, verkündete Maja und lehnte sich zurück.

»Wie bitte?«, fragte Robert entgeistert.

»Ich bleibe hier! Was ist daran nicht zu verstehen?«, zischte Maja.

»Und mein Mittagessen?« Vor Empörung ließ Robert seine Tasche in den Sand fallen.

»Das holst du dir ganz selbstständig am Crêpes-Stand, Schatz! Das schaffst du, da bin ich mir sicher«, verkündete Maja mit deutlicher Ironie.

»Wie du meinst!« Beleidigt schnappte Robert sich seine Tasche und zog ab.

Maja schloss erleichtert die Augen und schlief, erschöpft vom ungewohnten Wassersport, ebenfalls ein.

Robert

»Was war denn auf einmal mit seiner Frau los?«, fragte sich Robert, während er die elend lange Strecke durch den Sand zur Promenadentreppe stapfte. So renitent kannte er sie gar nicht! Aber schön, ihm sollte es recht sein. Dann konnte er sich wenigstens ungestört ausruhen.

Nachdem er auf einer Bank auf der Promenade den Sand aus seinen Schuhen gekippt hatte, marschierte er schnellen Schrittes zum Crêpes-Stand und orderte einen Crêpe mit Tomaten, Schinken und Käse. Den nahm er immer – schon seit Jahren. Benno, der Betreiber, hatte bis Freitag Termine in Hamburg, erklärte ihm die junge Frau, die Benno vertrat, deshalb hätte sie hier bis zum Wochenende übernommen. Sie war sehr hübsch, fiel ihm auf. Blonde lange Haare, sinnliche Lippen, pralles Bindegewebe und eine vermutlich samtweiche Pfirsichhaut. Auch ihre Oberweite schien sehr stattlich, wie er verstohlen erspäht hatte.

»Ein Getränk dazu?«, fragte sie ihn lächelnd.

»Einen koffeinfreien Espresso, bitte«, bestellte er. Sonst könnte er seinen Mittagsschlaf vergessen.

»Koffeinfrei? Das haben Sie doch gar nicht nötig!« Sie

zwinkerte ihm zu und klinkte den mit Kaffeepulver gefüllten Siebträger an der Maschine ein.

Irrte er sich, oder flirtete sie mit ihm? Er warf ihr sein charmantestes Lächeln zu. Tja, so ein grauer Leitwolf wie er, so ein gestandener Alphamann, der hatte schon was, erklärte er sich die Situation. Nicht weiter verwunderlich, dass die jungen Dinger darauf flogen.

»Guten Appetit, Mister Clooney!« Noch mal strahlte sie ihn zweideutig an, als sie ihm den eingerollten Crêpe über den Tresen reichte. Hatte sie ihn wirklich gerade mit George Clooney verglichen? Sicher, er sah gut aus, das wusste er – aber so gut?

Selbstzufrieden wuchtete er sich an einem der Stehtische auf einen Hocker und biss in den Crêpe. Bente, so hieß sie offenbar, weil sie gerade von einer Kundin so begrüßt worden war, beobachtete ihn und lächelte ihm zu.

»Schmeckt's?«

»Ja, sehr lecker! Danke!« Er nickte ihr linkisch zu. Seine Flirtfähigkeiten waren deutlich eingerostet, wie er unzufrieden bemerkte.

Vielleicht sollte er es einfach mal drauf ankommen lassen, überlegte er. So einen kleinen Urlaubsquickie konnte einem doch keiner verübeln. Das war Ehrensache. Nur – er war sich leider über seine Standfestigkeit nicht mehr so sicher. Beim Masturbieren (oder »Jürgen würgen«, wie sein Sohn es nannte) hatte sein bester Freund zuletzt ein paarmal schlappgemacht, woraufhin er weitere Versuche eingestellt hatte …

Verärgert aß er den Crêpe auf.

Ob er mal Viagra probieren sollte?

Ein Kollege hatte es ihm kürzlich als wahres Wundermittel angepriesen. »Ohne das könnte ich meine 25-jährige Freundin niemals halten«, hatte er geprahlt. »Mit den Pillen bist du wieder 20 – und dein Johnny steht stramm wie ein Betonbolzen, wann immer du willst!«

Betonbolzen – das erinnerte ihn an das Bauprojekt, das er hier auf Sylt eventuell übernehmen sollte. Eilig sprang er vom Hocker, verabschiedete sich winkend von der hübschen Bente und hetzte nach Hause, um seine E-Mails zu checken.

»Bis morgen!«, rief sie ihm hinterher.

Robert strahlte, nachdem er die E-Mail von Dr. Schüttler, seinem Sylter Auftraggeber, gelesen hatte. Das Projekt konkretisierte sich. Schüttler hatte die Baugenehmigung für den über drei Etagen laufenden Keller und den versenkbaren Pool erhalten. Na bitte! Bei seiner üblichen Provision von 15 % sprangen bei dem Bauvolumen von acht Millionen Euro dann satte 1,2 Millionen Honorar für Robert heraus. So viel hatte er noch nie auf einmal verdient! Sollte er Maja die unglaubliche Höhe seines Honorars verraten? Oder lieber heimlich ein separates Konto einrichten? Er schaute auf seine geliebte Breitling-Uhr, für deren Preis von siebentausend Euro er noch hart hatte sparen müssen. Die Zeiten wären dann endlich vorbei ...

Äußerst zufrieden klappte er den Laptop zu. Moment!, fuhr es ihm durch den Kopf. Da war doch noch etwas! Schnell klappte er den Computer wieder auf und googelte den Begriff Viagra.

Was er las, klang vielversprechend. Sein bester Freund Arthur war Allgemeinmediziner, den würde er gleich mal anschreiben.

Maja

»Wir gehen jetzt mal was essen, Süße«, flüsterte eine sanfte weibliche Stimme in Majas Ohr und streichelte ihr dazu zart über ihren Arm. »Magst du mitkommen?«

Verschlafen öffnete sie die Augen. »Äh ... ja ...« Sie hatte gerade vom Skiurlaub vor fünf Jahren geträumt – dem letzten gemeinsamen mit den Kindern – und war noch nicht ganz wieder da.

»Prima!«, freute sich Karin und deutete Richtung Wasser, wo Bernd bereits seine Füße von den Wellen überspülen ließ. »Wir warten am Meeressaum auf dich, okay?«

Maja nickte benommen.

»Aber hetz dich nicht! Wir haben jede Menge Zeit.«

Zu dritt schlenderten sie wenig später am Ufersaum entlang zu Onkel Johnnys Strandwirtschaft. Die Sonne brannte, und das Wasser war herrlich klar und grün. Sylt war wirklich immer wieder wunderschön, fand Maja und genoss jede Sekunde.

»Wie lange seid ihr eigentlich schon verheiratet?«, erkundigte sich Karin, die eng umschlungen Arm in Arm mit

Bernd ging. Ein etwas komisches Bild, denn sie war bestimmt zehn Zentimeter größer als er.

»Seit 26 Jahren«, antwortete Maja.

»Wow! So lange? Das ist fett!« Karin nickte ihr bewundernd zu.

»Habt ihr Kinder?«

»Ja, einen Sohn und eine Tochter. Sind aber beide schon aus dem Haus.«

»Und ihr seid im leeren Nest zurückgeblieben?«, lachte Karin.

Maja nickte. »Genau!«

»Ist es schlimm?«

»Nicht schlimm, aber ungewohnt ...«, gab Maja zu. Sie hätte jetzt gerne das Thema gewechselt, denn der Gedanke an ihre ausgezogenen Kinder machte sie immer irgendwie traurig. Weil eine Lebensphase vorbei war, die so nie wiederkam.

»Robert ist wirklich ein außergewöhnlich guter Architekt«, warf Bernd plötzlich ein, als hätte er ihre Gedanken gelesen. Huch? Konnte er in ihren Kopf gucken? Falls er tatsächlich absichtlich das Gespräch umgelenkt hatte, war sie ihm sehr dankbar. So viel Sensibilität hätte sie ihm gar nicht zugetraut.

»Ach ja? Das freut mich!«

»Er ist sehr anerkannt bei den Kollegen«, fuhr Bernd neidlos fort. »Und er macht so gut wie nie Fehler.« Er lachte.

»Ich weiß ...«, nickte Maja. »Mein makelloser Supergatte!« Es klang zynischer, als sie beabsichtigt hatte.

»Nein, im Ernst«, bekräftigte Bernd. »Ich mag ihn sehr.

Er hat zwar einen Stock im Arsch, aber er ist ein feiner, loyaler Kerl.«

Stock im Arsch! Maja musste laut lachen. Das war zwar frech, aber es stimmte genau.

Während sie Onkel Johnny immer näher kamen, erfuhr Maja, dass Bernd 43 war – und auch einen erwachsenen Sohn hatte, der allerdings bei der Mutter aufgewachsen war und den er nur selten sah.

Karin war 29, studierte Jura, steckte mitten in der ersten Staatsprüfung (»ich wusste ewig nicht, was ich beruflich machen wollte«) und jobbte nebenbei in einer Hamburger Kiez-Kneipe. Dort hatte sie Bernd kennengelernt.

»Ich habe einen Freund begleitet, der sich unsterblich in eine der Barfrauen verliebt hatte«, erzählte er, nachdem sie auf der Restaurantterrasse mit Blick aufs Meer Platz genommen und bestellt hatten.

»Aber nicht in mich!«, stellte Karin mit erhobenem Zeigefinger richtig.

»Die Bar feiert jährlich ihren Gründungsgeburtstag mit einer großen Mottoparty«, erklärte sie. »Und dieses Mal war das Motto Elvis!« Sie lachte, als sie daran zurückdachte. »Du kamst im weißen Las-Vegas-Glitzeranzug, hattest dir schwarze Koteletten angeklebt und trugst eine Perücke mit Tolle!« Sie stupste Bernd in die Seite.

»Du auch!«, lachte Bernd.

»Ja, aber ich hatte deutlich mehr Brusthaar als du!« Sie zwinkerte ihm zu.

»Stimmt!«, gab er zu. »Und ich hatte nie wieder so schönes volles Haar!«

»Stimmt auch!« Karin lachte. »Obwohl ich deine Altherren-Halbglatze sehr süß finde.« Sie strubbelte ihm über den kurz geschorenen Kopf.

»Er hat auf dem Tresen getanzt«, erklärte sie und gab ihm einen Kuss. »Und bei dem Hüftschwung konnte ich nicht widerstehen. Da wäre ja sogar der echte Elvis neidisch geworden.«

»Du spinnst!«, rief Bernd. »Du bist ja vollkommen verblendet!« Er lachte verlegen.

»Und wenn schon«, strahlte Karin ihn verliebt an. »Genieß es doch, du alter Sack!«

»Mach ich doch auch!« Er gab ihr einen zärtlichen Kuss auf die Wange und zwinkerte Maja, die ihnen gegenübersaß, bestätigend zu.

Das Essen kam: Sie hatten alle das Roastbeef vom heimischen Weiderind bestellt, mit Remoulade und Kornbrot. Dazu tranken sie Sylter Craft-Bier aus der Flasche.

»Und wie habt ihr beide euch kennengelernt?«, fragte Karin kauend und rief begeistert »Mmmmh, lecker!«, bevor Maja antworten konnte.

»Robert hat mich umgehauen, im wahrsten Sinne des Wortes ...«, sagte Maja und erinnerte sich schmunzelnd an den ungestümen Radfahrer, der sie zu Fall gebracht hatte, als sie gerade aus einer Bäckerei trat.

Zwischen den einzelnen Bissen, die sie sich hungrig in den Mund schob, erzählte sie, wie Robert sie danach zur Entschuldigung auf einen Kaffee eingeladen und ihr seine Nummer aufgedrängt hatte, falls doch etwas mit ihrem Fahrrad sein sollte. Tagelang war sie um die Nummer herumgeschlichen und hatte ihn schließlich angerufen, um ihn todesmutig zu fragen, ob er Lust hätte, mit ihr ins Kino zu gehen.

»Und damals gab es noch keine Handys«, lachte sie. »Ich hatte großes Glück, dass er zu dem Zeitpunkt zu Hause und auf dem Festnetz zu erreichen war. Ein zweites Mal hätte ich die Nummer bestimmt nicht gewählt.«

»Er saß sicher Tag und Nacht neben dem Apparat«, grinste Bernd.

»Fandest du ihn denn gleich so toll?«, erkundigte sich Karin gespannt. »Ich liiiiiiiiebe Liebesgeschichten!«

»Ich fand ihn schon sehr beeindruckend – so groß und stattlich«, gab Maja zu und verschwieg, dass ihr Freund davor sie damals gerade verlassen hatte und ihr Selbstbewusstsein auf null war. Sie hatte es einfach mal mit Robert probieren wollen. Er »ging« ja – und das reichte ihr damals.

»Wozu habt ihr eigentlich den Bus mit?«, wechselte sie das Thema, denn sie hatte keine Lust, über ihre aktuelle Gefühlslage in Bezug auf ihren Gatten zu sprechen.

»Ach ...«, sagte Bernd und schob seinen leeren Teller von sich. »Wir chillen einfach gerne mal zum Sonnenuntergang am Strand ...«

»Außerdem ist der Bulli super für den Transport der Kite-Ausrüstung«, ergänzte Karin. »Ich habe vor zwei Jahren meine Kite-Leidenschaft entdeckt«, schob sie erklärend nach.

Maja nickte.

»Ich habe auch gar kein anderes Auto«, verriet Bernd.

Komisch, dachte Maja, dann kam er bestimmt mit dem

Rad oder mit Öffis zur Arbeit, denn von dem blumenbemalten Hippiegefährt hätte ihr Robert bestimmt erzählt. Wie lustig, dass sein Kollege so ganz anders war, als Robert ihn vermutlich eingeschätzt hatte.

Es war das erste Mal, dass sie mit einem anderen Paar ihren unantastbaren Sylter Sommerurlaub verbrachten. Irgendwie war ihre Familie immer eine Insel gewesen, so wie das gallische Dorf in den Asterix-Comics. Sie hatten wenig Außenkontakte außer Roberts Ruderklub und Majas Yogastunden. Klar, sie hatte zwei, drei beste Freundinnen, aber auch die lebten in Beziehungen, hatten Kinder, anstrengende Berufe und dementsprechend wenig Zeit.

Davon abgesehen, war Robert ein absoluter Eigenbrötler, der sich nicht gerne mit anderen Männern verkumpelte. Seine Frau und seine Kinder hatte er am liebsten für sich allein. Sie sollten sich mit voller, ungestörter Aufmerksamkeit auf ihn konzentrieren, das Zentralgestirn der Familie, um das sie wie Satelliten kreisten, hatte Maja oft gedacht.

Und nun teilten sie ihre Urlaubstage plötzlich mit diesem ungewöhnlichen Paar. Maja musste zugeben, dass sie sich mehr darüber freute, als sie erwartet hatte. Endlich passierte mal etwas Unvorhergesehenes, Ausgeflipptes.

»Prosit, ihr beiden!«, rief sie deshalb fröhlich und stieß mit ihrer Flasche nacheinander an die von Bernd und die von Karin. »Schön, dass ihr hier seid!«

»Finden wir auch«, strahlten die.

Robert

Bestens gelaunt marschierte Robert nach seinem Mittagsschlaf zurück zum Strand – und fand Strandkorb und Decke leer vor. Wo waren die denn? Er suchte den Meeressaum mit seinen Augen ab. Da waren sie nicht. Irritiert rief er Maja auf dem Handy an, bekam aber keine Verbindung. Das war nicht ungewöhnlich, denn die Netzabdeckung war an den Sylter Stränden grundsätzlich schlecht.

Auch egal, beschloss er, dann könnte er wenigstens in Ruhe lesen. Er klappte das Buch auf, las ein paar Seiten und döste dann ein.

Fröhliches Geplapper weckte ihn. Sie rochen nach Bier. Waren die betrunken? Mitten am Tag?

»Na, Schlafmütze, alles gut?«, begrüßte Bernd ihn launig.

Maja gab ihm einen Kuss auf die Wange. »Hallo, Schatz!« Sie hatte eindeutig eine Fahne.

»Ja, alles gut. Wo wart ihr denn?«, erkundigte sich Robert.

»Bei Onkel Johnny«, erklärte Maja und ließ sich mit einem erschöpften Seufzer neben ihn fallen. »Ganz schön anstrengend, das Laufen im Sand«, kicherte sie.

Bernd und Karin packten ihre Sachen zusammen. »Wollt ihr schon los?«, fragte Robert erstaunt.

»Wir wollen noch ein wenig mit der Harley die Insel erkunden«, sagte Bernd. »Kommt ihr mit?«

»Wir haben doch keine Motorräder«, wandte Robert ein.

»Die kann man hier bestimmt irgendwo leihen«, schlug Bernd vor.

»Kann sein, aber wir haben auch keinen Motorrad-Führerschein«, gab Robert zu bedenken.

»Dann leihen wir ein zweites Bike für euch, und ihr cruist auf den Soziussen mit – du bei mir und Maja bei Karin.«

»Ein andermal vielleicht«, schüttelte Robert den Kopf. »Viel Spaß!«

Die beiden zogen ab, und Maja und Robert blieben allein zurück. Schweigend.

»Möchtest du einen Kaffee?«, fragte Maja in die Wortlosigkeit ihrer Ehe hinein.

»Kaffee? Woher denn?« Robert tat geradeso, als hätte sie ihn gefragt, wo es hier Diamanten gäbe.

»Ich könnte uns einen To-go vom Iismeer holen«, schlug Maja vor.

»Nein danke!«, sagte Robert kurz angebunden und verschwand wieder hinter seinem Buch.

»Dann hole ich nur mir einen«, verkündete Maja. Sie wollte die herrliche kulinarische Versorgung der letzten Stunden nicht so abrupt abbrechen lassen und außerdem noch etwas über die Gespräche sinnieren, während sie durch den heißen Sand zur Promenadentreppe schlenderte.

»Mach das«, brummte Robert.

Den Nachmittag verbrachten sie lesend und schwimmend. Auch Robert begab sich einmal kurz ins Meer und duschte sich danach gründlich unter einer der Süßwasserduschen ab, die am Dünensaum überall bereitstanden. Er mochte das Gefühl von Salz auf der Haut nicht, weil die Haut dann immer so spannte.

Kurz nach 18 Uhr bekam er überraschend die ersehnte Bestätigung seiner Provisionshöhe durch Dr. Schüttler, seinen milliardenschweren großindustriellen Auftraggeber, aufs Handy gemailt und machte einen inneren Juchzer.

»Gute Nachrichten, Schatz?«, fragte Maja, die ihren Mann zu gut kannte, um die Freude auf seinem Gesicht zu übersehen.

»Ja, ziemlich«, strahlte er. »Das Schüttler-Projekt scheint zu klappen.«

»Das freut mich für dich«, sagte sie und streichelte ihm über den Arm.

»Komm, ich lad dich zur Feier des Tages zum Essen ein«, schlug er gut gelaunt vor.

»Wirklich?« Sie war erstaunt. »Hast du denn schon irgendwo reserviert?« In der Hauptsaison bekam man schwer spontan einen Tisch, wie sie wusste.

»Lass uns doch einfach eine Kleinigkeit im Iismeer-Bistro essen, da ist es doch immer so nett!«, bot er an. Und für Sylter Verhältnisse noch relativ preisgünstig, dachte er heimlich.

»Jetzt gleich? Ohne uns umzuziehen?« Maja konnte es kaum fassen.

»Ja klar«, sagte er zu ihrer Verblüffung. Erfreut packte sie ihre Tasche und zog sich an.

Kurze Zeit später nahmen sie in Jeans und T-Shirt an einem der Bistrotische vom Iismeer Platz, die auf der Promenade standen und einen tollen Ausblick auf Brandung und Sonnenuntergang boten.

Robert bestellte den Chili-Chicken-Salat für sie beide und Aperol Spritz, und Maja hatte ein strahlendes Glitzern in den Augen, als sie mit den Gläsern anstießen. Sie war so einfach glücklich zu machen – und so günstig, freute Robert sich.

Maja

Der prickelnde, fruchtig herbe Aperitif, dessen orange Farbe wie ein Vorgeschmack auf den Sonnenuntergang zu sein schien, tat seine Wirkung. Vermutlich, weil sie mittags schon Bier getrunken hatte, fühlte Maja schnell einen angenehmen Schwips in sich aufsteigen.

War Robert in sich gegangen? Seine spontane Einladung erstaunte sie sehr – und noch mehr, dass er nicht darauf bestanden hatte, sich erst umzuziehen. Es geschahen tatsächlich noch Zeichen und Wunder, dachte sie. Essen gehen, ohne sich korrekt dafür zu kleiden, das war zuletzt vor ungefähr 15 Jahren vorgekommen …

Sie schaute ihren Gatten an, dessen Gesicht schon ein wenig Farbe bekommen hatte, was ihm ausgesprochen gut stand. Das markante Kinn, die aristokratische Nase, der dunkle Teint – wie viel von dem Mann, in den sie sich damals verliebt hatte, erkannte sie noch in ihm? Sie nahm noch einen Schluck und versuchte, die alten Gefühle für ihn hervorzuholen. Vielleicht ließ sich ja wiederbeleben, was eingeschlafen war?

Als er sie damals mit dem Fahrrad umgerissen hatte, war

Maja tief beeindruckt gewesen von dem 1,90 Meter großen Kerl, der so souverän und lebensbewältigend wirkte. Eine starke Schulter und ein Mann zum Aufschauen (er war 20 Zentimeter größer als sie) im wahrsten Sinne des Wortes.

Maja war 25 und Robert 28, als sie sich kennenlernten. Ein Jahr später war sie schwanger, und sie heirateten. Er hatte einen sicheren Beamtenjob, war grundanständig, und sie konnte sich jederzeit auf ihn verlassen – das war ihr viel wert. So viel, dass sie seinen Antrag damals sofort annahm.

Waren sie noch glücklich? Schon lange fühlte sie sich von Robert nicht mehr richtig wertgeschätzt. Sie hatten sich auseinandergelebt, lebten nur noch nebeneinanderher, wie eine gut eingespielte WG.

Die Kellnerin brachte ihre Gerichte. Maja hätte vor der Bestellung eigentlich gerne noch mal in die Karte geschaut, aber Robert hatte ja leider sofort über ihren Kopf hinweg entschieden, und sie wollte die Stimmung nicht zerstören. Außerdem hatte sie ja mittags schon reichlich gegessen.

»Guten Appetit, mein Engel!«, wünschte er ihr und stach mit der Gabel beherzt in ein Stück Huhn.

»Mein Engel?« Maja verschluckte sich fast an ihrem Aperol. So hatte er sie schon ewig nicht mehr genannt.

Sie liebte ihn doch, dachte sie, als sie ihm beim Essen zuschaute. Und sie würde auch gerne mal wieder mit ihm schlafen, um ihm endlich wieder nah zu sein. Aber vielleicht könnten sie ja mal etwas anderes ausprobieren als die eingeschliffene Routine. Wenn sie zum Beispiel mal oben sitzen würde ... Oder sie sich vorher massieren würden ... Bei

Kerzenlicht und schöner Musik … Oder mal draußen, in den Dünen, bei Sonnenuntergang …

Verträumt schaute sie Richtung Meer. Irgendwie hatte das Baden in der Brandung sie aufgepeitscht, eine lange verstummte Sehnsucht in ihr wiedererweckt: Sehnsucht nach Leben, Rausch – Ekstase! Wie schön wäre es, wenn sie ihrer Beziehung mit Robert wieder Feuer und Verliebtheit einhauchen könnte. Wenn er sie mal wieder so anschauen würde wie früher. Mit dieser Wärme und Liebe in den Augen. Und den begehrenden Blicken, die er heute nur noch den jungen Dingern zuwarf. Der Kellnerin zum Beispiel, die gerade ihre Teller gebracht hatte.

Maja trank ihren Aperol aus und genoss den kleinen Schwips. Robert war fertig mit seinem Salat und tupfte sich mit der Serviette den Mund ab.

Es war ein herrlicher lauer Sommerabend, und Maja wäre gerne noch am Strand entlanggeschlendert und hätte sich den Sonnenuntergang, der heute sicherlich spektakulär ausfallen würde, vom Strandkorb aus angeguckt. Mit einer Wolldecke und einer Flasche Wein … Aber Robert war ja leider so schrecklich unspontan! Er wollte unbedingt die Tagesschau und irgendeine Wirtschaftssendung sehen und mahnte zur Eile.

Während Robert im Wohnzimmer fernsah, setzte sie sich auf die Terrasse, trank einen Ingwertee und schaute der Sonne beim Untergehen zu. Wie immer beeindruckte sie das prachtvolle purpurne Farbenspiel am Himmel. Die rosa Heckenrosen, die den Garten säumten, dufteten, ein Hase flitzte über den Rasen, und in der Ferne hörte sie die Brandung rauschen. Wie herrlich es hier doch war …

Vor dem Zubettgehen blieb sie im Bad an ihrem Spiegelbild hängen und prüfte ihren Marktwert: Sie war eine etwas zu füllige, 1,70 Meter große, 52 Jahre alte Frau. Im Grunde war alles an ihr durchschnittlich: ihre Körpergröße, ihre halblangen braunen Haare, ihr Gesicht. Sie war nicht ausgesprochen hübsch – aber auch nicht hässlich. Schön waren ihr Mund und ihre warmen, großen braunen Augen.

Gegen die schlanke Karin kam sie sich allerdings vor wie ein gealtertes Michelin-Männchen mit deutlichem Cellulite-problem. Aber der Vergleich war ja auch unfair: Karin war über 20 Jahre jünger als sie.

Es nützte nichts. Eine Topmodel-Figur würde sie in ihrem Alter sicher nicht mehr erreichen. Sie musste mit dem vorhandenen Material arbeiten und das Beste daraus machen. Vielleicht schon heute Abend! Seltsam aufgeputscht, kletterte sie zu Robert, der konzentriert in seinem »Mies«-Buch las, ins Bett.

»Ich finde Bernd und Karin eigentlich ganz nett …«, setzte Maja an.

Robert klappte das Buch zu und schaute sie über den Rand seiner Lesebrille verärgert an. »Steaks grillen, Harley fahren und einen auf Easy Rider machen – ist doch lächerlich, wie der hier den wilden Mann gibt«, schnaubte er mürrisch. »Und natürlich musste er unbedingt auch noch nackt baden!«

»Ach, komm, Hase! Das hättest du doch auch machen können!«, säuselte Maja schmunzelnd und griff tollkühn in seine Pyjamahose. »Du brauchst dich doch wirklich nicht zu verstecken!«

»Lass das!«, rief Robert empört und schubste entsetzt ihre Hand weg. Sie erschrak. So vehement hatte er sie noch nie abgewehrt. War sie denn wirklich so unerotisch für ihn geworden?

Gekränkt drehte sie sich auf die Seite. Sex-Versuch interruptus. Sie fühlte sich plötzlich sehr ernüchtert. Robert las noch etwas weiter, platzierte dann Brille und Buch auf dem Nachttisch, pfriemelte sich seine Ohropax in die Ohren und löschte das Licht. Gruß- und Gutenachtkuss-los.

Kurze Zeit später hörte Maja ihn schnarchen. Und er behauptete immer, sie würde schnarchen, dieser Idiot!

Maja war fast eingeschlafen, als sie von nebenan eindeutige Geräusche hörte. Poltern, Stöhnen, Lachen, »Jajaja!!« und »Das ist sooooo guuuuhht!«-Rufe – und irgendwann mehrere spitze, ekstatische Schreie.

Bernd und Karin hatten offenbar Sex. Und zwar, wie es sich anhörte – sehr guten!

Maja wurde neidisch. Das Doppelhaus hatte zwar dicke Wände, aber ihre Schlafzimmerfenster lagen direkt nebeneinander – und die standen wegen der Hitze im Dachgeschoss offen.

Frustriert ging sie gedanklich ihre sexuelle Biografie durch. Vor Robert hatte sie nur drei Männer gehabt – und ihr »erstes Mal« war alles andere als vielversprechend gewesen: »Das passt nie!«, hatte sie schreckerfüllt gedacht, als sie den erigierten Penis von Malte sah, der ihr riesig und absolut überdimensioniert vorkam. Wie sollte diese Riesengurke in die Öffnung hineinpassen, die nur mit Mühe Mini-Tampons vertrug? Nach ein paar vergeblichen Versuchen hatte es dann irgendwie doch gepasst, aber es fühlte sich an, als hätte man ihr eine Aubergine eingeführt, auch wenn Maltes Penis im Nachhinein betrachtet lediglich die Größe einer mittleren Gewürzgurke gehabt hatte.

Es war schmerzhaft und hektisch gewesen, und sie hatte es einfach durchgestanden wie eine Zahnarztbehandlung ohne Betäubungsspritze. Denn es war niemand da, der ihren Schmerz ernst genommen hätte, so wie damals, als sie sich mit 14 den Mittelfußknochen gebrochen hatte und alle sich über sie lustig gemacht hatten.

»Das erste Mal tat's noch weh, beim zweiten Mal nicht mehr so sehr«, hieß es in einem bekannten Schlager. Das war in ihrem Fall leider nicht so gewesen. Beim zweiten Mal war es genauso schlimm, deshalb sah sie verständlicherweise erst mal davon ab, einen dritten oder vierten Versuch zu wagen.

Dann trat Ralf in ihr Leben und überschrieb die Negativerfahrung. Er war manuell äußerst begabt und bescherte ihr den ersten Orgasmus ihres Lebens. Und auch die Penetration empfand sie plötzlich als äußerst lustvoll.

Es folgte Frank, ein eher mäßig begabter Liebhaber, und dann kam auch schon Robert …

Ihr gemeinsames Sexleben war nicht schlecht, aber Robert war weder besonders experimentierfreudig noch einfühlsam. Das Vorspiel fiel oft aus, und wenn er sich mal manuell um sie bemühte, traf er nie die richtige Stelle – und schon gar nicht das richtige Tempo.

Maja hatte es nichts ausgemacht. Sie hatte es trotzdem immer genossen, ihn zu spüren, ihm nah zu sein, denn sie fühlte sich von ihm begehrt und geliebt. Und alles andere erledigte souverän ihr Vibrator, den sie sich vor Jahren mal heimlich im Internet bestellt hatte. Das Ding surrte sie souverän zum Orgasmus – in Sekundenschnelle! Das war äußerst praktisch und sozusagen Einstellungsvoraussetzung, wenn man eine vierköpfige Familie, wenig Zeit und das Essen auf dem Herd hat, sexuell aber trotzdem auf seine Kosten kommen will.

Sie kicherte in sich hinein. Ganz schön verwegen war sie sich damals vorgekommen, als der Postbote das unauffällig verpackte Paket brachte und sie es sofort erfolgreich testete. Robert hatte bis heute keine Ahnung davon.

Sex spielte keine besonders überdimensionierte Rolle in ihrer Ehe. Erotik und Leidenschaft waren in einer Beziehung sowieso nicht das Wichtigste – davon war sie fest überzeugt. Denn bei allen Paaren, die sie kannte, schlief das Sexleben irgendwann ein. Zusammen blieben dann nur die, bei denen viele andere Bereiche gut funktionierten.

Nebenan ging es schon wieder los. Maja konnte es kaum fassen. Bernd war doch auch schon 43! Diesmal ging es schneller, und sie beneidete Karin glühend um deren zweiten und dritten Orgasmus.

Wann war sie eigentlich das letzte Mal gekommen?, fragte sie sich und konnte sich nicht erinnern. Ihr Unterleib kam ihr vor wie ein stillgelegter Bergstollen. Er hatte mal stolze Erträge – nämlich Kinder – hervorgebracht, war nun aber schon lange außer Betrieb. Auch der Vibrator verstaubte seit Jahren ungenutzt in seiner Geheimschublade. Ihre Lust war genauso eingemottet wie ihr Hochzeitskleid.

Vielleicht hatte Karin ihre Orgasmen ja auch nur gefakt, wie Maja es schon so oft getan hatte, um Robert zufriedenzustellen, tröstete sie sich.

Frustriert schlief sie ein.

Robert

»Sie wohnen doch im Ferienhaus Dünentraum hier nebenan, oder?«, fragte ihn ein weißhaariger Mann im rosa Lacoste-Hemd, als er vom Joggen zurückkam. Der Mann stand auf dem Bürgersteig, und Robert wollte gerade locker an ihm vorbeitraben. Robert hielt an und trat vor dem Mann auf der Stelle, um seinen Laufrhythmus nicht zu unterbrechen.

»Ja, warum?«

»Ist ja schön, dass Sie in Ihrem Alter noch so ein reges Sexleben haben, aber geht es auch etwas leiser?«, motzte der Mann. »Ich fürchte, halb Wenningstedt weiß nun, um wie viel Uhr Ihre Frau gekommen ist.«

Wie bitte? Robert glaubte, sich verhört zu haben, und wollte gerade etwas erwidern, als er bemerkte, dass der Sohn des Mannes, ein blonder Surfertyp, gerade aus dem Haus getreten war und grinsend seinen Daumen hochreckte. »Nice, Dude!«, rief er Robert zu.

»Halt die Klappe, und nimm endlich dein blödes Surfbrett aus dem Flur«, schimpfte sein Vater.

Robert kam sich plötzlich toll vor. Ein Deckhengst, wie

er im Buche stand, ein Sex-Supermann, vor dem sogar junge Kerle Respekt hatten.

»Danke für den Tipp und schönen Tag noch«, rief Robert, während er gut gelaunt weiterlief. Das war ein Wink des Schicksals! Gleich nach dem Frühstück würde er seinen Arthur um das Viagrarezept bitten.

»Hast du gestern Nacht irgendeinen Lärm gehört?«, fragte er Maja bewusst beiläufig, nachdem er seine Zeitung ausgelesen hatte.

»Na ja ...«, grinste die. »Bernd und Karin hatten offenbar Spaß!«

»Ah!«

»Wir ja leider nicht«, setzte sie leise hinterher.

»Ach, Maja ...!« Verärgert stand Robert auf und ging ins Wohnzimmer, um mit Arthur zu telefonieren.

»Warum fragst du?«, rief sie ihm hinterher.

»Es gab Beschwerden«, rief er zurück.

»Beschwerden?«, interessiert folgte Maja ihm ins Wohnzimmer. »Von wem denn?«

»Der Urlauber im Haus nebenan hat mich darauf angesprochen«, erzählte Robert genervt.

»Weil er dachte, du wärst dafür verantwortlich gewesen?« Maja lachte laut auf. »Schön wär's, mein Lieber!« Sie ging wieder nach draußen, um den Tisch abzudecken.

Na warte, du wirst schon sehen!, dachte Robert grimmig, zückte sein iPhone und tippte in seiner Kontaktliste auf Arthurs Nummer.

»Kleinen Moment, ich verbinde«, sagte die nette Sprechstundenhilfe genau in dem Augenblick, als es an der Tür klingelte. Wahrscheinlich der Postbote. Hektisch riss Robert die Tür auf.

»Überraschung!!!«, rief ihm ein strahlender Bernd entgegen und zeigte auf zwei E-Bikes, die hinter ihm standen.

»Sekunde«, stotterte Robert und tippte auf die rote »Gespräch beenden«-Taste.

»Weil es heute für den Strand zu bedeckt ist, haben wir spontan vier E-Bikes für uns alle gemietet!« Bernd schaute ihn Beifall heischend an.

»Ihr könnt doch Fahrrad fahren?«, erkundigte sich Karin besorgt, angesichts Roberts fassungsloser Sprachlosigkeit.

»Äh jaja ... natürlich ...« Hilflos schob Robert sich die Brille ein Stück die Nase hoch.

Klassische Übersprungshandlung, diagnostizierte Karin.

»Maja, kommst du mal bitte?«, rief Robert in den Flur hinein.

»Es ist nicht zu fassen, diese Nervensägen haben Fahrräder für uns gemietet und wollen einen Ausflug mit uns machen«, flüsterte er Maja ins Ohr, als sie an ihm vorbei zur Tür eilte. »Was sollen wir denn jetzt tun?«

Maja begrüßte und umarmte Bernd und Karin und sagte zu Roberts Entsetzen: »Ach, wie toll! Da freuen wir uns aber! Wann wollt ihr denn los?«

Robert hätte sie am liebsten erwürgt.

Maja

Eine Fahrradtour auf der alten Bahntrasse über Kampen nach List – wie schön! Maja genoss die Bewegung auf dem Rad, die von einem starken Elektromotor unterstützt wurde und deshalb überhaupt nicht anstrengend war.

Weil Robert fand, dass E-Bikes »etwas für Warmduscher« wären, hatte er seinen Motor demonstrativ ausgeschaltet und trat nun schwer atmend und schwitzend mit grimmigem, verbissenem Gesichtsausdruck vor sich hin.

»Wenn man irgendetwas bequemer oder leichter machen kann, bin ich immer dabei«, hatte Bernd dagegengehalten und seinen Motor auf »Tour« geschaltet, die dritthöchste Unterstützungsstufe.

Offenbar um seine Fitness zu beweisen, fuhr Robert vorneweg, Bernd und Karin folgten ihm nebeneinander, und Maja bildete das Schlusslicht.

Begeistert sog sie Licht und Landschaft ein: die herrliche Heideebene bei Kampen, die Dünenlandschaft mit gleichzeitigem Blick auf die Brandungs- und auf die Wattseite der Nordsee – und schließlich die verwunschen-schönen Wanderdünenfelder vor List. Wie auf dem Mond sah es hier aus, vollkommen surreal …

Sie fuhren durch List, überquerten den Hafenplatz und radelten auf dem Deich den Ellenbogen entlang. Äsende Schafe standen uneingezäunt am Wegesrand, und der Strand am Ellenbogen schien endlos. Maja war absolut fasziniert. Mit dem Rad hatten Robert und sie die Insel selten erkundet, und sie war erstaunt, wie viel mehr man auf zwei Rädern wahrnahm als aus dem Autofenster.

Am Imbisswagen von Wonnemeyer tranken sie einen Kaffee und aßen ein Fischbrötchen »auf die Hand«. Robert, der bedenklich rot im Gesicht war und dem der Schweiß auf der Stirn stand, schmiss sein Brötchen nach zwei Bissen angewidert in den Müll.

»Das ist ja wohl der labschigste, wässrigste Matjes, den ich je gegessen habe«, schimpfte er.

Maja fand ihr Krabbenbrötchen dagegen sehr lecker, und auch Bernd und Karin schien es zu schmecken.

»Hol dir doch noch etwas anderes«, schlug Bernd vor.

»Nein danke, im Gegensatz zu dir achte ich auf meine Figur«, ätzte Robert.

Maja zuckte zusammen. Das war ein unverhohlener Angriff. Warum konnte Robert sich nicht mal zusammenreißen?

»Und ich bin einfach gerne satt«, überging Bernd die Spitze und klopfte Robert kumpelhaft auf die Schulter, während er noch mal zum Tresen ging. »Willst du auch ein Bier?«, rief er Robert von dort zu.

»Mittags??« Roberts Stimme überschlug sich fast.

»Schon gut«, lachte Bernd. »Kannst ja ein Alkoholfreies nehmen. Nicht, dass du noch einen Nervenzusammenbruch erleidest.«

»Hmpf«, machte Robert, dem offenbar keine Retourkutsche dazu einfiel.

Maja hörte ihn leise »Alkoholiker« murmeln.

»Willst du eins, Maja?«, fragte Bernd.

»Nein, mir reicht der Kaffee, vielen Dank!«, rief sie zurück. Sie hätte gerne ein Bier getrunken, wollte Robert aber nicht als alleinige Spaßbremse bloßstellen. Das wäre ihr unsolidarisch vorgekommen. Sie ärgerte sich zwar maßlos über seine Misanthropie, aber er war immerhin ihr Mann. Und wie sang schon Lynn Anderson: »Stand by your man …«!

»Wie ihr wollt!« Schulterzuckend orderte Bernd zwei Flens für Karin und sich.

Als er mit den Bügelverschlussflaschen zurück zum Tisch kam, begann es zu nieseln. Besorgt schaute Robert erst in den Himmel und dann auf seine Wetter-App. »Wir müssen schnell nach Hause radeln!«, verkündete er. »In 20 Minuten geht es richtig los und hört heute dann wohl auch nicht mehr auf!«

»Na dann, Abmarsch!« Hektisch verschlossen Karin und Bernd ihre gerade erst aufgeploppten Bierflaschen, verstauten sie in ihren Körben und schwangen sich aufs Rad.

Robert preschte wieder voran und gab ein Tempo vor, als würde er ums Gelbe Trikot kämpfen. »Tortour de Krampf!«, rief ihm denn auch Bernd lachend hinterher und schaute sich kopfschüttelnd nach Maja und Karin um. Die hatten beide auf Turbo geschaltet und konnten den Männern deshalb mühelos folgen. Allerdings war die Beschaffenheit der Straße ein Albtraum: Schlagloch folgte auf Schlagloch, und dazu begann es immer stärker zu regnen. Majas Hose war bereits klitschnass. Und sie fror. Hätte sie sich doch bloß etwas Warmes mitgenommen.

Im mittlerweile sturzbachartigen Regen ruckelten sie über die holperige Strecke Richtung Kampen. Robert konnte durch seine Brille, die bei dem Wetter Scheibenwischer gebraucht hätte, kaum noch etwas erkennen und hielt deshalb unvermittelt an.

»So eine Scheiße!«, rief er wütend und versuchte, die Gläser mit einem Taschentuch zu trocken, das sofort patschnass war.

»Schaut mal!«, rief Bernd plötzlich und deutete auf ein Schild auf dem Parkplatz, auf dem sie gerade hielten. »Strandsauna« stand darauf.

»Wäre das jetzt nicht die Rettung?«, fragte Bernd hoffnungsvoll und rieb sich dabei die kalten nassen Hände.

»Au ja!«, rief Karin begeistert. »Nichts wie rein in die herrliche Wärme!«

»Aber wir haben doch gar keine Handtücher dabei!«, gab Maja zu bedenken.

»Die kann man da leihen!«, wusste Karin.

Mürrisch stimmte Robert, der ohne Brille sowieso nicht weiterradeln konnte, zu. Er hasste Saunieren. Warum man auf kleinstem Raum mit nackten Menschen um die Wette schwitzen sollte, hatte sich ihm bislang genauso wenig erschlossen wie die Sache mit dem Tanzen.

Kurze Zeit später saßen sie in Raum 1 der altmodischen und für Sylter Verhältnisse erstaunlich kargen Lister Strandsauna. Angeekelt hatte Robert die geblümten Plastikvorhänge registriert, die vor der Duschwanne der Nasszelle der kleinen 70er-Jahre-Holzhüttenanlage hingen.

Wie die Sportumkleiden seiner Schulzeit war der holzvertäfelte Umkleidebereich gestaltet. Es gab keine abschließbaren Spinde, nur simple Holzbänke und -regale. Jeglicher Luxus oder Komfort fehlte. Robert wäre am liebsten sofort wieder gegangen, aber seine Hose war nass, und ihm war kalt. Übellaunig zog er sich aus, seine Uhr behielt er allerdings lieber an – wer wusste schon, wer die sonst klauen würde ...

Karin und Bernd schwitzten auf der oberen Bank, Robert und Maja auf der mittleren. Zum Glück waren sie allein in dem kleinen Raum, dachte Robert. Unerträglich die Vorstellung, in dem winzigen Raum hätten sich noch weitere nackte fremde Menschen neben ihn gesetzt.

Der Saunaofen dampfte und zischte, und der Regen prasselte an die kleine milchige Plexiglasscheibe, die in den Innenhof der Anlage blicken ließ. Bernd reckte und streckte sich, seufzte wohlig, lehnte sich mit dem Rücken an die Wand und legte seine Füße auf Karins Knie. »Oh, tut das gut, die Wärme!«, schwärmte er. »Findet ihr nicht auch?«

Maja nickte. Robert brummte zustimmend. Karin streichelte Bernd über seine behaarten Waden.

»Na, du bist von Mutter Natur aber reichlich beschenkt worden«, sagte Bernd mit anerkennendem Blick auf Roberts bestes Stück, als sie eine Viertelstunde später dampfend in den Innenhof traten, und schlug ihm kumpelhaft die Hand auf den Rücken.

Robert blieb vor Verblüffung die Luft weg.

Bernd hatte einen relativ kleinen Schwanz, stellte Maja erstaunt fest. Der von Robert war doppelt so lang.

»Wer hat, der hat!« Karin hakte sich bei Maja ein und zwinkerte ihr verschwörerisch zu.

Schon, dachte Maja bitter, aber nicht jeder, der einen Porsche hat, kann ihn auch fahren!

»Kommt ihr mit ins Meer?«, rief Bernd und warf sein Handtuch über einen der Holzständer.

»Danke, nein!«, lehnte Robert ab. Ein Salzwasserbad war ihm für seine Breitling nun wirklich zu riskant.

»Jaaa!«, schrie Karin und sprintete nackt in Richtung des kleinen Pfades, der durch die Dünen direkt zum Meer führte. Bernd rannte hinter ihr her.

»Wartet!«, rief Maja und folgte ihnen.

Nackt und erhitzt durch den Regen zu rennen und in die schäumende Brandung zu springen war ein Erlebnis, das Maja nie mehr vergessen würde. Selten hatte sie sich so lebendig, so vital, so gut – einfach so eins mit allem gefühlt. Sie hätte aufschreien können vor Glück.

Durch das Bad im Meer wurde ihr Kreislauf derart angekurbelt, dass sie danach – ohne im Geringsten zu frieren – mit ausgebreiteten Armen noch ein paar Minuten am Strand entlanglief und sich den Regen mit geschlossenen Augen ins Gesicht prasseln ließ. Auch das war ein so genussvolles Erlebnis, dass es sich für immer in ihr Hirn einbrennen würde.

»Na, meine Schöne, huldigst du der wilden Natur?« Bernd umarmte sie plötzlich von hinten, was Maja zutiefst verwirrte. Sie hatte ihn gar nicht kommen hören.

»Ja«, stammelte sie, befreite sich aus seinen Armen und drehte sich zu ihm um. Obwohl er schweiß- bzw. meerwasserüberströmt war, roch er gut, bemerkte sie erstaunt. Irgendwie nach Moschus. Nach Holz. Oder nach Leder. Robert roch immer nur nach Davidoff Cool Water. An seinen eigenen Geruch konnte sie sich gar nicht mehr erinnern.

»Schön«, grinste Bernd und lief zu Karin, um sich mit ihrem Handtuch etwas abzutrocknen.

»Ich gehe zurück und mache noch einen Gang«, rief Maja den beiden zu, die sich gerade leidenschaftlich küssten.

Bernds Arme hatten sich ungewohnt stark angefühlt. So als könnte man sich darin fallen lassen. Maja war verwundert. Ob die jetzt Sex hatten, sobald sie hinter dem Dünenkamm verschwunden war?, überlegte sie. Das wäre sicher fantastisch! Schade, dass mit Robert an so etwas gar nicht zu denken war ...

Robert

Wie viele verschwitzte Menschen vor ihm wohl schon den braunen Leih-Bademantel getragen hatten, in dem er mit einem Becher Filterkaffee im Ruheraum der Anlage Platz genommen hatte? 1000? Noch mehr? Skeptisch betrachtete er den verwaschenen Frotteeärmel und schnupperte misstrauisch daran. Er roch überraschenderweise nur nach Waschmittel. Beruhigt lehnte Robert sich zurück, nahm einen Schluck heißen Kaffee und blätterte geistesabwesend in einer zerfledderten Illustrierten.

Die Tür ging auf, und eine strahlende Maja trat ein – ebenfalls im Leih-Bademantel. Mit einem Handtuch trocknete sie sich im Hereinkommen die nassen Haare ab.

»Na, war es schön?«, fragte Robert in herablassendem Tonfall. Wie er diesen abwesenden, verträumten Gesichtsausdruck bei seiner Frau verabscheute. So hatte sie früher manchmal das Essen anbrennen oder das Telefon durchklingeln lassen.

»Ja, und wie!«, sagte sie und setzte sich mit leuchtenden Augen ihm gegenüber.

»Das musst du unbedingt auch mal machen! Ist echt ein Erlebnis!« Strahlend tätschelte sie sein nacktes Knie.

»Danke, aber diese Location hier ist schon Erlebnis genug für mich«, entgegnete Robert sauertöpfisch.

Maja ging zum Imbissraum und holte sich auch einen Kaffee. Wieder zurück, fläzte sie sich neben Robert in einen der abgerockten Liegestühle und genoss die ersten Schlucke des Heißgetränks, das hier noch mit echter Sahne serviert wurde.

Ihr fielen gerade die Augen zu, als plötzlich die Tür aufflog und die beiden anderen mit roten Wangen hereinstürmten – über und über mit Sand bedeckt, als hätte man sie soeben gründlich paniert.

»Seid ihr in einen Sandsturm geraten?«, fragte Robert verblüfft.

»Wir ham uns ’n bisschen durch die Dünen gerollt, weeßte?«, grinste Bernd. »Jetzt müssen wa aber fix unter die Dusche!« Sprach’s und zog die kichernde Karin Richtung Duschraum hinter sich her.

Warum berlinerte der plötzlich, wunderte sich Robert. Und was sollte das überhaupt heißen: »Durch die Dünen gerollt«?

Fragend schaute er Maja an, aber die zuckte nur mit den Schultern, grinste und trank noch einen Schluck aus ihrem Becher.

»Es hat aufgehört zu regnen!«, rief Robert Richtung Nasszelle. »Wir sollten die kurze Regenpause nutzen und schnell zurückfahren. Wollen wir dann gleich mal los?«

»Okay«, rief Bernd zurück.

Nachdem sie sich geföhnt, angezogen und ihre Leih-Ausstattung zurückgegeben hatten, trockneten sie ihre Fahrräder ab und radelten zurück nach Wenningstedt – zum Glück ohne weiteren Schauer.

Der Verleih nahm ihre Räder entgegen, und Bernd beglich die Leihpauschale für alle. »Versprochen ist versprochen«, sagte er, als Maja sich bei ihm für die Einladung bedankte.

»Das war eine tolle Idee und eine echt schöne Unternehmung!«, lobte Maja.

Robert nickte gequält. Er war zu gut erzogen, um unhöflich zu sein.

»Dafür laden wir euch heute Abend zum Essen ein!«, strahlte Maja. Robert glaubte, sich verhört zu haben. Drehte seine Frau jetzt total durch?

»Passt es euch um 20 Uhr im ›La Pergola‹?«, ließ Maja sich nicht beirren.

»Das ist ja lieb«, freute sich Karin. »Total gerne!«

Sie verabschiedeten sich vor dem Verleih voneinander, weil Bernd und Karin noch etwas einkaufen wollten. Robert und Maja gingen zu Fuß zurück zur Ferienwohnung.

»Spinnst du eigentlich, was sollte das denn?«, fragte Robert aufgebracht, als sie außer Hörweite waren.

»Wieso? Ist doch nett! Die beiden haben uns jetzt schon zweimal eingeladen, und wir müssen uns allmählich mal revanchieren, finde ich.«

»So, findest du also!« Robert schnaubte. »Und das entscheidest du mal eben so einfach über meinen Kopf hinweg?«

»Das war eine spontane Idee«, verteidigte sich Maja. »Und ich dachte, weil wir ja sowieso den Tisch um acht reserviert hatten …«

»Aha.«

»Ich konnte ja nicht ahnen, dass es offenbar derart schlimm für dich ist!«

Erst die Fahrradtour und jetzt auch noch die Esseneinladung – der Urlaub gestaltete sich mehr und mehr zum Albtraum, fand Robert. Einzig die Aussichten auf sein exorbitantes Zusatzhonorar und das Viagrarezept hielten ihn einigermaßen bei Laune.

»Ist schon okay«, lenkte er deshalb ein. »Ist ja lieb von dir.«

Im Grunde war es ja vollkommen egal, ob er mit Maja allein oder ob sie zu viert speisen würden. Denn er würde sich wie immer sein Filetsteak medium-rare bestellen und dazu ein Glas Tignanello genießen, für das er dem Restaurantbesitzer – wie immer – heimlich 30 Euro zustecken würde. Eine ganze Flasche für alle, die über 100 Euro kostete, wollte er nicht springen lassen – das wären bei den Kulinarik-Banausen ja Perlen vor die Säue. Meistens schenkte ihm der Chef eh noch mal gratis nach. Die 30 Euro rechneten sich also. Er schlug sich innerlich auf die Schulter. Was war er doch für ein Finanzfuchs!

Zu Hause ging Robert erst mal gründlich duschen. Wer wusste schon, mit was für widerlichen Keimen und Bakterien diese Uralt-Anlage infiziert war.

Als er neu eingekleidet auf die Terrasse trat, hatte sich der Himmel wieder komplett aufgeklart. Die Luft war noch feucht, roch wie frisch gewaschen, und es war ein schöner Sommerabend.

Auch Maja hatte sich zurechtgemacht und für den Abend angezogen. Sehr hübsch sah sie aus in ihrem Blumenkleid, musste er überrascht zugeben. Das Kleid ließ die Schultern frei und bot zudem einen großzügigen Blick auf ihren makellosen Rücken. Auch ihre Haare hatte sie heute besonders gut hinbekommen, fand er.

»Gut siehst du aus!«, entfuhr es ihm.

»Ist das etwa ein Kompliment?«, fragte Maja verblüfft. »Tatsächlich ein Lob vom großen Robert Maurer?« Sie lachte. »Moment! Das notiere ich mir im Kalender!«

»Du bist ja doof«, maulte Robert.

»Na, endlich sind wir wieder beim normalen Tonfall«, grinste Maja. »Sonst hätte ich mir auch Sorgen gemacht!« Sie küsste ihn auf die Wange und hakte sich auf dem Weg zum Restaurant spontan bei ihm ein.

Robert musste zugeben, dass das eigentlich ein ganz schönes Gefühl war. Wann waren sie zuletzt so gegangen? Er wusste es nicht mehr …

Maja

Sie würde sich von dem alten Muffelkopf nicht die Laune verderben lassen, hatte Maja beschlossen. Sie hatte sich an Robert für die sexuelle Zurückweisung gestern Nacht rächen wollen, deshalb hatte sie spontan die Essenseinladung an Karin und Bernd ausgesprochen. Natürlich wusste sie genau, dass Robert sich darüber ärgern würde.

Giovanni, mit dem Robert gerne in seinem VHS-Kurs Italienisch fachsimpelte, hatte ihnen einen sehr schönen Tisch draußen auf der Gartenterrasse reserviert. Weiße Stoffservietten, Windlichter, frisch aufgeschnittene Ciabatta und eine Flasche bestes Olivenöl – in der Abendsonne gab der Tisch ein Feinschmeckerzeitschriften-reifes Bild ab.

Giovanni empfing sie wie immer überschwänglich mit Küsschen links und rechts und ließ zur Begrüßung ein Glas Prosecco springen. Kurz nachdem sie sich gesetzt hatten, kamen auch schon Bernd und Karin. Richtig schick sah Bernd heute Abend aus, staunte Maja. Er trug ein hellblaues Leinenhemd, das sehr vorteilhaft mit seiner Bräune kontrastierte, dazu Jeans und weiße Sneaker. Karin hatte sich, genau wie Maja, ein Kleid angezogen. Nur dass ihres schlicht und uni anthrazit war und Spaghettiträger hatte. Auf einen BH hatte sie erneut verzichtet. Ob sie überhaupt einen besaß?, fragte Maja sich. Na, dann war ja klar, wo Roberts Augen für den Abend festhängen würden, schmunzelte sie.

Auch Bernd und Karin bekamen ein Glas Prosecco, und sie stießen zu viert auf einen schönen Abend an.

Sie bestellten Antipasti für alle, die Männer orderten danach Steaks, Karin Fisch und Maja ihre geliebten Spaghetti mit Gambas.

Das Essen schmeckte wie immer hervorragend, genau wie der Wein, und die Stimmung war locker und freundschaftlich. Sogar Robert schien aufzutauen. Vermutlich, weil ihm das Essen und die önologische Versorgung gefielen, vermutete Maja. Und natürlich der Ausblick auf Karins unverpackte Brustwarzen …

»Kennt ihr eigentlich diese 36 Fragen, nach denen sich angeblich jeder in einen verliebt?«, fragte Karin, nachdem sie jeweils auch noch eine Portion Tiramisu verputzt hatten und an ihren Espressi nippten.

»Nein«, sagte Robert.

»Ich auch nicht«, ergänzte Maja.

»Moment, ich rufe das mal eben im Netz auf«, rief Karin, zückte ihr Handy, tippte darauf rum und las dann laut vor:

»Es ist eine der großen Fragen der Menschheit: Wie verlieben wir uns? Welche Faktoren führen dazu, dass wir uns zu einem Menschen hingezogen fühlen? Aussehen, Geruch, Intellekt – das alles ist bei der Auswahl des Partners bewusst und unterbewusst relevant, aber niemand weiß so genau, was wirklich im Körper vorgeht.«

Karin pausierte und blickte in die Runde.

»Weiter!«, forderte Robert und dachte an Bente.

»In seinem 1997 veröffentlichten Bericht ›The Experimental Generation of Interpersonal Closeness: A Procedure and Some Preliminary Findings‹ beschreibt der amerikanische Wissenschaftler Arthur Aron, wie Intimität zwischen zwei völlig fremden Personen hergestellt werden kann. Nämlich mit einem Set von 36 Fragen. Die Idee dahinter ist, dass Verwundbarkeit, also das ehrliche Beantworten der doch recht intimen Fragen, Verbundenheit erzeugt.«

»Wow«, staunte Maja.

»Liebe ist immer mit Gefühlen und vielen Emotionen verbunden«, fuhr Karin fort. »Damit diese überhaupt aufkommen können, muss zwischen fremden Menschen Vertrauen entstehen. Und das geschieht, indem man sich dem anderen öffnet. Die Methode von Aron ist eine Abkürzung, um das Gegenüber und dessen Leben schnell kennenzulernen.«

»Lies mal eine Frage vor!«, forderte Maja interessiert.

»Okay«, schmunzelte Karin. »Ahnte ich doch, dass euch das interessiert! Hier ist sie: Wenn du dich für jede Person auf der Welt entscheiden könntest: Wen würdest du zum Essen zu dir nach Hause einladen?«

Robert und Maja überlegten. »Mies van der Rohe!«, rief er spontan, aber wenig originell, wie Maja dachte. Schließlich las er ja gerade dessen Biografie.

»Interessant. Und warum?«, wollte Karin wissen.

»Weil ich ihn für einen visionären Architekten halte und gerne ein bisschen von ihm lernen würde.«

»Lass ich gelten«, sagte Karin.

»Und du?« Sie schaute Maja an.

»Brigitte Bardot!«

»Was?« Karin lachte. »Wieso DAS denn?«

Auch Bernd schaute verblüfft. Robert verdrehte die Augen und hielt dem Kellner sein Rotweinglas hoch. Der verstand, nickte und verschwand im Restaurant.

»Weil sie sich so eindrucksvoll für den Tierschutz eingesetzt und ihr ganzes Geld und ihre Karriere dafür geopfert hat«, begründete Maja ihre Wahl.

»Und an Tieren liegt dir so viel?«, fragte Bernd erstaunt.

»Seit ich Mika habe, schon«, erklärte Maja.

»Mika?«

»Unsere Neufundländerhündin!« Maja lächelte in Gedanken an ihr geliebtes schwarzhaariges Fellmonster.

»Ihr habt einen Hund?«, fragte Karin und zog ungläubig die Augenbrauen hoch.

»Ja«, sagte Maja und nahm einen Schluck Wein.

»Und warum ist der nicht hier??«, wollte Bernd wissen.

»Weil im Ferienhaus keine Hunde erlaubt sind«, sagte Robert trocken.

»Und warum habt ihr dann kein anderes gemietet? Die Insel ist doch ein wahres Hundeparadies – gerade für einen Neufundländer!« Bernd schien fassungslos.

»Weil Robert keine Hunde mag!«

Zack! Das saß. Aber Maja hatte einfach keine Lust mehr, um den heißen Brei herumzureden.

»Stimmt doch gar nicht«, verteidigte sich Robert.

»Du weißt sehr genau, dass das stimmt, mein Lieber!«, zischte Maja scharf.

»Dunja Hayali!«, rief Bernd unvermittelt. Offenbar wollte er einen Streit vermeiden.

»Wo?« Robert schaute sich irritiert um.

»Du möchtest Dunja Hayali zum Essen einladen?? Die Moderatorin?«, hakte Maja interessiert nach.

»Ja, genau die! Weil sie sich unermüdlich für Gerechtigkeit und Gleichbehandlung einsetzt.«

Erstaunlich, fand Maja. »Und das liegt dir am Herzen?«

»Natürlich! Dir nicht?«

»Doch! Klar!«

»Mich würde interessieren, was sie antreibt«, erklärte Bernd.

»Hat die nicht kürzlich das Bundesverdienstkreuz bekommen?«, erkundigte sich Robert.

»Ja, genau.«

»Außerdem hat sie ein ziemlich cooles Buch über Hunde geschrieben«, sagte Bernd.

»Magst du Hunde?«, fragte Maja überrascht.

»Ich liebe sie!«, lächelte Bernd. »Zu Hause in Stralsund hatten wir immer Hunde, und ich selbst hatte bis letztes Jahr Max, einen Berner-Sennen-Rüden. Leider ist er jetzt im Hundehimmel«, sagte er traurig.

Karin streichelte ihm tröstend über den Rücken.

»Das tut mir leid«, sagte Maja berührt.

»Nächste Frage!«, verlangte Robert. Zum Glück hatte der

Kellner ihm gerade ein neues Glas des teuren Tropfens gebracht.

»Stell dir vor, du wirst 90 Jahre alt«, las Karin vor. »Wenn du dir aussuchen könntest, ob du entweder den Geist oder den Körper eines (oder einer) 30-Jährigen für die nächsten 60 Jahre behalten könntest ... Wofür würdest du dich entscheiden?«

»Körper!«, rief Robert spontan in Gedanken an sein Potenzproblem.

»Warum?«, wollte Karin wissen.

»Weil Fitness und Jugend viel wertvoller sind als Weisheit«, lachte Robert.

»Findest du?«, wunderte sich Karin.

»Ich verstehe die Frage nicht«, überlegte Maja. »Die Alternative wäre, ewig im Geisteszustand einer 30-Jährigen zu bleiben? Aber ist man das nicht automatisch, wenn man körperlich für immer 30 bleibt?«

»Da hast du recht«, stimmte ihr Bernd zu. »Vermutlich meinten sie es so, wie Robert es verstanden hat: Jugendlichkeit oder Weisheit!«

»Doofe Frage!«, fand Karin. »Hier kommt die nächste: Nenn mir drei Dinge, die du und ich deiner Meinung nach gemeinsam haben!«, las sie vor und schaute Robert fragend an.

»Du und ich?«, fragte Robert entgeistert.

Karin nickte.

»Hmm, mal überlegen ... Ich kenne dich ja kaum ...« Er schaute sie eindringlich an und nahm einen Schluck Wein.

»Ein fundiertes Studium, eine schlanke Figur und ...« Er dachte nach.

» ... die Sympathie für Bernd!«, schloss er erleichtert. Das war in seinem Fall glatt gelogen, aber taktisch klug.

Charmeur, dachte Maja. Lügt, ohne rot zu werden.

»Chapeau, nicht schlecht!«, schmunzelte Karin.

»Du empfindest also ›Sympathie‹ für mich?«, fragte Bernd Karin empört und setzte »Sympathie« dabei per Handzeichen in imaginäre Anführungsstriche. »Und ich dachte, es wäre Liebe ...!«

Karin lachte. »So kann man sich irren, mein Süßer!« Sie gab ihm einen Kuss.

»Bist du sicher, dass du die Variante zum Verlieben rausgesucht hast – und nicht die für schnelle Trennungen?«, fragte Maja.

»Wofür bist du in deinem bisherigen Leben am dankbarsten?«, las Karin unbeirrt weiter vor.

»Für meinen Sohn!«, antwortete Bernd wie aus der Pistole geschossen.

»Bei mir sind es auch die Kinder«, schloss sich Maja an.

»Ach, und ich?«, maulte Robert gekränkt.

»Du natürlich auch, Schatz! Aber Kinder sind ein absolutes Wunder ...«

»Aber Liebe doch auch!«, warf Karin ein.

»Ich sag ja, das ist das Trennungsspiel!«, lachte Maja und überging damit absichtlich Karins Einwand. Die Liebe zu ihren Kindern war einfach mit nichts anderem zu vergleichen. Und über die Intensität ihrer Liebe zu Robert war sie sich aktuell nicht wirklich sicher ...

»Wenn du morgen mit einer zusätzlichen Eigenschaft oder Fähigkeit aufwachen könntest, welche wäre das?«, fragte Bernd, der Karin das iPhone aus der Hand genommen hatte.

»Die Lottozahlen voraussagen!«, rief Robert, offensichtlich stolz auf seinen vermeintlich originellen Einfall.

Bernd hielt den Daumen hoch.

»Gedanken lesen«, fand Maja.

»Super!«, lobte Karin. »Ich würde mich gerne von A nach B beamen können – mal eben so, an jeden Ort der Welt!« Verträumt schaute sie in die Runde. »Und du?« Sie guckte Bernd fragend an.

»Ewig jung und gesund bleiben!«, antwortete er.

»Auch nicht schlecht«, stimmten die anderen zu.

»Dein Haus mit all deinem Besitz fängt an zu brennen«, las nun wieder Karin vor, der Bernd das iPhone zurückgegeben hatte. »Nachdem du deine Liebsten und deine Haustiere gerettet hast, kannst du ein letztes Mal ins Feuer laufen und einen Gegenstand retten. Welcher wäre das? Warum?«

»Mein Laptop!«, rief Robert wieder als Erster, als ginge es darum, Klassenstreber zu werden.

»Warum?«, fragte Karin.

»Da sind alle meine Daten und Entwürfe drin!«, sagte Robert.

Warum dachte er nicht mal gründlich nach, bevor er antwortete, ärgerte Maja sich. Es ging bei diesem Spiel sicher nicht darum, der Schnellste zu sein … Dennoch verrieten gerade seine Hauruckantworten viel über ihn …

»Ich würde die alten Familienfotoalben retten«, überlegte Maja. »Weil die Bilder sonst unwiderruflich verloren sind. Wir haben sie nicht digitalisiert ...«

»Die Kaminuhr meiner Oma ...«, sagte Bernd nachdenklich. »Da hängen so viele Erinnerungen dran ...«

»Und du?«, fragte Maja Karin.

»Nichts!«, lachte Karin. »Ich hänge an keinem Gegenstand so sehr, dass ich dafür mein Leben riskieren würde!«

Die anderen nickten betreten. »Haste auch wieder recht«, murmelte Bernd.

»Noch eine Frage? Oder findet ihr es langweilig?«, wollte Karin wissen.

»Auf jeden Fall noch eine Frage!«, forderte Bernd. »Ist doch spannend!«

»Find ich auch!«, nickte Maja.

»Na ja ...«, brummte Robert und nahm einen tiefen Schluck Wein.

»Okay: Sage deinem Gegenüber, was du an ihm oder ihr magst«, forderte Karin Bernd auf und deutete mit dem Kopf auf Maja. »Sei dabei ehrlich, und sage Dinge, die du normalerweise einer Person, die du gerade erst kennengelernt hast, nicht sagen würdest.«

Bernd schaute Maja so intensiv an, dass sie ganz verlegen wurde. »Du bist außergewöhnlich warmherzig, hast wunderschöne Augen – und du kannst dich sehr gut bewegen«, lächelte er.

»Wow!«, stammelte Maja.

»Außerdem bist du eine sehr begabte Bodysurferin!« Er zwinkerte ihr zu.

» ... und du riechst gut!«, schob er nach.

Robert zog irritiert die Augenbrauen hoch.

Maja spürte Hitze in sich aufsteigen, die ihr in die Wangen schoss. Verlegen schaute sie in ihr Glas. Bernd sah sie wieder mit diesem intensiven Blick an, den sie kaum aushalten konnte.

»Und deine Liebe zu deinem Hund finde ich auch sehr sympathisch«, fuhr Bernd fort.

»Jetzt reicht's aber!«, rief Robert plötzlich. »Wollen wir dieses blöde Spiel jetzt nicht mal beenden? Ich werde langsam müde ...«

»Jetzt geht es doch gerade erst richtig los, Kollege!«, sagte Bernd. »Oder bist du schon verliebt?« Er lachte.

Grummelnd leerte Robert sein Glas.

»Ich lass eine Runde springen!«, rief Bernd mit Blick auf Roberts leeres Glas und orderte vier Grappa.

»Gibt es etwas, von dem du schon lange träumst, es zu tun? Warum hast du es noch nicht getan?«, las Karin vor.

»Wellenreiten!«, platzte es spontan aus Maja heraus.

»Welche Wellen denn genau?«, fragte Bernd und grinste sie scheel an.

»Mensch, Bernie, jetzt lass sie doch!«, stupste Karin ihn in die Seite und sah nicht nur wegen Maja empört aus.

Der Grappa kam. Sie exten ihn. Maja fühlte sich mittlerweile deutlich beduselt. Auch Robert schien schon Schlagseite zu haben.

»Welche Rolle spielen Liebe und Zuneigung in deinem Leben?«, las Bernd vor. Lallte er auch schon ein bisschen? Neugierig schaute er Maja an.

»Ich weiß nicht …«, überlegte sie. »Lange Zeit waren mir die Kinder am wichtigsten …«

Robert schnaubte verärgert.

» … aber jetzt spüre ich wieder Sehnsucht nach …« Sie hielt inne, weil sie nicht wusste, ob sie wirklich sagen sollte, was ihr auf der Zunge lag. Der Wein hatte ihre Hemmschwelle deutlich heruntergefahren, und sie wollte nicht morgen bereuen, was heute beduselt aus ihr herausplatzte.

»Und die bekommst du von Robert nicht?«, hakte Bernd nach, der ihren Satz offenbar gedanklich komplettiert hatte.

»Doch, natürlich!«, rief Maja und nickte heftig dazu.

»Darf ich – aus reiner Neugier – fragen, ob Robert sexuell noch genauso attraktiv für dich ist wie am Anfang eurer Beziehung?«, fragte Karin. Auch sie war durch den Alkohol enthemmt. Maja empfand die Frage trotzdem als deutlich zu übergriffig.

»Das geht jetzt aber entschieden zu weit!«, empörte sich denn auch Robert.

»Nee, lass mal!« Maja winkte beschwichtigend in Richtung ihres Gatten. »Ich finde schon«, log sie, um ihn nicht bloßzustellen, und streichelte ihm übers Kinn.

Sie liebte Robert wie ihre Eltern, wie ihre Geschwister – wie ihre Familie eben. Aber wie einen Sexgott? Wohl kaum …

»Und Bernd für dich?«, rettete sie sich mit der Gegenfrage an Karin.

»Wir sind erst seit einem halben Jahr zusammen«, strahlte Karin. »Bei uns ist doch alles noch ganz frisch!«

»Glaubst du, dass du gut im Bett bist?«, fragte Bernd plötzlich Robert.

Maja zuckte zusammen. Robert fiel vor Schreck fast das Grappaglas aus der Hand, mit dem er seit ein paar Minuten nervös herumspielte.

»Spinnst du?«, rief er empört. »Geht dich das irgendetwas an?« Sein Gesicht lief rot an vor Zorn. »Das ist eine total unverschämte Frage!« Robert kochte.

Bernd zuckte mit den Schultern.

»Und du?«, konterte Robert. »Bist du denn gut im Bett?«

»Aber hallo!«, rief Bernd übertrieben. »Ich bin selbstverständlich der Allergeilste!«

Maja und Karin lachten.

Robert verzog verknittert den Mund.

»Nein, im Ernst: Jedes Instrument ist nur so gut wie der Musiker, der darauf spielt!« Bernd grinste verschmitzt.

»Hui!«, rief Maja. »Das ist aber weise!«

»Und du? Bist du eine gute Musikerin?« Bernd schmunzelte sie unverschämt an. Sie wurde rot, konnte darauf nicht antworten. Was hätte sie auch darauf sagen sollen, sie konnte sich ja kaum an ihr letztes Mal erinnern.

Maja fühlte beim Blick in Bernds Augen ein ungewohntes Kribbeln im Bauch. Sollten diese Fragen tatsächlich funktionieren? War sie jetzt einfach nur notgeil, oder hatte dieser Kerl wirklich etwas?

»Ich möchte jetzt ins Bett, Freunde!«, verkündete Robert und stand auf. »Ich werde mich mal um die Bezahlung kümmern!« Er verschwand Richtung Eingang.

Kurze Zeit später brachen sie auf und gingen zu Fuß nach Hause.

»Und? Sind wir jetzt alle ineinander verliebt?«, fragte Bernd scherzend, als sie vor den Türen ihrer Ferienwohnungen standen.

»Auf jeden Fall!«, lachte Maja. »Schlaft gut!«

Robert

Dieser Nerv-Gnom! Offenbar hatte er sich in den Kopf gesetzt, ihnen den Urlaub zur Hölle zu machen. Was sollten denn diese blöden Fragen? Robert ärgerte sich beim Zähneputzen so sehr, dass er die Bürste zu fest aufdrückte und sich das Zahnfleisch verletzte.

Die Fragen hatten ihn aufgewühlt. In letzter Zeit wurde er sich seiner eigenen Vergänglichkeit schmerzhaft bewusst. Bekannte und Kollegen wurden krank oder starben sogar. Und Robert war sich nicht sicher, ob er wirklich glücklich und erfüllt war von seinem Leben. Solange er arbeitete, waren ihm seine Gemütszustände nicht besonders präsent, aber hier im Urlaub kam er ins Grübeln.

Maja war seine Frau, seine Gefährtin und Lebenskomplizin, und er liebte sie, aber von Begehren konnte man schon lange nicht mehr sprechen, und er war sich nicht so sicher, ob das Gefühl des Begehrens tatsächlich so überflüssig war im Alter, wie viele behaupteten.

Was wollte er überhaupt noch? Weltruhm als Architekt? Reichtum? Fernreisen? Aussteigen, nach Südamerika auswandern und mit einer blutjungen Peruanerin eine achtköpfige Großfamilie gründen? Bei dem Gedanken musste er lachen.

Um Himmels willen, schalt er sich. Bloß nicht noch mehr Kinder! Er war schließlich immer noch verwundert darüber, dass er die schlaflosen Kleinkindphasen seiner mittlerweile zum Glück erwachsenen Sprösslinge ohne Burn-out überstanden hatte.

Dass Maja aber auch immer irgendjemanden versorgen musste! Vermutlich fühlte sie sich sonst überflüssig, analysierte er. Nur deshalb hatte er der Anschaffung einer Hündin zugestimmt. Er hatte einfach gehofft, dass er Majas Helikoptersyndrom auf Mika ableiten konnte. Doch mittlerweile ging ihm ihr Hang zum Bemuttern, der sich, seit die Kinder aus dem Haus waren, voll auf ihn und das Tier konzentrierte, zusehends auf die Nerven.

Was wollte er noch von seinem Leben? Wo wollte er hin? Was war wirklich wichtig?

Sie war schwer zu beantworten, die Sinnfrage.

Er hatte sich 20 Jahre lang für Familie und Kinder aufgeopfert. Hatte zu seiner Verantwortung als Vater gestanden und die Familie ernährt. Nun war er mal dran, fand er. Aber womit? Welche Zielsetzungen hatte man als Mann mit Mitte 50? Weil ihm nichts Sinnvolleres einfiel und er daraus Bestätigung zog, hatte er sich auf Karriere und Statussymbole konzentriert. Sex oder erotische Abenteuer, die ihn als jungen Mann gereizt und angetrieben hatten, kamen aufgrund seiner Potenzprobleme nicht mehr infrage. Allmählich begriff er den tieferen Sinn der Sprüche: »Spielst du schon Golf, oder hast du noch Sex?« und »Essen ist der Sex des Alters«. Beide trafen auf ihn zu. Er spielte Golf, hatte keinen Sex mehr – und auch seine Libido schien in Rente gegangen zu sein. Dafür legte er nun tatsächlich großen Wert auf kulinarische Feinschmeckerekstasen in exklusiven Restaurants und ein gutes Handicap. Im Alter befriedigte man seine Sinne offenbar anders.

Er erfreute sich an der modernen Technik und edlen Ausstattung teurer Autos und Uhren, am Geschmack exklusiver Weine – an seinem beruflichen Status und an seiner goldenen Kreditkarte. Im Grunde aber war er gelangweilt, denn nichts davon machte ihn wirklich glücklich ...

Nachdenklich schlief er ein.

Maja

Der Streit nebenan war nicht zu überhören. Bernd brüllte, Karin schrie zurück, und irgendwelche Gegenstände flogen durch die Luft, landeten scheppernd auf dem Boden und an der Wand.

»Scheißnasse Badehose!« und »Überall Sand und Dreck!« hörte Maja heraus. Auch Robert war von dem Lärm mittlerweile aufgewacht und schaute Maja fragend an.

»Das Traumpaar hat wohl ein bisschen Zoff«, grinste Maja ihren verschlafenen Mann an.

»Hört sich so an«, bestätigte der und streichelte Maja zu ihrer Überraschung sanft über den Arm.

»Ich bin so froh, dass ich dich habe und dass wir uns so gut verstehen«, sagte er zu ihrer noch größeren Überraschung und schaute sie mit Wärme an.

»RAUS!!«, schrie Karin. »HAU AB, DU ARSCHLOCH!«

Kurz darauf hörte man Gepolter und eine heftig zuknallende Haustür.

Maja kuschelte sich an Robert. Sie führten zwar nicht die spannendste Ehe, aber sie verstanden sich. Ihre Beziehung war solide, verlässlich und krisenfest. Vielleicht kriegten sie ja auch ihr Liebesleben wieder in Gang. Zärtlich nahm sie Roberts Hand und legte sie auf ihren Brustkorb. Er lächelte verwirrt, drehte den Kopf Richtung Nachttisch und schaute auf seine Uhr.

»Oh! Schon so spät?«, rief er. »Höchste Zeit, zum Bäcker zu laufen, sonst kriegen wir keine Brötchen mehr!« Eilig schob er Majas Hand beiseite und stieg aus dem Bett.

Als ob es nichts Wichtigeres als die doofen Brötchen gab, ärgerte Maja sich über die erneute Zurückweisung. Was war denn bloß los mit ihm? Hatte er jegliches Interesse an Sex verloren? Ratlos schlurfte sie unter die Dusche und ließ den warmen Strahl auf sich niederprasseln.

Wie gut man sich als Paar plötzlich fühlte, wenn ein anderes sich stritt, dachte sie. Irgendwie war es sehr beruhigend, dass da drüben auch nicht immer eitel Sonnenschein herrschte. »Glücklich zu sein bedeutet nicht zu bekommen, was du willst, sondern zu lieben, was du hast«, hatte sie neulich irgendwo gelesen.

Beschwingt deckte sie den Frühstückstisch. Und Roberts Libido würde sie schon auch wieder angeheizt kriegen, vielleicht durch ein scharfes Dessous? Darauf war er doch früher immer so abgefahren … Wahrscheinlich hatte er Potenzprobleme, beruhigte sie sich selbst. Das hatten Männer in seinem Alter oft, hatte sie gelesen. Und Robert war der Typ, der das niemals zugeben, geschweige denn darüber reden würde. Und wenn sie ihm mal heimlich Viagra ins Essen mischte? Sie kicherte, und in ihrem Kopfkino spielten sich wilde Szenen ab, in denen Robert erst ihr und dann sich die Klamotten vom Leib riss und sie einmal quer durch die Wohnung vögelte.

Sie würde mal mit Roberts Schulfreund Arthur darüber sprechen. Der war doch Arzt ...

Es klingelte an der Tür. Bernd stand vor ihr. Etwas zerknittert sah er aus, unrasiert – und übellaunig. »Hallo, Maja«, begrüßte er sie mit Küsschen links und rechts. Seine Bartstoppeln kitzelten an ihrer Wange.

»Karin macht heute etwas allein – hast du Lust, mit mir einen Surf-Schnupperkurs zu machen? Du hast doch gestern gesagt, dass du das gerne mal ausprobieren möchtest, und hier in Wenningstedt gibt's eine prima Surfschule!«

Maja wollte gerade antworten, als Robert hinter Bernd auftauchte – mit Brötchen und Zeitung in der Hand.

»Moin, Sportsfreund«, drehte Bernd sich um und begrüßte ihn. »Wieder Weltrekorde im Marathon gebrochen?« Er schlug ihm kumpelhaft auf die Schulter, und Robert zuckte schmerzgeplagt zusammen.

»Maja und ich wollen heute wellenreiten, kommst du mit?«, verkündete Bernd.

»Wie bitte?«, fragte Robert perplex.

»Bernd hat mich gerade gefragt, ob ich Lust hätte, einen Surf-Schnupperkurs mit ihm zu belegen«, erklärte Maja.

»Ach so.«

»Ich würde gerne. Magst du auch?«

»Nein danke! Aber macht ihr nur, ich habe sowieso nachher noch einen Termin in Kampen.«

»In Kampen! Soso ...«, lachte Bernd und rieb Daumen

und Zeigefinger aneinander, das Zeichen dafür, dass es um Geld ging.

Arschloch, dachte Robert.

»Dann bis gleich, Maja«, verabschiedete sich Bernd. »Der Kursbeginn richtet sich nach der Flut – heute starten sie um 11. Soll ich dich abholen?«

»Gerne.«

Robert

Dr. Hans Schüttler war eine wirklich eindrucksvolle Erscheinung: groß gewachsen, schlohweißes Haar, das kurz geschoren seine Halbglatze umgab, kerzengerade Haltung, durchtrainierte Figur. In Burberry-Jacke und Gutsbesitzer-Cordhose stand er auf seinem Baugrundstück im Wattweg und erwartete ihn bereits, denn er schaute demonstrativ auf seine Armbanduhr, als Robert aus seinem Auto stieg. Niveau sieht nur von unten aus wie Arroganz, dachte Robert, während er auf ihn zuschritt.

Die Lage des Anwesens war einmalig: Das Grundstück bot einen weiten Blick über Heidelandschaft und Wattenmeer bis zum Horizont und war von Schwarzkiefern und Heckenrosen eingefasst. So etwas konnten sich auf Sylt wirklich nur noch Milliardäre leisten, dachte Robert bitter.

»Maurer, freut mich!«, begrüßte er Dr. Schüttler jovial und nahm dessen sonnengebräunte und gepflegt manikürte Hand. Schüttler hatte diese einschüchternde Alphatier-Ausstrahlung, die Robert auch an Politikern so bewunderte. Natürliche Autorität nannte man das wohl. Mit jeder Pore strahlte der Mann Macht und Wichtigkeit aus. Robert nahm sich vor, sich Mimik, Rhetorik, Stimmfarbe und Körpersprache genauestens einzuprägen. Außerdem erspähte er eine Patek-Philippe-Uhr an Schüttlers Handgelenk, die locker über 100 000 Euro gekostet haben musste. So eine würde er irgendwann auch mal tragen, beschloss er.

»Wollen wir mal die Pläne durchgehen?«, schlug Dr. Schüttler vor.

»Gerne«, sagte Robert beflissen und zückte die Mappe mit den Entwürfen. Gemeinsam schritten sie das Grundstück ab, und Dr. Schüttler zeigte ihm, wo er sich welchen Raum und welchen Ausblick vorstellte.

Robert nickte fleißig, vermerkte alles in seinen Grundrissen und streute ein paar Anregungen ein, die Schüttler sehr gefielen.

Bester Stimmung fuhren sie danach zum Business-Lunch in »Gretas Rauchfang«, das Kampener Promilokal schlechthin, wo Schüttler ehrfürchtig begrüßt wurde. Wortlos wurde in einem silbernen Kühler sein Lieblingswein auf den Tisch gestellt, ein seltener Meursault. Robert merkte sich den Namen und beschloss, das Gewächs zu googeln.

Es war Roberts eisernes Prinzip, nie vor 18 Uhr Alkohol zu trinken – aber für seinen schwerreichen Auftraggeber machte er heute natürlich eine Ausnahme. »Erlauben Sie mir die Frage«, brachte Robert, den der ungewohnte Weinkonsum mitten am Tag mutig gemacht hatte, nach gegrilltem Kabeljau und dem zweiten Glas Meursault hervor. »Auf der Insel gibt es Tausende ausgezeichneter Architekten – warum haben Sie ausgerechnet mir den Auftrag gegeben?«

»Ich bin mit Ihrem Chef, Herrn Dr. Martens, befreundet, und der hält große Stücke auf Sie«, sagte Dr. Schüttler und lächelte ihn gütig an.

Robert fühlte sich außerordentlich geschmeichelt.

»Mit den überkandidelten Architekten hier auf der Insel kann ich nichts anfangen«, ergänzte Schüttler. »Ich habe einen gewissen Hang zur Bodenständigkeit!« Er zwinkerte ihm zu, tupfte seinen Mund mit der weißen Leinenserviette ab, faltete sie sorgfältig und legte sie neben seinen halb leer gegessenen Teller.

Robert rätselte, was er damit meinte, und war sich nicht so sicher, ob er wirklich gerne als »bodenständig« eingestuft werden wollte. »Kommen Sie doch übermorgen mit Ihrer Frau zu uns zum Dinner«, schlug Dr. Schüttler in dem Moment vor.

Verblüfft legte auch Robert seine Serviette neben den Teller, obwohl er noch nicht annähernd satt war und seine Portion eigentlich vollständig aufessen wollte. »Sehr gerne«, freute er sich.

»Prima, dann erwarten wir Sie um 20 Uhr im Hans-Hansen-Wai«, sagte Schüttler und gab dem Kellner ein Zeichen.

Einen Espresso später verabschiedeten sie sich vor dem Rauchfang, und Dr. Schüttler stieg in seinen dunkelgrünen Bentley und brauste davon.

Robert kletterte in seinen SUV und fühlte sich großartig. Nicht nur, dass er eine Menge Geld verdienen würde, nein, Dr. Schüttler hatte ihn gelobt, sein Chef stand hinter ihm, und er würde schon bald zur Sylter Hautevolee gehören – bodenständig hin oder her. Weitere Aufträge weiterer Millionäre würden folgen, und er könnte sich bald selbst ein Haus hier kaufen. Sich und Maja, korrigierte er im Geiste, während er den Motor startete.

Auf der Hauptstraße nach Wenningstedt ließ er die Fenster herunter und die herrliche Luft seine Haare verwirbeln. Er fühlte sich plötzlich seltsam verjüngt, erstaunlich vital und hatte das Bedürfnis, seine Freude zu teilen, seinen Erfolg zu feiern. Aber mit wem? Maja war ja in diesem Wellenreiten-Kurs ...

Bente fiel ihm ein. Jetzt war er in genau der richtigen, vor Selbstbewusstsein strotzenden Stimmung, ihren Flirt zu einem erfolgreichen Ende zu bringen – zumal das potenzrettende Rezept ja heute Vormittag mit der Post gekommen war und nun einlösebereit in seiner Brieftasche lag. Begeistert von seiner Idee gab er Vollgas, hielt kurz bei einer Apotheke und parkte schließlich am Wenningstedter Minigolfplatz.

Zu seiner großen Enttäuschung stand aber nicht Bente hinter dem Tresen des Crêpes-Stands, sondern Benno.

»Schon wieder da?«, fragte Robert aufgesetzt überrascht. »Ich dachte, du wärest bis Freitag in Hamburg?« Natürlich wollte er sich nicht verraten, indem er direkt nach Bente fragte.

»Meine Termine haben sich zerschlagen«, sagte Benno. »Espresso koffeinfrei, wie immer?«

»Gerne«, antwortete Robert.

»Nette Vertretung hattest du«, versuchte er es unauffällig, als Benno ihm das kleine Heißgetränk über den Tresen schob.

»Bente? Ja, die ist super! Aber komisch, du bist heute

schon der Dritte, der das sagt. Ich glaube, ich sollte sie fest anstellen«, lachte Benno.

»Hm«, murmelte Robert unkonkret.

»Da hab ich aber keine Chance«, dachte Benno laut nach und polierte ein weiteres Glas mit einem karierten Geschirrtuch. »Sie arbeitet in der Sansibar und macht da einen super Job!« Er stellte das Glas auf ein Bord. »Und da ist die Promiquote ja auch um einiges spannender als hier ...«

Sansibar also! Erfreut und entschlossen exte Robert den Espresso, bezahlte, eilte zu seinem Auto und brauste voller Vorfreude Richtung Rantum.

Ausgerechnet »I was made for loving you« von Kiss, der Kultsong seiner Jugend, dröhnte aus den Bose-Boxen seiner High-End-Anlage, als er mit Tempo 180 die Hörnumer Straße entlangflog.

Auf dem Sansibar-Parkplatz ärgerte er sich kurz über die drei Euro Parkgebühr, sprintete dann aber euphorisch den Schotterweg durch die Dünen hoch. Er war wirklich noch gut in Form und fühlte sich topfit. Jetzt noch ein paar heiße Nummern, und er wäre um 20 Jahre verjüngt.

Auf den Außenterrassen des Kultrestaurants konnte er Bente nirgends entdecken, deshalb öffnete Robert die Eingangstür und betrat den Innenraum. Es war relativ dunkel, und Roberts Augen mussten sich nach dem grellen Sonnenschein draußen erst an die Lichtverhältnisse gewöhnen. Er hielt inne, blinzelte kurz – und dann erkannte er sie: Bente stand hinter dem Getränketresen und schrieb gerade etwas in ein großes Buch.

Robert hakte seine Sonnenbrille in die Brusttasche seines Hemdes und schlenderte lächelnd auf Bente zu.

»Hey, Mr Clooney!« Bente schaute überrascht von ihrem Buch auf.

Das fing ja optimal an, freute Robert sich, lehnte sich lässig an den Tresen, fegte dabei aber leider mit seinem Ellenbogen das Reservierungsbuch auf den Boden.

»Uuups! Nicht so stürmisch, junger Mann!« Bente grinste und hob das Buch wieder auf.

»Tut mir leid«, murmelte Robert, der sich durch diesen kleinen Performancefehler jetzt nicht aus dem Konzept bringen lassen wollte und das Missgeschick stattdessen schlau als Steilvorlage nutzte. »Ich mach es wieder gut! Was hast du denn heute nach deiner Schicht vor?«

Bente schaute ihn irritiert an.

»Ich dachte, du hast vielleicht Lust auf einen Drink ...« Er drückte den Brustkorb durch.

»Nee, lass mal, Schätzchen«, lachte Bente. »Du denkst, du kannst bei mir landen, weil ich neulich am Crêpes-Stand so flirty war, stimmt's?«

»Äh«, stammelte Robert.

»Das wird aber nichts! Du bist mir viel zu alt – und ich bin außerdem auch schon vergeben.« Sie streckte ihm strahlend ihre rechte Hand entgegen, deren Ringfinger ein schmaler, goldener Ring zierte.

»Aber warum ...«, stotterte Robert

»Ich hatte mit einer Freundin eine Wette laufen, ob ich innerhalb von 10 Minuten einen Kunden zu einem Date bewegen kann«, erklärte Bente. »Mach dir nichts draus!«

Robert fühlt sich gedemütigt.

»Die Wette habe ich an dem Tag viermal gewonnen«, lachte Bente.

»Gehst du mal kurz zur Seite?«, forderte sie ihn auf und drängte sich mit einem Tablett voller gefüllter Bier- und Weingläser an ihm vorbei. »Sorry, aber ich muss arbeiten!«

Auf dem Rückweg zum Auto merkte Robert, dass seine Hüftknochen schmerzten. Vielleicht hätte er vorhin doch nicht so enthusiastisch hinaufrennen sollen …

Maja

Maja kam sich auf ihrem Surfbrett vor wie ein gestrandeter Wal. Nie und nimmer würde sie es schaffen, bei einer heranrollenden Welle behände innerhalb von Sekundenbruchteilen in den »Take-off« zu kommen, also auf das Brett und in die Hocke zu springen. Und sich dann auch noch aufzurichten!

Ihr einziger Trost war, dass es Bernd ähnlich zu gehen schien. Seit fast einer Stunde planschten sie nun schon auf ihren »Boards« im »Line Up«-Bereich hinter der sogenannten Brechungslinie, in dem das Meer relativ ruhig war und keine Wellen mehr brachen. Ihre Aufgabe war, sich eine heranrollende Welle auszusuchen, bäuchlings auf dem Board liegend Richtung Ufer zu paddeln und auf dem Peak, dem höchsten Punkt einer Welle, an dem sie zu brechen begann, aufs Board zu springen und die Welle »abzureiten«.

Bevor sie auf die Bretter durften, die den »Dudes« die Welt bedeuteten, mussten sie einen Neoprenanzug anziehen. Maja hatte sich selten in ihrem Leben unförmiger gefühlt als in dem dicken schwarzen Schaumstoffteil. Entsetzt starrte sie in den Spiegel: Sie sah aus wie eine Figur von Niki de Saint Phalle. Oder wie Barba-mama. Als sie allerdings Bernd erblickte, waren ihre Komplexe wie weggeblasen: Er sah aus wie ein schwarz gefärbtes Michelin-Männchen. Sie konnte nicht anders, als bei seinem Anblick laut loszuprusten.

Doch Bernd schien darüber nicht beleidigt. Er lachte ebenfalls und vollführte ein paar absichtlich linkische Balletthüpfer, sodass Maja vor Lachen der Bauch wehtat und Tränen über ihre Wangen liefen.

Nachdem sie sich beide wieder beruhigt hatten, mussten sie ihre an Körpergröße und Gewicht angepassten Boards zum Strand tragen, wo sie von einem extrem lässigen Surflehrer mit sonnengebleichten, salzverkrusteten Haaren und tiefbrauner Haut in die Welt der Wellenreiter eingewiesen wurden. Alle zwei Sekunden sagte er »nice« oder »nicer«, während er ihnen die wichtigsten Regeln, Techniken und Surfbegriffe erklärte.

Die anderen fünf Teilnehmer des Schnupperkurses waren bedeutend jünger als sie – und dünner: alles schlanke Teens im als langweilig empfundenen Sommerurlaub. Teilweise hatten sie wasserdichte EarPods im Ohr, ließen sich darüber mit irgendwelchen angesagten Songs beschallen und waren deshalb nicht ansprechbar.

»Ist das nicht nice hier?«, brüllte Bernd lachend, kurz bevor er wieder von seinem Board flog und die Welle über ihm zusammenbrach. Maja hatte gerade, bäuchlings auf ihrem Brett liegend, eine kurze Verschnaufpause eingelegt und planschte entspannt mit den Händen im herrlich klaren grünen Wasser.

Nach Luft japsend, kam Bernd auf seinem Board zu ihr zurückgepaddelt. »Vielleicht sollte ich den Take-off erst mal in ruhigem Wasser probieren«, überlegte er laut und versuchte, auf sein Brett zu klettern. Mit dem Erfolg, dass das Teil senkrecht in die Luft schoss und drei Meter weiter wieder aufklatschte. Maja konnte nicht mehr vor Lachen.

Sie wurde das Gefühl nicht los, dass Bernd extra für sie den Clown gab, um sie zu erheitern. So unbegabt konnte er gar nicht sein. »Auf jeden Fall haben wir nach diesem Kurs eine Menge Erfahrung im »Wipe out«!«, schnaufte Bernd, nachdem er das Brett zurückgeholt hatte. »Wipe out« nannte man den Sturz eines Surfers von seinem Board.

Als sie sich nach dem Kurs in der Umkleide der Surfschule aus ihren Neoprenanzügen schälten, bemerkte Maja plötzlich, dass Bernd sie beobachtete. Schnell schaute er weg, als sie zu ihm herüberblickte. Was sollte das? War es so spannend, sie nackt zu sehen?

Verwundert hüllte Maja sich in ihr Handtuch, um zum Duschraum zu gehen, und bemerkte im Vorbeilaufen, dass Bernd eine Erektion hatte. Sie erschrak – und war sehr irritiert. Sollte er tatsächlich vom Anblick ihres mittlerweile doch etwas baufälligen Körpers erregt sein? War er pervers? Ein Exhibitionist, der gleich vor ihren Augen masturbieren würde? Oder war hier noch jemand anders? Sie eilte zur Duschkabine und schaute sich im Laufen kurz um. Nein, hier war niemand. Sie waren ganz allein in der Umkleide!

Maja schloss die Kabine ab und ließ die heiße Dusche auf sich niederprasseln. Während die wohltuende Wärme sie umhüllte, bemerkte sie erstaunt, dass noch etwas anderes in ihr prickelte als das heiße Wasser auf ihrer nackten Haut. Der Anblick von Bernds erigiertem Penis hatte etwas in ihr zum Schwingen gebracht, was schon lange nicht mehr erklungen war …

Bernd wartete auf einer Bank vor der Tür, als Maja kurze Zeit später angezogen, aber mit noch nassen Haaren aus der Surfschule trat.

»Hallo, Surfmeisterin«, begrüßte er sie launig und stand auf. »Hast du auch so einen Hunger auf ein richtig, richtig großes Eis?«

»Jaa«, rief Maja begeistert. »Sehr gute Idee!!« Sie war durch den ungewohnten Sport im kalten Wasser vollkommen unterzuckert und hätte sich nichts Leckereres vorstellen können.

»Na, dann komm!«, rief Bernd, nahm ihre Hand und zog sie hinter sich her.

Seine Hand fühlte sich warm und überraschend weich an, aber Maja ließ sie schnell wieder los. Nicht dass das hier in eine falsche Richtung ging und er sich falsche Hoffnungen machte.

Die Bio-Eis-Auswahl im Iismeer war gigantisch: Sage und schreibe 24 verschiedene Sorten standen in weißen Kübeln bereit. Maja konnte sich gar nicht entscheiden, deshalb kam Bernd ihr mit seiner Bestellung zuvor. Er orderte fünf Kugeln mit Sahne und Schokosoße. Das volle Programm. »Wenn schon, denn schon!«, grinste er, und Maja freute sich, dadurch eine Absolution zu haben, für sich selbst eine genauso üppige Kalorien-Dröhnung zusammenzustellen.

Sie wählte Dattel-Minze, Maracuja-Aprikose, Zartbitter-Chili, Marone-Zimt und Ziege-Walnuss. Sie wollte alles probieren, was sie nicht kannte.

Das hätte Robert nie gemacht, dachte sie, als ihr der riesige Becher über den Tresen gereicht wurde. Sie war seltsam aufgeregt.

Mit ihren Bechern und zwei Coffee to go setzten sie sich auf eine Bank an der Promenade und genossen die innovativen Eiskreationen.

»Boah, ist das lecker!«, rief Bernd begeistert und schleckte hingebungsvoll seinen Löffel ab. Schöne Zähne, dachte Maja, während sie ihn amüsiert beim exzessiven Genießen beobachtete. Glatt und weiß – mit einer kleinen Zahnlücke zwischen den Schneidezähnen. Und er hatte ein Grübchen im Kinn ... ein bisschen wie Kirk Douglas ...

»Mmmmmmh!! So ein geniales Himbeereis habe ich noch nie gegessen«, schwärmte Bernd. »Willst du probieren?« Er hielt Maja einen Löffel mit rosafarbenem Sorbet hin.

Maja zögerte kurz. Den benutzten Löffel eines anderen Menschen in den Mund zu nehmen war ja fast, wie ihn zu küssen. Aber egal, dachte sie. Sie hatte keine Berührungsängste und war in solchen Dingen – im Gegensatz zu Robert – nicht pingelig. »Gerne!«, sagte sie deshalb.

»Mund auf, Augen zu!«, forderte Bernd. Maja tat wie geheißen und genoss die fruchtige Süße, die Bernd ihr in den Mund schob.

»Noch mal«, forderte Bernd, nachdem Maja gekostet

hatte. »Aber diesmal musst du raten, was es ist. Augen bleiben zu!«

Maja schmeckte Nuss. »Haselnuss!«

»Richtig«, rief Bernd begeistert. »Weiter!«

Maja schloss wieder die Augen. Das Spiel machte Spaß, denn es war erstaunlich, wie viel intensiver man den Geschmack erlebte, wenn man sich nur aufs Schmecken konzentrierte. Außerdem fand sie es schön, wie vorsichtig ihr Bernd den Löffel in den Mund schob. Und er roch schon wieder so erstaunlich gut, wenn er ihr so nah kam. Nach Leder und Holz, Salz und Sonne – irgendwie männlich ...

Eine weitere Eisportion fand den Weg in ihren Mund. Süß, vanillig, nach Rum schmeckend ...

»Malaga!«, rief sie.

»Perfekt!« Bernd klatschte in die Hände.

»Und jetzt die letzte Probe!«, forderte er. »Augen zu!«

Maja schloss die Augen und spürte plötzlich Bernds Gesicht ganz dicht vor ihrem. Seine vollen Lippen waren höchstens noch einen Millimeter von ihrem Mund entfernt. Sein Atem kitzelte und prickelte auf ihren Lippen. Sie bekam eine Gänsehaut.

»Was machst du denn da?« Erschrocken stieß sie ihn von sich.

»Du hast einen winzig kleinen, herzförmigen Leberfleck auf dem linken Nasenflügel«, grinste er. »Wusstest du das?«

»Nn-ein«, stammelte Maja.

»Den musste ich mir gerade mal genau ansehen!«

»Aha ...« Maja war sprachlos. Ihr Herz klopfte.

»Hier!« Bernd hielt ihr den Löffel hin. »Banane!«

»Nein danke!«, lehnte Maja ab. »Ich mag keine Banane!«

Das stimmte zwar nicht, aber sie musste erst mal den Schrecken verdauen. Natürlich war es nicht schlimm, dass Bernd ihr nahe kam, um irgendetwas in ihrem Gesicht zu betrachten, aber ihr Instinkt sagte ihr, dass er etwas anderes vorgehabt hatte. Das war ein Angriff gewesen, und sie hatte ihn gerade noch rechtzeitig abgewehrt. Von Individualdistanz hielt er offenbar nichts ...

»Ich hol uns mal einen Digestif«, sagte Bernd und stand auf, bevor Maja »aber ...« stammeln konnte.

Maja blieb mit ihrem halb vollen Eisbecher zurück und versuchte, sich zu beruhigen, indem sie mechanisch löffelte. Sie schmeckte nicht besonders viel. Was wollte der Kerl von ihr? Baggerte er sie tatsächlich an? Obwohl er eine Freundin hatte und sie verheiratet war?

Verwirrt kratzte sie den letzten Rest Eis aus dem Becher.

Was machte sie hier?

Gerade, als sie beschlossen hatte, aufzustehen und nach Hause zu gehen, kehrte Bernd mit zwei Gläsern zurück, in denen Eiswürfel und Basilikumblätter schwammen.

»Was ist das denn?«, fragte Maja erstaunt.

»Gin Basil Smash«, sagte Bernd und setzte sich neben sie. »Kennst du nicht?«

»Nee!«

»Probier mal!«

Maja sog am Strohhalm. Der Cocktail war überraschend lecker.

»Was ist denn da drin?«, fragte sie neugierig. Der Alkohol tat gut und beruhigte ihre überspannten Nerven.

»Gin, zerstoßenes Basilikum, etwas Zucker, Limone und Eis«, erläuterte Bernd. »Mein Lieblingsdrink!« Er sog einen großen Schluck durch seinen Strohhalm und deutete auf die lebensgroßen »Alltagsmenschen«-Figuren der Künstlerin Christel Lechner, die auf der Promenade ausgestellt waren. »Was hältst du denn von den Damen dort drüben?«

Sein Finger zeigte auf drei füllige Frauen gehobenen Alters, die im Badeanzug Richtung Meer liefen und jeweils ein Surfbrett unter dem Arm trugen.

»Ziemlich dick«, befand Maja, weil ihr nichts anderes einfiel.

»Findest du?«, fragte Bernd überrascht. »Die sehen doch ganz normal aus für ihr Alter!«

Er schaute die Figuren konzentriert an. »Ich finde üppige weibliche Formen ganz herrlich«, schwärmte er.

»Echt?« Maja nahm einen Riesenschluck aus ihrem Glas. Damit wäre er der erste Mann, den sie kennenlernte, der nicht auf schlanke Modelfiguren stand.

»Bist du kein 90–60–90-Fan wie der Rest der männlichen Menschheit?«, fragte Maja erstaunt.

»Quatsch! Ich kenne viele Männer, denen die dürren Bohnenstangen viel zu dünn sind«, sagte Bernd. »Da reißt man sich ja Splitter!« Er lachte.

»Aber Karin ist nun nicht gerade ein Full-Size-Model ...«, wunderte sie sich laut.

»Stimmt! Ich finde ihre Figur auch viel zu knabenhaft«, sagte Bernd.

Maja schaute ihn verblüfft an.

»Nein, im Ernst«, er sah ihr plötzlich direkt in die Augen.

»Frauen müssen eine Figur haben, etwas zum Anfassen – so wie du!« Sein Lächeln war unverhohlen provozierend.

Maja wurde rot.

»Hui«, sagte er schmunzelnd. »Hab ich dich verlegen gemacht?«

Maja fühlte sich unwohl. Irgendwie nackt ausgezogen. Ausgeliefert. Was spielte dieser Kerl für ein Spiel mit ihr?

Bernd beugte sich zu ihr herüber, streichelte ihr sanft über den Rücken und flüsterte ihr »Ich finde dich sehr erotisch!« ins Ohr.

»Bernd! Jetzt reicht's aber!« Maja sprang empört auf. »Was soll das denn? Ich bin verheiratet! Und du hast eine Freundin!«

»Na und?«, grinste Bernd. »Deswegen kann ich dich doch trotzdem gut finden, oder?«

»Und wo soll das hinführen?« Maja schnaubte. Jetzt war es aber wirklich genug. Der Typ musste dringend seinen Begattungstrieb in den Griff bekommen, fand sie.

»Keine Ahnung!« Bernd zuckte mit den Schultern. »Ich lebe im Hier und Jetzt – und hier und jetzt finde ich dich eben sehr attraktiv!« Er lachte sie an und sah dabei tatsächlich fast unschuldig aus.

»Leben im Hier und Jetzt – ist das nicht ein bisschen sehr hippiesk?«, fragte Maja leicht verächtlich. »68 ist doch schon lange vorbei!«

»Na und?«, entgegnete Bernd. »Karin und ich führen absichtlich eine offene Beziehung. Einfach, weil wir das für ehrlicher halten.«

Maja schaute ihn irritiert an.

»Hast du noch nie etwas von ENM gehört?«, fragte er.

»Eh Emm?«, wiederholte Maja verständnislos.

»Nein, E-N-M!«, erklärte Bernd geduldig. »Das ist das Kürzel für Ethische Nicht-Monogamie.«

»Und was soll das sein?« Maja verstand nur Bahnhof.

»Im Grunde ist es nur ein anderer Begriff für Polyamorie oder freie Liebe.«

»Aha!«

»Lebt man ethisch polygam«, erklärte Bernd, »lässt man seinem Partner die Freiheit zu tun, was er will. Man freut sich, wenn er glücklich ist, und falls ein Dritter zu seinem Glück beiträgt, macht einen das auch glücklich. Man ist offen, ehrlich und respektvoll. Kurzum: Es ist eine moralisch erhabene Liebe!« Er lächelte sie an wie ein drittklassiger Sektenguru.

»Klingt aber sehr theoretisch«, fand Maja. »Was ist mit den Gefühlen, die man hat, wenn man jemanden liebt und von ihm verletzt wird? Was ist mit Eifersucht? Verzweiflung? Wut?«

»Die sollen dadurch ja gerade verschwinden«, dozierte Bernd. »ENM will Leid, Enttäuschung, Frustration und Eifersucht verringern bei gleichzeitiger Mehrung der Lust!«

»Hmm, klingt irgendwie seltsam«, fand Maja.

Bernd grinste sie an, und sie befürchtete immer stärker, dass er seine Theorie gleich mit ihr in die Praxis umsetzen würde. Das wurde ihr eindeutig zu gefährlich. Sie guckte demonstrativ auf ihre Uhr, erschrak gespielt, rief »Oh, so spät schon? Ich muss los!«, sprang auf und schnappte sich ihre Tasche.

»Wie hältst du es bloß mit deinem Trockenknödel von Mann aus?«, fragte Bernd, als sie zusammen zurück zu ihrer Ferienunterkunft gingen. »Du bist doch eine Vollblutfrau voller Power und Leidenschaft!«

Maja blieb ihm eine Antwort schuldig.

Robert

Er war gerade wieder von der Sansibar zurückgekehrt, als er die Haustür ins Schloss fallen hörte. »Hallo, Schatz!«, rief er von der Küchenzeile aus, wo er sich einen Nespresso zubereitete.

Maja kam in die Küche und ließ sich auf einen Hocker fallen. Sie sah erhitzt aus – und irgendwie verwirrt.

»Wie war der Surfkurs?«, erkundigte er sich und nahm die gefüllte Tasse aus dem Gerät.

»Ganz gut«, antwortete Maja knapp. Sie wirkte abwesend.

»Ist irgendwas passiert?«, erkundigte er sich.

»Was?« Maja blickte ihn fragend an. Offenbar war sie in Gedanken gerade ganz woanders. »Äh, nein!«

»Und wie war's bei dir?«, fragte sie ihn.

Robert berichtete stolz von seinem Meeting mit Dr. Schüttler – und verschwieg natürlich seinen Ausflug in die Sansibar. »Morgen Abend sind wir übrigens zum Essen bei ihm und seiner Frau eingeladen«, schloss er seinen Bericht. »Möchtest du auch einen Espresso?«

»Oh nein!«, maulte Maja. »Muss das sein?«

»Natürlich nicht«, antwortete Robert indigniert. »Wenn du keinen willst, musst du auch keinen trinken!« War sie eigentlich bescheuert? War ihr beim Surfkurs irgendetwas auf den Kopf gefallen? Robert hasste es, wenn sie geistig so träge war, irgendwo in ihrem Inneren verschwunden, unerreichbar für ihn.

»Ich meinte das Essen!«, erklärte Maja. »Wir sind doch im Urlaub. Ich habe absolut keine Lust!«

»Darum geht es nicht, Maja«, sagte Robert streng. »Du möchtest doch auch unseren Lebensstandard halten, oder?«

Sie verdrehte die Augen. »Muss ich denn unbedingt mit?«

Was war denn los mit ihr? Sie war doch sonst nicht so bockig.

»Selbstverständlich!«, rief er empört. »Was soll die Frage?«

Er ärgerte sich. Konnte sie sich nicht einfach über seinen großen Triumph mit ihm freuen? Sie war schließlich die Frau an seiner Seite, und er hätte es schön gefunden, wenn sie zeigen würde, dass sie stolz auf ihn und seinen Erfolg war.

»Freust du dich denn gar nicht, dass ich den Auftrag bekommen habe?«, fragte er.

»Doch! Toll, Schatz«, sagte sie mit monotoner Stimme. Unbeteiligter ging es ja wohl kaum. Es war zum Haareraufen.

»Kommst du mit spazieren?«, schlug sie plötzlich vor.

»Bloß nicht!«, rief Robert entsetzt. »Ich habe Hüftschmerzen!«

»Ach so …« Sie sah enttäuscht aus. »Möchtest du denn heute gar nicht mehr an den Strand?«

Robert schaute auf seine Armbanduhr. Es war kurz nach 16 Uhr. »Nein, heute nicht mehr«, beschloss er. »Ich werde auf der Terrasse noch etwas arbeiten.«

»Was wollen wir heute Abend essen?«, erkundigte er sich, während er mit dem Laptop unter dem Arm nach draußen trat. Zweimal an einem Tag essen zu gehen hatte er keine Lust.

»Was möchtest du denn?«, rief Maja von drinnen.

»Irgendetwas Kalorienarmes, Leichtes«, schlug Robert vor.

»Ich hole uns Sushi!«, verkündete Maja.

»Schön«, sagte Robert und klappte seinen Laptop auf.

Kurz danach hörte er die Haustür ins Schloss fallen. Er rief die Website von Patek Philippe auf und entdeckte die Uhr von Dr. Schüttler. Das Modell »Nautilus«, das er an dessen Handgelenk ausgemacht hatte, kostete rund 40 000 Euro. »Das ging ja noch«, beschloss Robert. Sobald Schüttler ihm sein Honorar angewiesen hätte, würde er genau diese Uhr kaufen.

Maja

Sie fühlte sich seltsam aus der Spur, als sie in Roberts SUV zu Feinkost Meyer fuhr. Belegt, verwirrt, geängstigt, erstarrt. Ein bisschen wie das Kaninchen vor der Schlange. Bernd machte ihr Angst. Ihre Gefühle machten ihr Angst. Und das wollte sie nicht. Sie hatte sich mit ihrem ruhigen, abgesicherten Leben arrangiert, in dem es zwar keine besonderen Höhen, aber eben auch keine unübersichtlichen Tiefen gab. Bernds Avancen lockten sie auf unkartografiertes Gebiet, und sie wollte ihr berechenbares Leben nicht gefährden. Sie kam sich vor, als würde sie seit Jahren in einem sicheren SUV auf der Autobahn fahren – und Bernd lockte sie nun in einem TÜV-fälligen Gefährt auf holperige Feldwege ...

ENM hin oder her – sie würde noch mal mit Bernd reden, beschloss sie. Ganz sachlich. Sie würde ihm erklären, dass sie im Gegensatz zu ihm überzeugte Monogamie-Verfechterin war, ihre Ehe nicht gefährden wolle, ihren Mann über alles liebe und er seine Flirtversuche deshalb bitte einstellen solle. Ja, das würde sie machen! Mit diesem Entschluss fühlte sie sich schon wesentlich besser.

Sie parkte den Wagen ein und stieg aus.

Natürlich war sie neugierig auf Bernd, dachte sie, während sie einen Einkaufswagen aus dem Unterstand zerrte. Und natürlich schmeichelte ihr sein Umwerben. Klar hätte sie gerne mal wieder etwas Spaß und eventuell auch Sex! Sie war hin- und hergerissen zwischen Verstand und Versuchung, Verzicht und Verlockung – denn der Preis schien ihr unberechenbar hoch.

Aber würde Robert es überhaupt mitbekommen, wenn sie sich ein bisschen mit Bernd amüsierte?, fragte sie sich plötzlich tollkühn und lächelte den Verkäuferinnen an der Meeresfrüchtetheke dabei freundlich zu. Bernd hatte ja auch eine Freundin, die er sicher nicht unnötig aufregen wollte ...

Mechanisch packte sie am Sushistand diverse Mix-Boxen in den Wagen und legte auch noch Edamame, Algensalat und Gyōza dazu.

Und wenn sie es mal für ein paar Stunden drauf ankommen ließe? Heimlich und schnell? Dann wäre ihre Neugier befriedigt und die ganze Sache kein Thema mehr. War das die richtige Taktik?

Grübelnd fuhr sie zurück und deckte in der Ferienwohnung gedankenverloren den Esstisch. Danach sprang sie noch mal kurz unter die Dusche, um das Salz aus ihren Haaren zu spülen. Shampoo hatte sie in der Surfschulendusche vergessen, und ihre Haare fühlten sich ganz trocken an.

Gegen 18 Uhr rief sie Robert zu Tisch. Er legte Wert auf pünktliche Essenszeiten, denn er konnte Mahlzeiten nach 18 Uhr schlecht »verstoffwechseln«, wie er behauptete.

Maja schaute ihn an, während er gekonnt ein Sushiröllchen mit Stäbchen vom Teller hob und in die Sojasoße tunkte. Ihr Robert, mit dem sie seit 26 Jahren verheiratet war. Er, der graue kultivierte Leitwolf, war ihr Mann – und nicht dieser durchgeknallte Ossi, der sie so offensiv anbaggerte. Sie wollte nicht verunsichert, nicht in Versuchung geführt werden. Sie wollte ihr gewohntes Leben behalten. Mit Robert.

»Bist du glücklich?«, fragte sie ihn. Die Frage hatte sie eigentlich nur gedacht, warum sie plötzlich aus ihrem Mund gekommen war, wusste sie selbst nicht.

Er schaute überrascht von seinem Teller hoch. »Ja, im Moment gerade sehr! Wieso?«

»Ich meinte nicht über den Auftrag. Ich meinte, im Allgemeinen …«, versuchte Maja die Frage genauer zu spezifizieren.

»Ach so …«

»Liebst du mich noch?«, bohrte Maja nach. Wenn schon, denn schon. Sie brauchte im Moment dringend die Bestätigung von ihm, dass ihr Verzicht richtig war.

»Natürlich, Maja! Was ist denn heute los mit dir? Blöde Frage! Und jetzt lass uns die Nachrichten sehen!« Robert tupfte sich mit der Serviette den Mund ab, stand vom Tisch auf und schaltete den Fernseher ein.

Maja aß ihre Portion auf, räumte anschließend das Geschirr in den Spüler, setzte sich neben ihn und legte ihm die Hand auf den Oberschenkel. Er rückte leicht von ihr ab, sodass ihre Hand aufs Sofa fiel.

Was Bernd und Karin wohl machten?, fragte sie sich,

während auf der Mattscheibe die Bilder aus aller Welt auf sie niederprasselten. Ob sie sich wieder vertragen hatten?

Und warum konnte Robert absolut gar keine Körperlichkeit von ihr mehr ertragen? Sie rutschte an ihn heran und lehnte ihren Kopf an seine Schulter. Er duldete es und streichelte ihr sogar kurz übers Haar.

Na bitte! Ging doch!

Robert

Immer wieder kontrollierte er die Architekturzeichnungen, studierte Grundrisse, Skizzen, die Bodenwerte und -festigkeiten und recherchierte bauliche Alternativen.

Schon um fünf Uhr früh war er heute Morgen aufgestanden, weil er nicht mehr schlafen konnte. Er wollte heute auf keinen Fall einen Fehler machen und sich deshalb so präzise wie möglich vorbereiten. Dazu gehörte es zum Beispiel auch, Gesprächsthemen parat zu haben. Er würde heute also online alle verfügbaren Tageszeitungen durchforsten – inklusive der englischen »Times«, des »Wall Street Journal« und der »New York Times«.

Sein Themen-Portfolio würde aus politischen, kulturellen und soziologischen Diskussionskomplexen bestehen.

Natürlich durfte auch eine Prise Humor nicht fehlen, deshalb würde er nachher noch ein paar Folgen Loriot ansehen, dem Humoristen der gehobenen Gesellschaft, dessen Zitate immer gut ankamen. Auch ein paar Tucholsky-Verse würde er auswendig lernen.

Außerdem musste noch das Auto gewaschen und sein

bestes Van-Laack-Hemd gebügelt werden. Jede Menge zu tun also.

Ob er die Viagrawirkung heute Nacht mal an seiner Frau ausprobieren sollte?, überlegte er, während das Auto in der Waschanlage stand. Warum nicht? Dann wüsste er wenigstens, wie die Wirkung war und ob er auf die Pillen zählen konnte. Besonders große Lust hatte er allerdings nicht, mit Maja zu schlafen. Sie war in letzter Zeit so anbiedernd kuschelbedürftig, und das mochte er gar nicht. Er wollte eine Frau erobern, erlegen, wie ein Jäger – und das konnte er nur, wenn sie sich zierte.

Aber Maja zierte sich nicht!

Egal, dachte er, als er wieder in das noch nasse Auto stieg und sich in die schwarzen Ledersitze fallen ließ. Viagra sorgte ja angeblich dafür, dass »er« stand – egal, wie attraktiv das Gegenüber war ....

»Sie sollten die Tablette ungefähr eine Stunde vor dem beabsichtigten Geschlechtsverkehr einnehmen. Schlucken Sie die Tablette unzerkaut, und trinken Sie dazu ein Glas Wasser«, stand in der Gebrauchsanweisung. Gut, dann würde er die Pille heute Abend direkt vor ihrer Rückfahrt einwerfen, entschied er.

Maja stand immer noch vor dem Ankleidespiegel, als er zurückkam. »Ich finde einfach nichts Passendes zum Anziehen«, jammerte sie. Meine Güte, die Frau konnte aber auch nerven!

»Hier!«, sagte er und drückte ihr seine Kreditkarte in die Hand. »Kauf dir ein möglichst teures Kleid bei Andresen –

die haben schöne Sachen! Oder fahr am besten gleich zu Joop! nach Kampen.«

Das Problem war gelöst. Es ärgerte ihn zwar, seiner Frau unnötig ein neues Kleid zu finanzieren, aber es stand schließlich viel auf dem Spiel – da musste man eben auch mal in den sauren Apfel beißen und investieren.

Maja machte sich zu Fuß auf den Weg zur Boutique, und er konnte in Ruhe sein Hemd bügeln.

Zum Glück trat sie eine Stunde später in einem halbwegs akzeptablen Etuikleid wieder in die Tür. Sie hat aber auch wirklich zugelegt in letzter Zeit, dachte Robert verstimmt. Hoffentlich sah Dr. Schüttler darüber hinweg. In höheren Kreisen waren die Frauen schließlich alle spindeldürr – mit perfekten Frisuren. Auch davon konnte bei Maja keine Rede sein, stellte er skeptisch fest.

»Und deine Haare?«, fragte er deshalb. »Sollen die so bleiben?«

»Keine Sorge«, zischte Maja schmallippig. »Ich habe noch einen Termin im Salon Möller bekommen. In 30 Minuten muss ich dort sein.«

Robert war verblüfft.

»Ich mache dir schon keine Schande!«, rief sie, während sie die Treppen zum Obergeschoss erklomm. »Aber Spaß macht mir das nicht!«

Maja

Irgendwie lief das Projekt »Eherettung« in die falsche Richtung. Denn zu dem, was sie hier gerade machen musste, hatte sie absolut keine Lust!

Stundenlang hatte sie heute vor dem Spiegel gestanden und vergeblich überlegt, was sie bloß anziehen sollte. Sie hatte für so einen Anlass einfach keine Klamotten dabei. Robert hatte ihr schließlich seine Kreditkarte in die Hand gedrückt, was er wirklich nur in Ausnahmesituationen tat, und sie zum Shoppen geschickt. Zum Glück hatte sie in dem etwas altbackenen Modehaus relativ schnell ein schlichtes blaues Kleid, eine falsche Perlenkette und ein Seidentuch gefunden. Sogar einen Friseurtermin konnte sie auf dem Rückweg noch vereinbaren, sodass ihre Haare zum Abend mit einer perfekten Föhnwelle aufwarten konnten.

Roberts Laune war den ganzen Tag unerträglich vor Anspannung gewesen, und sein Hemd hatte er sicherheitshalber lieber selbst gebügelt, der alte Pedant. Sie fand es durchaus unterstützenswert, wenn er Karriere machen oder einen Auftrag bekommen wollte. Aber seine nervöse Anspannung davor war wirklich schwer zu ertragen.

Nebenan schien es allerdings auch nicht viel besser zu laufen, denn morgens hatte Maja schon wieder Streit gehört. Er wolle heute mit Karin einen Rundflug nach Amrum und Helgoland machen, hatte Bernd ihr gestern mitgeteilt. Ob das noch geklappt hatte oder die lautstarke Auseinandersetzung noch weiterging, hatte Maja leider nicht mitbekommen … Es spielte ja auch keine Rolle!

Das Ehepaar Schüttler residierte in einem eindrucksvollen Reetdachpalast mit Blick über die Kampener Wattseite. Selten hatte Maja Reichtum so erschlagen wie hier.

Angesichts der eleganten Kleidung der eindrucksvoll aristokratischen Gattin des Pharmamagnaten fühlte sie sich immer noch falsch angezogen und wusste nicht, wie sie sich benehmen sollte.

Beklommen setzte sie sich an den perfekt dekorierten Tisch und bekam keinen Ton heraus, während Robert souverän mit Dr. Schüttler über das Weltgeschehen konversierte.

Verschiedene Angestellte servierten Austern und Kaviar, und Maja studierte vorsichtshalber erst mal, wie das Ehepaar Schüttler die Delikatessen konsumierte, bevor sie es exakt nachahmte. Bloß keinen Fehler machen, sonst wäre Robert wieder wochenlang beleidigt.

Der Wolfsbarsch war eine Herausforderung, die sich aber zum Glück durch das Personal erledigte, das Majas Portion auf ihren Wunsch hin filetierte.

Frau Schüttler aß immer nur ein Gäbelchen, beobachtete Maja. Sie hingegen hatte Hunger und vertilgte die köstlichen Speisen komplett. Natürlich fing sie sich dafür einen strengen Blick ihres Gatten ein.

Die Entenbrust à l'orange war so zart, dass sie beinahe von der Gabel fiel, aber Robert schnitt das Fleisch trotzdem akribisch in quadratische Häppchen, die er am Tellerrand sortierte und dann sorgfältig aufspießte.

Das Bild von Bernd, wie er leidenschaftlich seinen Eislöffel abschleckte, kam ihr in den Kopf. Wieso dachte sie jetzt an Bernd? Wieso an seine Zunge, seine Zähne, seinen Mund? Sie ärgerte sich und nahm einen Schluck Weißwein.

Sie bekam diese seltsame innere Unruhe einfach nicht in den Griff. In ihr fühlte es sich so an, als würde ein Sturm heraufziehen, gleichzeitig glühten ihre Wangen. Oder waren das einfach nur die Wechseljahre?

»Sie haben ja so eine gesunde Gesichtsfarbe«, strahlte Frau Schüttler, und Majas Haut fühlte sich noch eine Nuance glühender an. »Ganz rote Wangen! Waren Sie heute viel in der Sonne?«

»Nein, eigentlich ...«, stotterte Maja.

»Jaja, die gute Nordseeluft verleiht einem immer so einen strahlenden Teint«, lächelte Frau Schüttler wissend. »Wohlsein, meine Liebe!« Sie prostete ihr zu.

»Meine Frau hat eine sehr empfindliche Haut«, erklärte Robert beflissen. »Vielleicht war es wirklich etwas zu viel UV-Strahlung heute.« Er schenkte Maja einen verärgerten Blick.

Maja verstand und ging zur Toilette, wo sie eine dicke Schicht Make-up auftrug. Die gab es allerdings leider nicht für ihr Inneres. Keine Abdeckung konnte ihren emotionalen Aufruhr mildern ...

Als sie zurückkam, hatte die Runde in den Garten-Pavillon gewechselt, wo Kaffee und Digestif serviert wurden.

Was machte sie hier bloß? Tausendmal lieber würde sie jetzt mit einem einfachen Fischbrötchen und einer Flasche Bier am Strand sitzen. Und mit Bernd?, fragte sie sich. Weil sie die Frage innerlich sofort bejahte, nahm sie erschrocken einen großen Schluck des 50 Jahre alten Cognacs, den Dr. Schüttler soeben stolz serviert hatte ...

Robert

Es war besser gelaufen, als er erwartet hatte. Der Abend hatte sie einander nähergebracht, und Robert hatte das Gefühl, Dr. Schüttler war ihm nun nicht nur beruflich, sondern auch freundschaftlich verbunden. Wenn sich Maja bloß nicht derart planschkuhmäßig benommen hätte! Und dass sie vom Wein immer so rote Wangen bekam, war wirklich sehr peinlich. Wie ein aufgeregter Backfisch sah sie dann aus …

Egal, der Abend würde nun jedenfalls einen würdigen Höhepunkt finden – im wahrsten Sinne des Wortes: Kurz vor der Verabschiedung war er schnell auf die Toilette verschwunden und hatte die Potenzpille eingeworfen. Er freute sich schon darauf, seine neue Männlichkeit auszuprobieren, und meinte auf der Rückfahrt, bereits ein gewisses Kribbeln im Lendenbereich zu spüren.

Erwartungsvoll parkte er den Wagen vor dem Haus. Aber genau in dem Moment, als sie aus dem Auto stiegen, knatterte die Harley von Bernd und Karin heran.

Sie parkten ihr Motorrad direkt neben seinem Auto und

nahmen die Helme ab. »Hallo, ihr zwei«, strahlte Bernd und fuhr sich kurz mit der Hand über die Halbglatze. »Kommt ihr auch gerade zurück?«

»Hmm«, brummte Robert knapp.

»Wir hatten einen supertollen Tag!«, schwärmte Karin und stieg vom Sozius. »Müssen wir euch unbedingt erzählen. Trinkt ihr noch einen Absacker mit uns?«

»Gerne!«, rief Maja, die inzwischen ausgestiegen war.

Das konnte ja wohl nicht wahr sein, ärgerte sich Robert. Immer kam ihm dieses nervige Paar dazwischen. Aber was sollte er machen? Er konnte ja schlecht ablehnen ...

Sie setzten sich bei Bernd und Karin auf die Terrasse, und Robert registrierte indigniert das Chaos bei den beiden. Überall lagen Klamotten herum, standen Teller, Gläser und Tassen auf den Tischen.

»Sorry, wir haben heute Morgen gar nicht aufgeräumt«, rief Karin und packte schnell alles zusammen, während Bernd seine »Lieblings-Birne« ausschenkte. »Ein österreichischer Spezialbrand«, schwärmte er. »Müsst ihr unbedingt probieren!«

Während der – zugegeben sehr feine – Obstler seine Kehle hinunterrann, begann es in Roberts Hose zu zwicken. Irritiert schlug er die Beine übereinander.

Plötzlich spürte er zwei Hände auf seinen Schultern. Karin stand hinter ihm und erzählte von ihrem Tag, während sie ihm freundschaftlich den Nacken massierte. Es war, als ob durch die ungewohnte Berührung der fremden Frau Feuer in seinen Penis schoss. Der Schritt seiner Hose begann sich deutlich zu wölben. Robert faltete die Hände über seinem Schoß. Sein bestes Stück begann zu schmerzen.

Als er es nicht mehr aushielt, eilte er hektisch zum Klo. Er schloss die Tür ab und riss sich die Hose herunter. Sein erigierter Penis schnellte nach oben und stand so kerzengerade in die Luft wie eine Litfaßsäule. Robert grinste zufrieden und betrachtete sein bestes Stück stolz im Spiegel. Na bitte, ging doch!

Aber was nun? So konnte er ja schlecht zurück zu den anderen gehen. Er setzte sich auf die Klobrille und begann zu masturbieren. Das hatte er schon ewig nicht mehr getan. Es dauerte nicht lange, bis er kam und kaum ein Aufstöhnen unterdrücken konnte. Boah, war das gut! Warum hatte er dieses Gefühl bloß so lange links liegen lassen?

Bestens gelaunt spülte er die Ejakulation die Toilette runter, zog die Hose hoch und wusch sich die Hände.

Er war wieder da, zwinkerte er sich im Spiegel zu. Ein ganzer Mann, dem nichts mehr im Wege stand! Gut aussehend, beruflich äußerst erfolgreich und nun auch noch potent! Besser hätte die Generalprobe nicht laufen können – nun stand der Premiere nichts mehr im Wege.

Selbstbewusst und mit geradem Rücken marschierte er zurück zu den anderen.

Maja

Der Mann konnte aber auch gucken! Immer wieder schaute ihr Bernd quer über den Tisch in die Augen. Viel zu intensiv und viel zu lange! Sein Blick war provokant, nicht nur, weil er dabei schmunzelte und ihre Verlegenheit offenbar genoss.

Mit jedem zu direkten Blick überlief sie ein Schauer. Es kam ihr so vor, als würde er sie mit seinen Augen ausziehen. Sie fühlte sich nackt, aufgespießt, in die Enge getrieben – aber auch irgendwie sehr aufgeregt.

Bernd war eindeutig im Angriffsmodus und wollte sie herausfordern. Immer wieder berührte er sie zufällig, streifte ihren nackten Arm oder legte kurz seine Hand auf ihren Oberschenkel.

Die Berührungen verwirrten Maja. Um kurz durchzuatmen und sich dem Dauer-Bombardement auf ihre strapazierten Nerven wenigstens für ein paar Minuten zu entziehen, flüchtete sie in die Küche. Sie stellte sich vor die Ceranfeldplatte, stützte sich mit den Händen links und rechts auf, schloss die Augen, atmete bewusst ruhig ein und aus und zählte bis zehn. So, wie sie es damals im Geburtsvorbereitungskurs gelernt hatte. Ganz ruhig, Maja, redete sie mit sich selbst. Du wirst dich jetzt nicht aus deiner Mitte katapultieren lassen. Noch mal atmete sie tief in den Bauch und zählte: » ... sieben, acht ...«

Plötzlich spürte sie zwei Hände an ihren Hüften und warmen Atem kitzelnd in ihrem Nacken. »Mhmmmmm, was für ein Duft!«, brummte Bernd in tiefstem Bass und schnupperte an ihrem Hals.

Maja bekam sofort eine Gänsehaut. Ein Schauer durchlief ihren gesamten Körper. Ihr Nacken war schon immer ihre erogenste Zone gewesen. Wenn man sie dort küsste oder sanft Luft hinhauchte, wurde sie willenlos.

Erschrocken drehte sie sich um und stieß Bernd von sich.

»Was machst du denn da?«, stammelte sie empört.

»Ich lerne dich kennen!«, grinste er. »Wusstest du, dass man nirgends so intensiv nach sich selbst riecht wie hinter den Ohren?«

»Nein«, sagte Maja schroff und richtete sich gerade auf. »Aber ich möchte, dass du jetzt sofort damit aufhörst, mit mir zu flirten!«

»Du denkst, ich flirte mit dir?« Bernd grinste.

»Du weißt genau, was ich meine«, sagte Maja, schob ihn zur Seite und ging aus der Küche. Bernd kam hinter ihr her.

»Du riechst übrigens ausgesprochen lecker«, flüsterte Bernd ihr im Vorbeigehen ins Ohr, als sie sich setzte. »Nach Honig, Vanille und Buttermilch ...«

Karin schwärmte Robert gerade vom Rundflug über Helgoland und Amrum vor – und von der Harleytour über die Insel, die sie anschließend unternommen hatten.

»Ich würde auch gerne mal Motorrad fahren!«, entfuhr es Maja. Sie wusste auch nicht, warum sie das gesagt hatte. Sie wollte sich einfach ins Gespräch einschalten und dadurch Bernds Dauerangriff entfliehen.

»Kein Problem«, sagte Bernd. »Dann machen wir morgen Partnertausch: Ich düse ein bisschen mit Maja durch die Gegend – und Karin macht irgendetwas mit Robert!«

Schweigen in der Runde. Maja war entsetzt. »Aber …«, stammelte sie.

»Spielst du Golf?«, fragte Karin Robert.

»Ja, sehr gerne. Warum?«, antwortete der überrascht.

»Bernd spielt nicht, und ich würde zu gerne mal wieder auf den Platz.«

»Du spielst?«, fragte Robert erstaunt.

»Ja, warum?«

»Etwas ungewöhnlich für eine junge Frau in deinem Alter …«

»Hab ich während meiner Internatszeit in Louisenlund gelernt«, sagte Karin, trank einen Schluck Wasser und zwinkerte ihm zu. »Hast du Lust, morgen mal auf dem ›Golf Club Sylt‹ unsere Handicaps zu vergleichen?«

»Und ob!«, bejahte Robert begeistert. »Nehmen die denn auch Gäste? Muss man da nicht Mitglied sein?«

»Nein, eben nicht! Ich hatte das gestern schon mal recherchiert.«

»Toll«, freute sich Robert.

»Man muss natürlich die Greenfee entrichten«, gab Karin zu bedenken.

»Kein Problem«, befand Robert, und Maja konnte ihm ansehen, dass er nichts dagegen hätte, dort auf Dr. Schüttler zu treffen.

Damit war die Sache besiegelt und Maja um 11 Uhr mit Bernd zu einer Harleytour verabredet.

Das ungewollte Date mit Bernd regte Maja so auf, dass sie sich unruhig im Bett hin- und herwälzte. Würde er über sie herfallen? Sie hatte absolut keine Lust, sich den ganzen Tag gegen seine Avancen zu wehren. Sollte sie eine Magenverstimmung vortäuschen? Entnervt stand sie gegen 2 Uhr auf, um sich einen Becher Tee zu kochen.

Die Nacht war warm und sternenklar, und Maja stellte sich im Bademantel mit ihrem dampfenden Becher auf die Terrasse, um die Milchstraße zu betrachten.

Sie legte den Kopf in den Nacken und stellte sich vor, schwerelos durchs Universum zu fliegen.

»Kannst du auch nicht schlafen?«, hörte sie plötzlich eine bekannte Stimme von nebenan. In Jogginghose und T-Shirt kam Bernd zu ihr auf die Terrasse geschlendert, in der Hand ein Glas Cola, das er auf dem Mauersims abstellte.

»Huch?«, entfuhr es Maja überrascht. »Nein, leider nicht.«

Bernd stellte sich vor sie, griff mit den Händen links und rechts in ihren Bademantelkragen und zog sie in den Schatten. Dann nahm er ihr Gesicht in die Hände – und küsste sie. Zart, langsam, sanft und vorsichtig. Seine Lippen fühlten sich an wie schmelzende Schokolade.

Majas Knie wurden weich. So einen Kuss hat sie noch nie erlebt. Sie konnte gar nicht anders, als sich sekundenlang vollkommen hinzugeben.

Doch dann erschrak sie zutiefst über sich selbst und stieß ihn von sich. »Bist du verrückt?«

Der Teebecher glitt ihr dabei aus der Hand und zerschellte auf dem Boden.

»Scherben bringen Glück«, rief ihr Bernd leise hinterher, während sie, vollkommen außer sich, ins Haus eilte. Sie drehte sich nicht mehr um.

An Schlaf war nach diesem Kuss nicht mehr zu denken. Die ganze Nacht spürte sie Bernds Lippen auf ihren, seine weiche Zunge an ihrer.

Sie hatte nicht geahnt, dass sich ein Kuss so anfühlen konnte. Robert hatte sie nie so geküsst. Seine Lippen waren immer eher hart und fordernd gewesen, und er war stets sofort sehr stürmisch geworden.

Mehr! Sie wollte mehr! Der Kuss hatte sie angefixt, einen Prozess in ihr in Gang gesetzt, der nicht so schnell wieder auszubremsen war. Sie sehnte sich nach einer Fortsetzung. Nach Berührung, nach Ekstase.

Wie konnte sie das nur stoppen?

Robert

Hoffentlich würde er auf dem Golfplatz Dr. Schüttler begegnen. Und wenn der dann auch noch dachte, die knackige, junge Karin wäre seine Affäre, würde er ihn erst recht für einen ganzen Kerl halten. Dann würde Schüttler ihm bei ihrer nächsten Begegnung auf der Baustelle jovial auf die Schulter klopfen und ihm anerkennend, wissend und vielleicht sogar ein bisschen neidisch zuzwinkern. Alphamänner unter sich …

Leider war es gestern mit Maja nicht mehr zu der erhofften Penetrationspremiere gekommen. Nach der ungewohnten Selbstbefriedigung auf der Toilette war Robert so erledigt gewesen, dass er im Bett sofort in einen tiefen Schlaf fiel.

Den Probeakt mit Maja würde er dann eben heute nachholen – oder ob er es mal bei Karin versuchen sollte? Sie schien ihm sehr offen, und er war schließlich ein äußerst attraktiver Mann …

Bestens gelaunt klatschte Robert sich sein Davidoff-Aftershave ins Gesicht und klingelte an der Nachbartür.

Es war ein kristallklarer Sommermorgen mit blauem Himmel bei milden 20 Grad. Der Wind war lau – bestes Golfwetter. Karin sah sehr attraktiv aus, mit weißem Polohemd und beigen Shorts, die ihre durchtrainierten Beine und ihre fantastische Figur aufs Eindrucksvollste hervorhoben. Robert war stolz, in ihrer Begleitung auf den Platz schreiten zu dürfen.

Die Anlage war wunderschön, und Robert genoss die noch kühle Morgenluft und die Spaziergänge über die grüne, perfekt gepflegte Landschaft, wenn sie den Bällen folgten.

Karin konnte beeindruckend gut spielen. Egal, ob Abschlag, Fairway, Pitch, Chip, Lob, Bunker oder Putt, sie beherrschte alle Schläge aus dem Effeff. Robert musste sich sehr anstrengen, mit ihr mitzuhalten. Beim fünften Loch passierte es dann: Vor lauter Ehrgeiz holte er mit dem Schläger zu tief aus, verdrehte dadurch die Hüfte, und – ZACK – schoss es ihm wie ein Messer ins Kreuz! Es tat so weh, dass ihm die Luft wegblieb und er sich gebeugt wie ein Hundertjähriger zum ClubCart schleppen musste.

»Du bist ja ganz blass!«, rief Karin erschrocken. Hier, trink erst mal was!« Sie hielt ihm ihre Mineralwasserflasche vor die Nase.

»Die verdammte Bandscheibe …«, stammelte Robert mit schmerzverzerrtem Gesicht.

»Jaja, Sport in deinem Alter ist gefährlich«, lachte Karin. »Weißt du was? Ruh du dich doch auf dem Cart aus, ich spiele die Runde zu Ende, und danach gehen wir etwas essen. Was meinst du?«

Robert nickte mit zusammengebissenen Zähnen.

Frustriert und verärgert über seinen unzuverlässigen Körper, tuckerte Robert auf dem Cart hinter Karin her und musste mitansehen, wie sie mit einem jungen Profispieler flirtete. Es war doch zum Heulen!

Und ausgerechnet jetzt entdeckte er tatsächlich Dr. Schüttler, der in Begleitung dreier anderer Spieler einen Caddy hinter sich herzog. Er kam direkt auf ihn zu. Das konnte doch alles nicht wahr sein! Verschämt versteckte sich Robert hinter Baseballkappe und Sonnenbrille und floh auf dem ClubCart mit Höchstgeschwindigkeit zum Clubhaus, um einen Kaffee zu trinken.

Maja

»Lieber Bernd, ich muss unseren Ausflug leider absagen. Ich habe Magenprobleme und möchte mich heute lieber ausruhen.« Diese Nachricht hatte Maja soeben in ihr Handy getippt und per SMS an Bernd gesandt. Nach der Attacke gestern Nacht hatte sie nicht die geringste Lust, ihm gegenüberzutreten.

Seine Nummer hatte sie aus Roberts altmodischem, über 20 Jahre altem Adressbuch gefischt, das auf dem Wohnzimmertisch lag und in das er penibel alle Kontakte eintrug, weil er den elektronischen Medien misstraute. »Stell dir vor, das Handy wird geklaut, und alle Nummern sind weg«, war sein Argument. »Papier ist sicherer«, sagte er immer und wedelte mit dem zerfledderten Ding vor ihrer Nase herum. Den Hinweis, dass auch ein Notizbuch durchaus abhandenkommen konnte, hatte Maja sich stets verkniffen.

Unter der SMS erschien die »zugestellt«-Bestätigung. Maja ließ sich auf die Couch fallen und atmete erleichtert auf. Das Problem wäre – zumindest für heute – gelöst! Sie tippte gerade eine weitere SMS an ihre Tochter, in der sie sich nach deren Befinden erkundigen wollte, als es an der

Haustür klingelte. Bestimmt wieder der Postbote mit irgendeiner Sendung für Robert. Ächzend erhob sie sich und ging zur Tür.

Einer plötzlichen Eingebung folgend, warf sie vor dem Öffnen noch mal einen Blick durch den Spion: Vor der Tür stand nicht der Postbote – sondern Bernd! Das konnte ja wohl nicht wahr sein! Wie dreist war das denn?

Verärgert ging Maja zurück ins Wohnzimmer und ignorierte das zweite und dritte Klingeln. Kurz darauf klopfte es gegen die Glasscheibe der Terrassentür. Bernd stand davor und winkte ihr freudig zu.

»Komm schon, Maja! Mach auf«, rief er durch die Dreifachverglasung. »Ich hab dich gesehen! Ist doch albern, sich zu verstecken!«

Maja stand ratlos vor der Couch und zuckte nur mit den Achseln. Sie fühlte sich wie versteinert, unfähig, sich zu bewegen.

»Wenn du möchtest, lasse ich dich vollkommen in Ruhe. Ich schwöre!« Bernd faltete die Hände vor seiner Brust und setzte sein unschuldigstes Chorknabenlächeln auf.

Maja musste grinsen. Langsam ging sie zur Tür und schob sie auf.

»Hey!«, sagte Bernd mit sanfter Stimme. »So schlimm?«

Maja wusste nicht genau, was er damit meinte. »Schon«, antwortete sie nebulös.

»Und du willst wirklich nicht Motorrad fahren heute?« Bernd stand immer noch draußen und hielt einen Helm hoch.

Maja schüttelte den Kopf. Irgendwie hatte es ihr die Sprache verschlagen.

»So ein Quatsch! Du hast nur Schiss!«, sagte Bernd plötzlich streng. »Feige sein gilt nicht! Komm jetzt mit! Du wirst es lieben!«

Maja starrte ihn ungläubig an.

»Wenn du nicht mitkommst, bleibe ich auch hier und bekoche dich den ganzen Tag mit Haferbrei und Zwiebelsaft«, drohte Bernd. »Und der schmeckt echt scheußlich!«

Maja musste lächeln.

»Und wenn es dir auf dem Bike nicht gefällt oder dir tatsächlich übel wird, bringe ich dich sofort zurück, und du kannst dich ungestört ausruhen!«

Sie guckte ihn zweifelnd an.

»Versprochen!«, unterstrich er und hielt wie zum Schwur eine Hand hoch.

Kurze Zeit später saßen sie auf seiner Harley und röhrten mit tiefstem Bassbrummen die Keitumer Landstraße herunter. Maja hatte die Arme von hinten um Bernds Oberkörper gelegt und lehnte sich an seinen lederbejackten Rücken. Heckenrosensträucher, Pferdekoppeln und Kornfelder flogen vorbei. Es war wirklich wie fliegen.

Erstaunlich, dass sie durch diesen Mann ständig durch die Gegend schwebte, fand Maja. Egal, ob auf den Wellen, dem Surfboard oder jetzt auf dem Motorrad – Schwerelosigkeit schien sein (und damit auch ihr) Thema zu sein.

Sie durchquerten Westerland und fuhren anschließend auf der Hörnumer Straße durch die herrliche Wald- und Dünenlandschaft des südlichen Teils von Sylt, bis sie schließlich auf den Parkplatz der Sansibar fuhren und parkten.

»Na, wie fandest du es bis jetzt?«, fragte Bernd neugierig, nachdem er sich den Helm abgenommen und den Kopf geschüttelt hatte.

»Herrlich!«, entfuhr es Maja. So euphorisch hatte sie gar nicht klingen wollen.

»Das freut mich aber sehr!« Bernd strahlte sie an, und Maja schien es fast, als würden Funken aus seinen Augen sprühen.

»Komm!«, sagte er und legte ihr den Arm um die Hüften. »Jetzt essen wir etwas Großartiges – und dann legen wir uns ein bisschen in die Sonne!«

Es war wie immer im Sommer in der Sansibar: knallvoll und wuselig. Sie fanden noch einen Platz an einem Zehnertisch im Sand und bestellten zweimal die Sushirolle mit warmen Knuspergambas und Erdbeerbowle. Das Essen war – auch wie immer – ein Genuss. Maja war mit Robert schon öfter hier gewesen, aber so gut wie jetzt mit Bernd hatte es ihr selten geschmeckt. Es war, als würde er auf geheimnisvolle Weise all ihre Sinne schärfen.

»Na, Übelkeit vorbei?«, grinste Bernd sie an, während sie genießerisch ihre letzte Sushirolle in die Sojasoße tauchte.

»Ja, restlos!« Sie kaute und strahlte ihn an. »Danke, dass du so hartnäckig warst!«

Es war doch alles in Ordnung, beruhigte sie sich. Der Kuss gestern Nacht war ja noch kein Ehebruch, und sie gingen hier doch gerade absolut freundschaftlich und platonisch miteinander um. Obwohl sie sich ein paarmal dabei erwischte, Bernd auf die Lippen zu schauen und dabei ein leichtes Kribbeln im Bauch zu verspüren. Ob der Kuss gestern ein Zufallstreffer war – oder ob er immer so gut küssen konnte? Maja würde es zu gerne erfahren, musste sie sich eingestehen …

Nach dem Essen spazierten sie den Steg durch die Dünen runter zum Strand. Maja traute ihren Augen kaum. Die Nordsee war hier so türkisfarben wie das Karibische Meer – mit herrlicher Brandung.

»Das liegt am Sandgefälle«, erklärte Bernd die ungewöhnliche Mittelmeerfarbe des Wassers und deutete auf den relativ steil abfallenden Ufersaum. Maja war sich nicht so sicher, ob das stimmte. Vielleicht war der Sand hier auch einfach nur heller – oder das Wasser klarer …

Am Strand herrschte wuseliger Trubel: Hunde, Kinder, lachende Menschen, chillige Musik. Es war relativ voll, aber sie ergatterten tatsächlich noch einen Strandkorb am Ende der Badezone.

Es war herrlich, sich in dem geschützten Korb von der Sonne aufwärmen zu lassen und dazu das zweite Glas Erdbeerbowle zu trinken, die sie sich in vorbildlich nachhaltigen To-go-Bechern mitgenommen hatten.

Maja zerbiss genüsslich eine Erdbeere, schmeckte der herben Süße nach, schaute dabei zwei Kindern beim Planschen zu und spürte plötzlich Bernds Hand sanft über ihren Rücken streicheln. Es fühlte sich gut an. Sehr gut sogar. Sanft, einfühlsam, warm.

Sie drehte sich zu ihm hin, er schaute ihr tief in die Augen, zog sie an sich – und küsste sie.

Maja schmolz augenblicklich dahin. Eine warme Welle flutete sie, durchströmte ihren Körper. Der Kuss dauerte ewig, und Maja löste sich quasi in ihm auf. Bernds weiche Zunge streichelte ihre Lippen, spielte mit ihrer, saugte und biss ganz zart an ihrer Unterlippe, war aber nie aufdringlich oder fordernd.

»Wow!«, sagte Bernd atemlos, als sie sich wieder voneinander lösten. »Wo hast du denn sooo küssen gelernt?« Sein Gesicht war ganz rot.

»Gleichfalls«, erwiderte Maja heiser. Sie war vollkommen verwirrt. Aufgewühlt.

»Moment!«, sagte Bernd, kramte in seiner Tasche, zog ein Handtuch heraus und legte es über ihrer beider Beine. Dann lehnte er sich zufrieden grinsend im Strandkorb zurück.

»Und nun?«, fragte Maja irritiert. »Was soll das mit dem Handtuch?«

»Komm mal her!«, forderte Bernd mit rauer Stimme. Maja schmiegte sich an ihn. Er küsste sie erneut, und sie fühlte, wie er unter dem Handtuch seine rechte Hand auf ihren Oberschenkel legte. Wohltuend warm und leicht wie eine Feder.

Maja wurde nervös, doch er bewegte seine Hand keinen Millimeter. Stattdessen intensivierte er seine Küsse. Sie wurden fordernder, leidenschaftlicher.

Seine Hand verharrte bewegungslos auf ihrem Oberschenkel, verbreitete dort aber eine ungeheure Hitze, und

Maja musste sich eingestehen, dass sie wünschte, er würde sie höher schieben, zwischen ihre Beine. Sie spürte, dass sie schon ganz feucht geworden war.

Während sie sich immer leidenschaftlicher küssten, schob sie ihren Unterkörper reflexartig seiner Hand entgegen, die dadurch ein Stück höher rutschte. Endlich streichelte er sich ihren Oberschenkel hoch. Maja hielt die Luft an und öffnete kurz die Augen, ob sie von irgendjemandem beobachtet wurden.

Die Gefahr, entdeckt zu werden, hier eigentlich gar nicht erregt werden zu dürfen, war so aufregend für sie, dass sie es vor Spannung kaum noch aushielt.

Bernd küsste sie mit heißen Lippen, Majas Puls raste, sie hätte vor Anspannung schreien können. Endlich schob sich seine Hand zwischen ihre Beine, und Maja musste sich sehr beherrschen, nicht laut aufzustöhnen vor Lust. Ihr war glühend heiß, sie schwitzte. Und dort, wo seine Hand jetzt war, brannte es und brannte, brannte, brannte! Sie war jetzt nur noch geil. Alles andere war ihr egal. Sie wollte seine Hand jetzt dort, wo all ihre Nervenenden zusammenliefen. Genau dort!

»Mach weiter!«, flüsterte sie heiser in sein Ohr. »Bitte, mach weiter!«

Bernd drückte leicht mit dem Mittelfinger auf ihren empfindlichsten Punkt, und es war, als würde ein Blitz sie durchfahren. Sie stöhnte auf.

»Ja! Ja! Weiter!«, flüsterte sie.

Bernds Hand streichelte zwischen ihren Beinen hoch

und runter, nur der Stoff ihrer Jeans trennte seine Haut von ihrer.

»Du bist so sexy!«, raunte Bernd in ihr Ohr. »Ich möchte dich fühlen!«

Ein Ball landete vor ihren Füßen, ein Kind kam angerannt und schnappte ihn sich.

Maja hielt es fast nicht mehr aus vor Lust.

Bernd öffnete geschickt ihren Reißverschluss, und nun spürte sie die Wärme seiner Haut auf ihrer. Er fuhr mit zwei Fingern sanft in ihren Schritt, bemerkte ihre Feuchtigkeit und brummte »wunderschön«.

Seine Finger in ihrer empfindlichsten Zone zu spüren fühlte sich so herrlich, so genussvoll und lustvoll an, dass Maja es kaum aushalten konnte.

Bernd schob seine andere Hand unter ihr T-Shirt, streichelte ihren nackten Rücken und hauchte mit heißem Atem sanfte Küsse auf ihren Hals.

Maja schob sich seiner Hand entgegen. Noch nie hatte sie eine solche Geilheit empfunden. Ob sie gesehen wurden, ob es sich geziemte – alles war ihr im Moment egal. Es zählte nur noch ihre Lust. Sie schob ihr Becken seiner Hand entgegen, und er drang mit zwei Fingern in sie ein. Sein Rhythmus war perfekt. Nicht zu sanft, nicht zu schnell und sehr variationsreich in der Bewegung.

Als er es auch noch schaffte, mit seinem Daumen zeitgleich sanft ihre Klitoris zu massieren, gab es kein Halten mehr: Ihr Blut rauschte, der Himmel rauschte, die Brandung rauschte, die Geräusche der Kinder rauschten – alles rauschte und schlug über ihr zusammen wie die wilden Wellen in einer gigantisch-lustvollen Explosion.

Sie kam so heftig wie schon lange nicht mehr.

Erschöpft, erschrocken und atemlos lehnte sie danach ihren Kopf an Bernds Brust. Was war das denn gerade gewesen? Sie hörte Bernds Herz heftig und schnell in seinem Brustkorb donnern und war so überwältigt von der Heftigkeit ihrer Gefühle, dass ihr die Tränen kamen. Bernd nahm sie in den Arm. »Ist ja gut, meine Süße. Ist ja gut …«, flüsterte er mit zärtlicher Stimme und streichelte ihren Rücken. Mit sanftem Lächeln strich er ihr die verschwitzen Haare aus der Stirn und wischte die Tränen von ihrer Wange. »Du bist so schön!« Er hauchte ihr einen zarten Kuss auf die Augen.

Maja zitterte. Sie fühlte sich nackt, wehrlos, bloßgestellt. Dieser Mann hatte es geschafft, dass sie mal eben so am Strand ihr Innerstes nach außen gekehrt und eine fast unerträglich intensive Intimität mit einem eigentlich Fremden zugelassen hatte. Sie hatte die Beherrschung verloren und sich von ihrer Lust überwältigen lassen. Sie hatte soeben eine neue Seite von sich selbst kennengelernt – und sie war sich gar nicht sicher, ob sie das wollte.

Und ertrug.

»Kommst du mit ins Wasser?«, fragte Bernd plötzlich fröhlich und riss sie dadurch aus ihrer Verunsicherung. »Ich glaube, etwas Abkühlung würde uns jetzt sehr guttun!« Er grinste, zog sich das T-Shirt über den Kopf und sprintete Richtung Brandung.

Maja musste schmunzeln, als sie bemerkte, dass er im

Laufen die ganze Zeit beide Hände über seinen Schritt hielt. Der Arme, dachte sie. Seine Befriedigung war ja gerade komplett zu kurz gekommen – im wahrsten Sinne des Wortes. Robert hätte das nie erduldet …

Robert! Wie ein Stromschlag durchfuhr sie der Gedanke an ihn. Sie hatte ihn gerade betrogen! Um das Gefühl abzuschütteln, sprang sie auf, zog sich aus und rannte Bernd hinterher …

Das kühle, klare Wasser war herrlich – und beruhigend. Sie tauchte ihren Kopf unter Wasser, strich sich die nassen Haare zurück und schwamm zu Bernd.

»Hallo, meine Schöne«, begrüßte er sie, nahm sie auf seine Arme und trug sie durchs Wasser. Sie schwebte auf seinen ausgestreckten Armen auf dem Rücken, ließ sich mit geschlossenen Augen treiben. Schon wieder schwerelos …

Sie spürte die Sonne im Gesicht, hörte das Plätschern des Meeres und ließ ihren Körper vom Wasser streicheln. Bernd hauchte ihr mit salzwassernassen Lippen einen sanften, kühlen Kuss auf den Mund – und sie entspannte sich.

Zurück am Strandkorb, trockneten sie sich ab, zogen sich an und machten sich auf den Rückweg. Es war schon kurz vor 16 Uhr, und Bernd hatte Karin versprochen, spätestens um 17 Uhr zu Hause zu sein, da sie mit ihm noch irgendein Computerteil in Westerland kaufen wollte.

Auf dem Rückweg zum Parkplatz gingen sie schweigend nebeneinanderher, und Maja war Bernd sehr dankbar, dass er ihr keine weiteren Avancen machte oder sie auf das eben

Erlebte ansprach. Auch er hatte offenbar einiges zu verarbeiten, mutmaßte sie.

Sie brausten zurück nach Wenningstedt, Maja klammerte sich an seinen Rücken und versuchte zu rekapitulieren, was am Strand geschehen war. Wie sollte sie jetzt Robert gegenübertreten? Würde er ihr ihren Ehebruch sofort ansehen? War das überhaupt schon ein Ehebruch? Sie hatten ja schließlich keinen Geschlechtsverkehr gehabt …

Hatte Bernd recht mit seiner polygamen Lebensweise?

Maja atmete tief durch und versuchte, ihre Gefühle zu ordnen. Körperlich fühlte sie sich ungewohnt entspannt und wohlig. Wie von innen mit warmem Honig ausgegossen. Ihr ganzer Körper kam ihr elastischer und jünger vor. Und sie hatte sehr gute Laune. Dagegen standen die Angst um ihre Ehe und ihre Gewissensbisse.

»Ach, Quatsch!«, beruhigte sie sich selbst. Ein Ausrutscher war ja noch keine Katastrophe, und natürlich hatte sie nicht im Mindesten vor, Robert zu verlassen. Es würde bei diesem einen Mal bleiben, sie hatte sich schließlich nicht verliebt!

Wobei sie sich dessen nicht ganz sicher war …

Robert

Es war sehr ärgerlich, dass Maja erst so spät nach Hause kam. Schon seit Stunden lag er schmerzgeplagt auf der Couch und war unfähig, sich zu bewegen.

Kaum dass Maja endlich in die Tür getreten war, befahl er ihr auch schon, zur Apotheke zu fahren, um Schmerzmittel und Wärmepflaster zu besorgen.

»Um Himmels willen, was hast du denn?«, fragte sie besorgt und setzte sich zu ihm auf die Couch.

»Wieder diese verfluchte Bandscheibe«, ächzte er. »Ich habe beim Golfen offenbar irgendeine falsche Bewegung gemacht.«

»Armer Schatz!«, sagte sie mitleidig und strich ihm über die Haare. »Ich fahre sofort los.«

Irgendetwas war anders an ihr, überlegte Robert, als sie die Eingangstür hinter sich zuzog. Aber was bloß? Sie wirkte locker, entspannt – aber das war nicht besonders ungewöhnlich …

Hatte sie anders gerochen? Oder war es das leicht Verhangene in ihren Augen?

Wahrscheinlich hatten ihre Augen Zug vom Fahrtwind

auf diesem total bescheuerten Motorrad bekommen, vermutete er.

Er streckte stöhnend die Beine aus und schloss die Augen.

Maja

Nach dem Erlebnis im Sansibar-Strandkorb war für Maja nichts mehr, wie es vorher war. Sie war hin- und hergerissen zwischen Schuldgefühlen, Angst um ihre Ehe – und der Sehnsucht nach mehr: mehr Lust, mehr Zärtlichkeit, mehr Ekstase! In einem Moment war sie fest entschlossen, Bernd nie wiederzusehen, im anderen sehnte sie sich nach weiterer Verschmelzung. Ihr Körper brannte. Ihr Herz klopfte schneller, ihr Nervensystem war in absolutem Aufruhr. Ein Weckruf war erschallt, und ihr Unterleib hatte ihn klar und deutlich vernommen. Und war aufgewacht.

In der Nacht nach ihrem Motorradausflug war sie um drei Uhr morgens ins Wohnzimmer geschlichen und hatte einen Brief an Bernd verfasst, in dem sie ihn bat, sich nicht wiederzusehen – zumindest nicht allein. Gleich morgen früh wollte sie ihn übergeben.

Aber als sie Bernd morgens auf der Terrasse begegnete und er sie mit diesen Sternchen-Augen anstrahlte, wie ein Schuljunge vor dem Weihnachtsbaum, fühlte sie sich derart zu ihm hingezogen, dass sie ihn am liebsten sofort hinter die Heckenrosen gezerrt hätte.

Sollte sie Robert ihren Ausrutscher gestehen? Oder sollte sie einfach noch zwei-, dreimal mit Bernd schlafen – und hoffen, dass es damit erledigt wäre? Dass es ein Strohfeuer war, das schnell verglühte? Sie war sexuell schließlich vollkommen ausgehungert – aber wenn sie ein paarmal Sex gehabt hätte, wäre sie irgendwann ja sicher wieder satt.

Und vielleicht war der »richtige« Sex mit ihm ja auch doof, und sie wäre dann kuriert …

Sie sollte schneller Gelegenheit bekommen, das herauszufinden, als sie gedacht hatte.

Wegen seines Bandscheibenvorfalls hatte Robert beschlossen, den Tag auf dem Sofa zu verbringen. Karin musste auf dem Laptop eine Arbeit für ihr Studium fertigstellen, sodass Maja Bernds Vorschlag, Surfbretter zu leihen, mit dem Bulli zum Ellenbogen zu fahren und dort weiter Wellenreiten zu üben, nach kurzem Zögern annahm. Es gab nur einen Weg herauszufinden, was das mit Bernd war, hatte sie beschlossen: Sie musste es weiter erforschen! Sie warf den Brief an ihn in den Müll.

Ein weiterer schöner Sommertag erwartete sie, als sie mit dem bunt bemalten VW-Bus Richtung List fuhren. »Sunny« von Boney M. schepperte aus dem Vintage-Autoradio, sie hatten die Scheiben runtergedreht, und Maja hatte plötzlich Lust, laut mitzusingen. Und das tat sie dann auch. Bernd schaute sie überrascht an und stimmte dann lachend mit ein. Den Song konnten sie offenbar beide, und es machte riesigen Spaß, aus voller Kehle gegen das Geknatter des Motors und das Rauschen des Fahrtwindes anzusingen.

»I will survive« war der nächste Song, und Maja rutschte dazu auf ihrem Sitz im Takt hin und her. Das Leben konnte so schön sein, fand sie plötzlich und streichelte Bernd dankbar über den Nacken. Der fasste lächelnd nach ihrer Hand und drückte sie.

An der Zufahrt zum Ellenbogen bezahlten sie die Mautgebühr, die zum Schutz des Naturparadieses erhoben wurde, und fuhren auf der holperigen Straße bis zur äußersten Spitze der Landzunge. Von hier aus konnte man Rømø sehen – und sonst keinen Menschen, wenn man das nicht wollte. Man musste nur ein paar Schritte durch die Dünen gehen und hatte den Strand quasi für sich allein.

Sie zogen die Schuhe aus und machten sich barfuß auf den Weg, um erst mal die Gegend und die Surf-Sachlage zu erkunden.

Als sie am Ufersaum standen und das Meer ihre Füße mit kleinen Wellen überspülte, umarmte Bernd sie von hinten und hauchte ihr mit warmem Atem sanfte Küsse auf ihren Haaransatz im Nacken. Dass sie dadurch sofort zu entzünden war, hatte er offenbar schnell kapiert. Maja bekam augenblicklich eine Gänsehaut und drehte sich zu ihm um, um ihn zu küssen.

Schon wieder waren seine Küsse magisch. Ihr Unterleib loderte auf, als hätte man Benzin in ein Lagerfeuer gegossen, ihr Puls begann zu rasen, und ihr wurde sehr, sehr heiß!

»Komm mit!«, sagte Bernd, dessen Erregung deutlich durch seine Hose zu spüren war. Er nahm ihre Hand und zog sie hinter sich her zurück Richtung Bulli.

Sie hatten das Auto etwas abgelegen im Schatten geparkt. Bernd schob hektisch die Tür auf, zog Maja hinein, ließ die Tür von innen wieder zuschnappen, öffnete die seitlichen Schiebefenster und zog die Vorhänge zu. Dann schubste er Maja rücklings auf die Matratze und legte sich neben sie.

Seinen gesamten Körper im Liegen so dicht neben sich zu spüren erregte Maja mehr, als sie jemals für möglich gehalten hätte. Bernds Hände fuhren unter ihr T-Shirt und streichelten ihren nackten Rücken, während sie seinen Duft einsog und seinen Hals küsste.

Er brummte wohlig »Oh, ist das schön« und schob Maja das T-Shirt hoch. Sie setzte sich auf und zog es aus, während er sich aus seiner Hose schälte und sein Hemd über den Kopf zog. Maja löste ihren BH, streifte ebenfalls ihre Hose ab, legte sich, nun nur noch mit ihrem Slip bekleidet, wieder auf die Matratze und zog die Decke über sich.

Sie war plötzlich unsicher, wie Bernd ihren nicht mehr ganz jungen Körper finden würde. Sie hatte massive Cellulite an Beinen und Bauch, zu viel Hüftgold – und auch ihre Brüste hatten der Schwerkraft mit den Jahren deutlich nachgegeben. Robert kannte sie nackt, kannte all ihre Schwachstellen, vor dem schämte sie sich nicht. Aber Bernd war zehn Jahre jünger als sie. Er kannte all ihre Mankos nicht. Obwohl, dachte sie: Er hatte sie schließlich schon ein paarmal im Bikini gesehen – und auch nackt in der Sauna.

Bernd kroch zu ihr unter die Decke, und sie spürte, dass er komplett ausgezogen war. »Mach die Augen zu«, befahl er und küsste sie. Maja war sehr dankbar, dass er nicht darauf bestand, die Decke zurückzuschlagen, und schloss die

Augen. Unter der Decke spürte sie seine Küsse auf ihrem Hals, ihrem Bauch – und schließlich ihren Brüsten. Mit seiner Zunge umspielte er ihre Brustwarzen und saugte sanft daran. Maja erschauerte. Bernd legte sich hinter ihren Rücken, küsste ihren Nacken, biss sanft hinein, was eine Ganzkörper-Gänsehaut bei ihr hervorrief, und streichelte sich mit der rechten Hand zu ihrer Vulva vor. Wie schon beim letzten Mal stimulierte und umkreiste er derart treffsicher ihren empfindlichsten Punkt, dass sie fürchtete, vor Feuchtigkeit zu zerfließen und vor Geilheit die Kontrolle zu verlieren. Meine Güte, war das herrlich! Glücksgefühle durchströmten sie.

Bernd schob ihr von hinten seinen Penis ein und brummte dabei mit tiefem Bass auf. Langsam, sachte, aber unnachgiebig. Maja spreizte die Beine und hatte es noch nie so genussvoll gefunden, ausgefüllt zu werden. Sein Penis fühlte sich viel größer an, als sie gedacht hatte. In langsamem Rhythmus begann Bernd, aus ihr hinaus- und in sie hineinzugleiten, und stimulierte dazu weiter ihre Klitoris. Maja hob ab und kam zweimal hintereinander. Beim zweiten Mal stöhnte auch Bernd laut auf.

Als sie wieder zu Atem kamen, lagen sie verschwitzt und glücklich grinsend nebeneinander auf dem Rücken. Bernd rappelte sich atemlos hoch und öffnete die Schiebetür, um frische Luft hereinzulassen.

Durch die Tür schien Maja die Sonne auf die nackte Haut, und sie fühlte sich so entspannt, leicht und glücklich wie noch nie – zumindest nicht in den letzten zehn Jahren.

Bernd küsste sie immer wieder, sagte dauernd »Mannomann« und stand irgendwann auf, um aus dem kleinen Bordkühlschrank eine eiskalte Flasche Bier zu holen.

Es war herrlich erfrischend, das kühle, herbe Getränk die Kehle hinunterrinnen zu lassen, und Maja merkte erst jetzt, wie durstig sie war. Der leichte Dusel, den der Alkohol hervorrief, katapultierte sie in einen Zustand absoluter Leichtigkeit. Nach einer zweiten Flasche schliefen sie noch zweimal miteinander in unterschiedlichen Positionen. Die Decke brauchte Maja dabei nicht mehr.

Es war schon später Nachmittag, als Bernd vorschlug, noch mal kurz ins Wasser zu springen. Wie kleine Kinder liefen sie splitternackt Hand in Hand durch die Dünen zum Wasser und ließen sich juchzend in die Brandung fallen.

Zurück im Bulli, stellte Maja fest, dass sie einen Riesenhunger hatte. »Ich könnte ein ganzes Wildschwein verzehren!«, gestand sie Bernd.

»Ich auch!«, gab er zu und rieb sich den Magen.

Sie fuhren zum Wonnemeyer, setzten sich auf die idyllische, mitten in den Dünen gelegene Außenterrasse und bestellten Fischsuppe und gegrillte Makrele. Maja war so ausgehungert, dass sie ihre Portionen in Sekundenschnelle verschlang, ohne auch nur einmal hochzugucken. »Mmmmh, ist das gut«, murmelte sie kauend zwischendurch, und Bernd, der genauso schnell und konzentriert aß wie sie, nickte zustimmend.

War das jetzt ihre neue Devise? Hunger, Durst, Gier, sofortige Befriedigung der elementaren Lebensbedürfnisse?, fragte sie sich belustigt, leckte sich die Finger ab und legte ihre Serviette zur Seite.

Bernd lehnte sich zufrieden grunzend in seinem Stuhl zurück und streckte sich. Sie grinsten sich wissend und verschmitzt an und stießen ihre Gläser aneinander.

»Zum Wellenreiten sind wir ja jetzt gar nicht gekommen«, konstatierte Maja auf der Rückfahrt.

»Och! Ich hatte den Eindruck, dass wir die Wellen ziemlich professionell abgeritten haben«, grinste Bernd. Maja nahm seine Hand, schaute verträumt aus dem Fenster und ließ sich den warmen Fahrtwind ins Gesicht blasen.

Sie fühlte sich, als wäre sie wieder 17.

Bernd

Nie hätte er gedacht, dass es ihn noch mal so erwischen würde, überlegte er unter der Dusche im Ferienhaus. Er hatte Maja zunächst gar nicht auf der Rechnung gehabt. Zu unscheinbar, zu schüchtern – und vor allem zu alt!

Erst hatte er nur mit ihr geflirtet, um Robert zu provozieren, denn dessen Oberlehrerattitüde, mit der er ihn ständig auf der Arbeit zurechtwies, nervte ihn schon lange. Aber dann faszinierte ihn mehr und mehr die Echtheit von Majas Emotionalität. Und die letzten beiden Tage hatten ihn vollkommen umgehauen.

Für Maja war sexuelle Ekstase offenbar Neuland – und er genoss es, sie in die unbekannten Gebiete ihrer Lust zu führen. Er kam sich vor wie der begnadetste Liebhaber der Welt und genoss die Höhepunkte, die er ihr schenken konnte.

Es war sexuell lange nicht immer so wie mit Maja. Warum er sie – im Gegensatz zu fast allen anderen Frauen, mit denen er bislang geschlafen hatte – fühlen konnte, wusste er auch nicht. Sie hatten einfach dieselbe Wellenlänge, dieselbe Frequenz und konnten sich miteinander verbinden.

Sie war in ihrer Reaktion auf ihn berührend authentisch. Sie gab sich ihm vollkommen hin, ergab sich, gab alles, was sie hatte. Das war anders als mit den jungen, emanzipierten Freundinnen, die ein unabhängiges Leben führten und sexuell oft schon überraschend erfahren waren.

Sie war eine reife Frau, die sich offenbar für ihn aufgespart hatte. Ein seltener Glücksfall.

Und dabei wollte er sich doch nie wieder verlieben, um nie wieder so verletzt zu werden, wie er vor langer Zeit von der Frau verletzt worden war, die er fast geheiratet hätte. Sie hatte ihn, als er 24 war, quasi über Nacht und ohne Angabe von Gründen verlassen und sich nie wieder bei ihm gemeldet … Er hatte daraufhin das Vertrauen in die Liebe verloren und nur noch emotional ungefährliche Kurzzeit-Beziehungen geführt.

Er trocknete sich ab, zog sich an und ging hinunter zu Karin, die bereits mit dem Essen auf ihn wartete.

Maja

Sie merkte es abends beim Kochen, als das Radio lief: Plötzlich konnte sie Musik wieder fühlen – das war ihr seit ihrer Jugend nicht mehr passiert. Die Songs und ihre jeweilige Botschaft (Verliebtheit, Glück, Traurigkeit, Liebeskummer) gingen ihr tief unter die Haut. Es war, als wäre sie plötzlich vollkommen dünnhäutig geworden. Sie spürte wieder die Euphorie bei den Songs, die sie früher so aufgewühlt hatten, dass sie aufwendig erstellte Mixed-Kassetten in voller Lautstärke im Auto gehört hatte.

Große Emotionen – ja, das war es! Sie fühlte wieder! Fühlte Musik, Glück, fühlte Aufregung und Spannung. Sie war auf einmal wieder hoch emotional. Sehr verletzlich dadurch zwar – aber endlich wieder absolut lebendig.

Nun war es passiert, gestand sie sich ein, während sie verträumt die Zutaten für Roberts geliebten Salat schnippelte: Sie hatte sich verliebt! Oder zumindest war sie nun angefixt von der Droge »Sex mit Bernd«. Wie ein Junkie jieperte sie nach dem nächsten Schuss.

Sie brannte. Ihr ganzer Körper fühlte sich an wie angezündet. Sie kam sich urweiblich vor, wie schon lange nicht mehr – und sexy!

Es war, als hätte Bernd in ihr ein Feuer entfacht, das nicht mehr beherrschbar war. Erst hatte sie es nur für einen Schwelbrand gehalten, den man leicht austreten könnte – aber mittlerweile schien er unkontrollierbar geworden zu sein.

Maja deckte geistesabwesend den Esstisch, stellte die Salatschüssel in die Mitte und holte das Dry-Aged-Steak aus dem Ofen.

»Kommst du zum Essen?«, rief sie Robert und hoffte inständig, dass er ihr ihren Zustand nicht ansehen würde.

Direkt nachdem sie nach Hause gekommen war, war sie unter die Dusche gesprungen, um mögliche Spuren zu beseitigen. Robert lag derweil leidend auf der Couch und sah eine Wirtschaftssendung.

»Wann gibt es Essen?«, rief er ihr hinterher, als sie die Treppe zum Bad hochlief. »Ich habe schrecklichen Hunger! Konnte mir ja den ganzen Tag nichts zubereiten!«

Der vorwurfsvolle Tonfall in seiner Stimme war nicht zu überhören.

»Sofort«, rief Maja von oben. »Muss nur kurz das Salz von der Haut kriegen!«

Mit gebeugtem Rücken kam Robert zum Tisch geschlichen und inspizierte sauertöpfisch die Gerichte.

»Das Steak ist zu durch!«, befand er, nachdem er eine Tranche mit der Gabel aufgespießt und angeschaut hatte.

»Ich habe dir doch schon tausendmal gesagt, du darfst es höchstens fünf Minuten im Ofen lassen!«

»Tut mir leid, Schatz«, murmelte Maja. Es war ihr gerade komplett egal, ob Robert mit dem Aggregatzustand seines Fleisches einverstanden war oder nicht.

»Auf wie viel Grad hattest du es denn?«, erkundigte er sich misstrauisch.

»80!«

Robert nickte skeptisch und platzierte sichtlich widerwillig ein paar Fleischtranchen auf seinem Salat.

»Guten Appetit!«, wünschte Maja, die selbst keinen Hunger hatte.

»Isst du nichts?«, fragte Robert kauend und schaute sie erstaunt an.

»Ich habe vorhin mit Bernd schon etwas gegessen«, erklärte Maja.

»Wie war es denn?«

»Was? Das Essen?«, fragte Maja verwirrt.

»Nein, das Surfen!«, korrigierte Robert genervt.

»Ganz schön«, antwortete Maja knapp.

»Habt ihr Fortschritte gemacht?«, erkundigte sich Robert.

»Ich denke schon«, sagte Maja und schmunzelte innerlich.

»Deine Augen strahlen ja so«, befand Robert und legte kurz das Besteck zur Seite, um sie prüfend anzuschauen. »Hat dir das Surfen solchen Spaß gemacht?«

»Ja, sehr!«, nickte Maja und schaute auf die Tischplatte,

damit ihr Gesicht sie nicht weiter verriet. »Die Natur dort ist einfach herrlich!«

»Du hast ganz rote Wangen«, stellte Robert fest. »Du musst dich wirklich besser eincremen, Maja! Sonne über Mittag ist extrem ungesund!«

Er tupfte sich den Mund ab und stand ächzend auf.

»Ich lege mich wieder hin. Bringst du mir einen Espresso?«

»Natürlich, Schatz!«

Robert

Er fühlte sich, als wäre er über Nacht hundert geworden. Sein Rücken wurde immer schlimmer statt besser. Wahrscheinlich hatte er sich zusätzlich zur Bandscheibe auch noch eine Zerrung zugezogen, vermutete er.

Den ganzen Tag hatte er auf der Couch gelegen, gedöst, ferngesehen, gelesen und am Computer gearbeitet.

Ab 17 Uhr hatte er dauernd auf die Uhr gesehen und versucht, Maja auf dem Handy zu erreichen, nur um festzustellen, dass sie es offenbar auf ihrem Nachttisch hatte liegen lassen. Es klingelte nämlich im Obergeschoss, wenn er sie anrief.

Er bekam Hunger, hatte aber keine Lust, sich selbst etwas zu machen. Gerade, als er beschlossen hatte, sich von Giovanni etwas ins Haus liefern zu lassen, kam Maja durch die Tür. Na endlich!

»Ich habe Hunger!«, rief er ihr zur Begrüßung zu. Sie sollte ruhig wissen, dass er sich vernachlässigt fühlte. Dann würde sie sich wenigstens beeilen.

Maja

Natürlich tat sie in der Nacht kein Auge zu. Während Robert neben ihr selig vor sich hin schnarchte, rekapitulierte sie die Geschehnisse der letzten 24 Stunden, die ihr (Gefühls-)Leben komplett auf den Kopf gestellt hatten:

Sie hatte ihren Mann betrogen – und das gleich mehrfach. Untreue nach 26 Jahren Ehe, bei dem Gedanken an die Schuld zog sich ihr Magen zusammen. Was würden ihre Kinder sagen, wenn sie das erführen? Was ihre Eltern? Maja wischte sich den Schweiß von der Stirn und starrte an die Zimmerdecke.

Wie hatte es so weit kommen können? Warum hatte sie Bernd nicht zurückgewiesen?

Weil sie komplett frustriert war, dachte sie plötzlich wütend. Restlos untervögelt – und auch nicht genug wertgeschätzt! Robert begehrte sie seit Jahren nicht mehr, hatte all ihre Annäherungsversuche hier auf Sylt abgewiesen und behandelte sie wie eine bessere Dienstmagd. Er sorgte für finanzielle Sicherheit und einen gehobenen Lebensstandard – ja. Aber ihr Herz und ihr Unterleib blieben dabei auf der Strecke. Waren vor seinen Augen verkümmert und verdorrt.

Bernd war der Gärtner, der sie wieder zum Aufblühen gebracht hatte, der ihre Lebenssäfte wieder zirkulieren und die Sonne wieder scheinen ließ.

Maja lächelte, als sie an ihn dachte. Er war so zärtlich, so feinfühlig, so emotional – so ganz anders als Robert eben ...

Was war der Unterschied zwischen Sex mit Bernd und Sex mit Robert?, fragte sie sich. Warum haute sie es so um, mit Bernd zu schlafen? Er fühlte sie einfach, dachte sie! Er hatte diese Fühl-Finger, die genau spürten, was er wann machen sollte, wann er mehr und wann er weniger Druck ausüben sollte. Mal Bisse, mal Küsse, mal packte er sie hart an, mal streichelte er sie ganz zart – er hatte eine absolut mitreißende erotische Energie, genau die richtige Mischung aus Zärtlichkeit, Hemmungslosigkeit, Wildheit und Leidenschaft.

Sie hatte das Gefühl, er verschmolz wirklich mit ihr. Er konnte sich vollkommen auf sie einlassen und erspürte dadurch ihre körperlichen Reaktionen und Bedürfnisse. Das war mit Robert nie der Fall gewesen. Mit ihm zu schlafen war eher, wie wenn zwei Fremde sich im Intimbereich eine Sportmassage gaben.

Bernd dagegen hatte die Gabe, ihre Lust hochzupeitschen und eine Leidenschaft in ihr zu entfachen, die sich dann gegenseitig speiste und immer weiter hochsteigerte. Das hatte sie so in dieser Intensität und Entzündlichkeit auch noch nicht erlebt. Und: Er gab Töne von sich, flüsterte ihr aufregende Dinge ins Ohr und blieb nicht so stumm wie Robert! Je mehr Bernd sich gehen ließ, konnte auch sie sich gehen und fallen lassen und tauchte dadurch in vollkommen neue Ekstase-Dimensionen ein.

Außerdem vertraute sie ihm seltsamerweise vollkommen. Nicht in der Hinsicht, dass er ihr treu wäre oder Ähnliches – nein, sie wusste einfach, dass er sie jederzeit auffangen und halten würde.

Sie hatte anfangs nicht das geringste Interesse an ihm gehabt – im Gegenteil! Hatte sie sich deshalb so schamlos geben können? Vielleicht hatte sie sich nur auf ihn einlassen können, weil er ein Fremder war, der ihr eigentlich vollkommen egal war, überlegte sie. Aber gleichzeitig wusste etwas in ihr genau, dass er das immer weniger wurde: in irgendeiner Form egal!

Sie drehte sich zur Seite. Ganz gleich, welche Erklärungsmodelle sie auch heranzog, letztlich konnte sie sich die irrational starke sexuelle Anziehung nicht erklären: Bernd war wirklich kein schöner Mann, aber körperlich fühlte sie sich einfach magnetisch von ihm angezogen.

Erschöpft von ihren Gedanken, aber natürlich auch von der ungewohnten sexuellen Ekstase, schlief sie schließlich ein.

Als Robert am nächsten Morgen trotz schmerzenden Rückens eisern zu seiner Joggingrunde aufbrach (»Man muss gegen den Schmerz angehen, sonst rostet man ein«), nutzte Maja die Gelegenheit, ihre Freundin Beate zurate zu ziehen, die sich seit ihrer Affäre mit einem viel jüngeren Mann mit sexuellen Abenteuern ja neuerdings bestens auskannte.

Mit einem Becher dampfend heißem Kaffee setzte sie

sich auf die Wohnzimmercouch und wählte Beates Nummer.

»Schnucki!! So früh? Bist du aus dem Bett gefallen?«, wunderte sich Beate. »Stimmt etwas nicht?«

»Nein, nichts stimmt mehr«, jammerte Maja. »Ich habe Robert betrogen!«

»Waaaaas?« Ein Freudenschrei erklang am anderen Ende der Leitung. »Endlich, du Biest! Das wurde aber auch mal Zeit!« Beate lachte. »Wie das denn? Und mit wem? Ich will every dirty detail!«

Maja lehnte sich zurück, schlürfte einen Schluck heißen Kaffee und legte los. Sie berichtete, wie sie Bernd kennengelernt hatte, wie fatal der erste Eindruck war, wie er ihr das Bodysurfen gezeigt hatte, was er auf die 36 Fragen geantwortet hatte, wie seine Flirtereien immer hartnäckiger wurden – und wie sie ihm schließlich nachgegeben hatte.

Immer wieder kreischte Beate ein »Nein, das glaub ich jetzt nicht!«, »Wie geil ist das denn?« oder »Krass!« dazwischen.

»Juhuuu, Schnucki! Endlich wurden die Spinnweben mal gründlich entfernt! Welcome to the club!«, lobte sie jubelnd, als Maja mit ihrer Erzählung fertig war. »Aber was macht er denn nun so Besonderes, dein kleiner, dicker Superlover?«

Maja gestand ihre Orgasmen und die Ekstasen, die er ihr bislang beschert hatte. »Im Strandkorb?? Echt??«, kreischte Beate. »Ist ja nicht zu fassen! Und da konntest du dich fallen lassen?«

Maja nickte stumm, was Beate nicht sehen konnte.

»Ich fürchte, ich werde mich in ihn verlieben, wenn wir damit weitermachen«, gestand sie traurig.

»Ich weiß, meine Liebe!«, lachte Beate euphorisch. »Wie schön! Genieß es!«

»Aber Robert …«, wandte Maja ein.

»Was der nicht weiß, macht ihn nicht heiß!«, konstatierte Beate pragmatisch.

»Heiß macht den schon lange nichts mehr«, sagte Maja bitter.

»Du willst doch wohl jetzt nicht diese Life-changing-Sex-Erfahrung beenden, nur um Robert treu zu bleiben?« Beate klang ehrlich entsetzt.

»Aber ich kann ihn doch nicht einfach betrügen! Und belügen! So bin ich nicht, Beate!«

»Du kannst doch jetzt nicht bei deinem Mann bleiben und tun, als wäre nichts gewesen!«, rief Beate empört. »Jetzt, wo du Blut geleckt hast und weißt, wie schön es sein kann. Dann gehst du ja ein wie eine Blume ohne Wasser!«

»Aber …«

»Sex ist eine Urkraft«, dozierte Beate. »Da kommste nicht gegen an! Nimm das bloß mit! Was glaubst du, wie oft dir das in deinem Alter noch passieren wird?«

»Aber …«

»Meinst du denn im Ernst, Robert war dir immer treu? Ich wollte es dir ja eigentlich nie sagen, meine Liebe, aber mich zumindest hat er mal schwer angebaggert. Du kannst Gift darauf nehmen, dass der nichts hat anbrennen lassen!«

»Was?«, rief Maja entsetzt. »Echt?«

»Ganz bestimmt!«, lachte Beate. »Sonst wäre er auch der erste Mann auf Erden mit vertrockneten Eiern!«

»Aber er hat mich nicht verlassen!«, argumentierte Maja.

»Tja, ob das nun zu deinem Glück war ...?«

»Beate!«

»Ist ja gut! Du sollst ihn ja auch gar nicht verlassen! Aber auf jeden Fall solltest du das Eisen schmieden, solange es heiß ist.«

»Heißt?«

»Ein Segelschiff liegt sicher im Hafen – aber dafür ist ein Segelschiff nicht gemacht«, posaunte Beate. »Man bereut bekanntlich nur, was man nicht getan hat.«

»Oh Mann ...«, seufzte Maja nachdenklich.

»Wie heißt dein Superlover eigentlich?«, erkundigte Beate sich.

»Bernd«, flüsterte Maja.

»Bernd?? Was für ein beknackter Name«, lachte Beate. »Bernd, ich komme! Ich glaube, wenn ich das auf dem Gipfel rufen müsste, könnte ich mich vor Lachen nicht mehr halten«, giggelte sie.

»Ich finde den Namen eigentlich ganz schön«, sagte Maja leise.

Sie hörte einen Schlüssel in der Tür. Robert kam zurück. »Ich muss jetzt auflegen!«, rief sie hektisch und beendete das Telefonat.

»Bin zurück!«, rief Robert und kam ins Wohnzimmer, in der Hand Brötchentüte und Zeitung.

»Ist das Frühstück noch gar nicht fertig?«, fragte er erstaunt mit Blick auf den ungedeckten Esstisch.

»Tut mir leid, Schatz. Ich habe verschlafen. Ich hatte heute Nacht solche Kopfschmerzen«, stotterte Maja.

»Hmpf«, brummte Robert missgelaunt und zog die Stirn in Falten.

»Ich decke sofort draußen den Tisch! Nimm dir doch schon mal einen Kaffee!«, sagte Maja beflissen und eilte zur Küchenzeile.

Ab jetzt würde sie lügen müssen. Ab jetzt wäre jedes weitere Treffen mit Bernd nicht mehr zufällig, sondern handfester und bewusster Betrug.

Robert

Die ersten hundert Meter Joggen waren zwar noch sehr schmerzhaft gewesen, aber dann ging es immer besser. Wer rastet, der rostet: Es schien tatsächlich zu stimmen – ein lädierter Rücken musste in Bewegung bleiben! Jedenfalls tat ihm das Laufen in der Sonne und der frischen Morgenluft entschieden besser, als den ganzen Tag auf der Couch zu liegen.

Federnden Schrittes lief er die Strandpromenade entlang Richtung Westerland.

Maja hatte gestern überraschend gut ausgesehen. Braune Haut, strahlende Augen, glänzendes Haar. Irgendwie hatte sie neuerdings eine ganz andere Ausstrahlung. Frisch, lebendig und seltsamerweise deutlich verjüngt. Sie bewegte sich geschmeidiger, lasziver. Und sie trug ihr Haar offen …

Zum ersten Mal seit langer Zeit nahm er sie wieder als Frau wahr. Und merkte erstaunt, dass er sie wieder begehrte. Vielleicht sollte er die Mittagsschlafzeit heute mal zum Sex mit seiner Frau nutzen, überlegte er. Das wäre auch gut für seinen Rücken.

In vier Tagen war ihr 27. Hochzeitstag. Vielleicht sollte er ihr mal wieder ein Geschenk machen, so wie früher, überlegte er und kam sich dabei plötzlich ungeheuer romantisch vor. Einen Ring zum Beispiel. Und ihn ihr beim Candle-Light-Dinner überreichen. Er schmunzelte. Mit so viel Romantik würde sie sicher nicht rechnen. Überglücklich würde sie ihm in die Arme fallen und wahrscheinlich sogar weinen.

Bei dem Gedanken daran kam Robert sich vor wie Richard Gere in »Pretty Woman«, als der im weißen Cabrio mit offenem Verdeck und roten Rosen bei Julia Roberts vorfuhr, um um ihre Hand anzuhalten.

So würde er es machen, jawoll! Wenn er wieder zu Hause war, würde er heimlich einen Tisch im »Il Ristorante« bestellen – und bei seinem nächsten Baustellenbesuch in Kampen bei einem Juwelier halten. Entschlossen erhöhte er sein Schritttempo.

Und heute Mittag würde er sie schon mal von seiner neuen Standfestigkeit überzeugen. Zuversichtlich reihte er sich in die Schlange vor der Bäckerei ein.

»Ich habe heute Mittag einen Massagetermin im Syltness-Center«, sagte Maja nach dem Frühstück, während sie den Tisch abdeckte.

Na schön, dachte Robert verärgert. Dann verschieben wir die Verkehrsprobe eben auf abends.

Maja

Die Ereignisse überschlugen sich, jede Grenze, die Maja sich steckte (nur küssen, nur anfassen, kein Geschlechtsverkehr, keine Gefühle, nicht verlieben), wurde überschritten, kaum dass sie sie aufgestellt hatte. Ihre Begegnungen mit Bernd waren wie Flutwellen, die sie wehrlos machten und mitrissen. Wie die Sylter Brandung, wenn man nicht durch die Wellen hindurchköpfte, sondern sich von ihnen komplett durchwirbeln ließ …

Angst, ihr gewohntes Leben zu verlieren, Schuldgefühle, Robert zu verletzen, Sehnsucht nach mehr Rausch und Ekstase – Maja kam ihren Gefühlslagen kaum noch hinterher. Besonders, weil Bernd ständig die Dosis erhöhte.

Eine weitere Hemmschwelle hatte sie zu überwinden, als Bernd sie in den Mund nahm und oral befriedigte. Auch mit der Zunge war er an ihrer empfindlichsten Stelle so geschickt wie mit seinen Händen. Es war nicht einfach für sie, sich darauf einzulassen, denn das hatte Robert nur am Anfang ihrer Beziehung zwei-, dreimal gemacht, und Maja hatte ihm seinen Ekel jedes Mal angemerkt.

»Du schmeckst wunderbar«, strahlte dagegen Bernd und

war zwischen ihren Beinen quasi gar nicht mehr wegzubekommen.

Sie schauten sich beim Liebemachen in die Augen, und das war noch intimer als die körperliche, rein physische Verschmelzung. Sie sahen sich in ihre Seelen – schutzlos! Maja schwamm in seinen Augen, ließ sich in seinen Blick fallen, treiben, gab jegliche Kontrolle ab – und ließ los, los, los! Endlich los!

Kurz vor seinem Orgasmus verengten sich Bernds Pupillen und weiteten sich schlagartig wieder, als er kam. Es war wirklich, als wären sie eins. Eine neue Lebensform: ein Organismus mit zwei Seelen. Sie waren ein Körper, eine Einheit, ein Wesen.

Maja war noch nie in ihrem Leben einem anderen Menschen so nah gewesen. Die Erfahrung, dass eine solche Intensität möglich war, erschütterte und erschlug sie vollkommen.

Süchtige logen und betrogen ja bekanntlich skrupellos, um an ihren Stoff, ihre Droge zu kommen. Und Maja war süchtig! Schwer abhängig von der Droge »Sex mit Bernd«. Und sie hatte keine Ahnung, wie sie jemals wieder clean werden sollte – und ob sie das überhaupt wollte. Im Moment war an Entzug jedenfalls nicht zu denken. Zu stark loderte das Feuer, das in ihr brannte.

Das Verlangen nach Bernd war stärker als die Vernunft und alle Konvention, Anstand und Moral. Um über Konsequenzen und Alternativen nachzudenken, fehlten ihr im Moment schlicht und einfach die geistige Klarheit und die emotionale Distanz. Sie ließ sich einfach fallen. Fallen in den Rausch, und sie merkte zu ihrer großen Verblüffung, dass ihr das Lügen immer leichter fiel.

Aber sich zu zweit zu treffen wurde zunehmend schwieriger. Um nicht aufzufallen, fuhren sie einzeln weg und trafen sich dann irgendwo – und wenn es nur für eine halbe Stunde war.

Sie beschwor Bernd, Karin nichts zu sagen, damit die nicht Robert versehentlich etwas verriet. Also schraubte Bernd immer wieder Teile seiner Harley ab, zog sogar einmal absichtlich einen langen Kratzer auf den glänzenden schwarzen Lack des Tanks und behauptete dann, zur Werkstatt zu müssen. Maja wusste nicht, ob Karin Verdacht schöpfte, aber die beiden hatten ja sowieso die Vereinbarung, sich gegenseitig freizulassen.

Sie hatten abgemacht, dass Roberts tägliche Mittagspausen oder seine Treffen mit Dr. Schüttler sich am besten für ihre heimlichen Dates eigneten, da Robert dann weder mitkommen noch sie überwachen würde.

Maja erfand immer wieder neue Ausreden, um kostbare Stunden mit Bernd zu verbringen. Den einen Tag behauptete sie, eine Wellnessbehandlung im Syltness-Center gebucht zu haben, den anderen brauchte sie unbedingt einen neuen Bikini – und den nächsten wollte sie angeblich spontan an einer Führung des Kulturpfades teilnehmen.

Mal trafen sie sich in Bernds Bulli, mal im Kino, mal im Hotelzimmer, mal in den Dünen – und einmal fielen sie sogar spontan in der Umkleidekabine des ehrwürdigen Modehauses Jensen übereinander her.

Die restliche Zeit über spielte Maja die brave, leicht vertrottelte Ehefrau und betete, dass Robert ihr nichts anmerkte. Am Strand und auf der Terrasse bekamen sie sogar ein paar belanglose Treffen zu viert hin, in denen sie es tatsächlich schafften, kumpelhaft zu wirken.

Nur dass Robert plötzlich wieder mit ihr schlafen wollte, nachdem er sie jahrelang nicht angefasst und auch hier auf Sylt zunächst nur abgewiesen hatte, begann zunehmend, lästig zu werden. Woher kam bloß seine neue Libido? Maja vermutete, dass er sich von seinem Arzt-Kumpel Arthur etwas hatte verschreiben lassen. Jedenfalls hatte sie neulich ein sehr verdächtiges Apothekentütchen auf dem Wohnzimmertisch stehen sehen. Bislang hatte Maja ihn mit dem Argument, dass sie ihre Periode hätte, abwimmeln können.

Bernd

Er hätte alles riskiert, alles getan und alles gegeben, um sie zu sehen! Eine Frau wie Maja hatte er immer gesucht – aber nie gefunden. Sie war sein Lebensmensch, die eine unter einer Million. Sein Seelenzwilling, seine Traumfrau, sein persönliches Wunder, sein Yang, der Deckel zu seinem Topf.

Die Intensität ihrer Verschmelzungen konnte er kaum fassen. Nie hatte er sich lebendiger, vitaler gefühlt als jetzt. Er konnte sich nur schwer zurückhalten, nicht sofort zu Robert zu stürmen und ihn zu bitten, seine Frau freizugeben. Die Vorstellung, dass sein ungeliebter Kollege jede Nacht neben ihr im Bett lag und ihr eventuell sogar noch Avancen machte, war ihm unerträglich – ENM hin oder her. Polygamie war doch nur was für Leute, die nicht richtig liebten, wusste er jetzt. Er wollte Maja mit niemandem teilen, denn er liebte sie – und wie!

Mit Karin hätte er sofort und ohne zu zögern Schluss gemacht. Sie bedeutete ihm gar nichts mehr. Aber Maja hatte darauf gedrängt, bloß keinen Verdacht zu erregen, deshalb machte er auch vor Karin gute Miene zum bösen Spiel. Sein Glück war, dass sie mit ihrer Examensarbeit viel zu beschäftigt war, um seine emotionale Abkehr zu bemerken. Aber schlafen wollte er nicht mehr mit ihr, deshalb täuschte er eine Pilzerkrankung vor, die er sich angeblich aus dem Neoprenanzug der Surfschule geholt hatte.

Immer wieder versuchte er, Maja auf die Zukunft anzusprechen. Darauf, wie es mit ihnen weitergehen sollte. So wie auch heute.

»Was machen wir denn, wenn der Urlaub zu Ende ist, meine Süße?«, fragte er sie nach einer hitzigen Stunde, während sie mit dem Kopf auf seiner Schulter lag und mit ihrem Zeigefinger aufreizend langsam einem Schweißrinnsal durch sein Brusthaar nachfuhr.

Sie hatten ein Zimmer im Hotel Fährhaus gebucht, die Balkontür zum Garten war weit geöffnet, und sie lagen auf der weißen Bettwäsche eines äußerst bequemen Kingsize-Bettes.

»Ich weiß es nicht, Bernd«, sagte Maja ratlos. Es klang traurig. »Lass uns bitte noch nicht so weit denken ...«

»Aber es sind nur noch fünf Tage!«, wandte er ein.

»Ja«, sagte Maja und küsste ihn. »Deshalb müssen wir jede Sekunde nutzen!« Sie stand auf, schloss die Balkontür und warf sich zurück aufs Bett.

»Ohne Quatsch jetzt, Maja« sagte Bernd plötzlich sehr ernst. »Ich meine es wirklich ernst mit dir! Scheiß auf ENM! Ich liebe dich und möchte mit dir leben. Ich will, dass du Robert verlässt!«

»Schhhhhh ...!«, machte Maja, die sich rittlings auf ihn gesetzt hatte, und legte dabei den Zeigefinger vor den Mund.

Er strich ihr die Haare aus dem Gesicht, lächelte sie zärtlich an und summte: »Weißt du denn gar nicht, wie schön du bist?«

Robert

Der Tisch im noblen Kampener »Il Ristorante« war perfekt dekoriert. Der Laden war so teuer, dass Robert es bislang vermieden hatte, dorthin essen zu gehen. Die Küche sollte jedoch absolut hervorragend sein, und Robert wollte heute ja etwas Besonderes springen lassen.

Leider waren seine Versuche, mit Maja zu schlafen, in den letzten Tagen immer wieder gescheitert, da sie behauptete, ihre Periode zu haben. Aber die wäre heute ja wohl endlich mal vorbei, hatte er ausgerechnet – und wenn nicht, würde er eben trotzdem mit ihr Sex haben. Wie hieß es doch: »Ein guter Kapitän fährt auch übers Rote Meer!« Heute Abend würde er seine Frau wieder zu seiner Frau machen – definitiv! Die Pille, die er dafür kurz nach dem Digestif schlucken musste, steckte bereits in seiner Hosentasche.

Robert hatte 27 rote Rosen auf den Tisch stellen und pinke Rosenblätter über dem Tuch verstreuen lassen, eine Champagnerflasche im silbernen Kühler geordert und etliche flackernde Kerzenständer. Sogar Majas italienische Lieblingsschnulzen hatte er gegen ein Bestechungsgeld von 100 Euro auflegen lassen. Er war so gerührt von sich selbst, dass er sich fast in sich selbst verliebt hätte. Was war er doch für ein toller, gefühlvoller Mann! Maja würde Sturzbäche weinen und ihm in die Arme fliegen.

Mit dieser Aussicht fiel es ihm etwas leichter, die 1399 Euro für den Weißgoldring zu verknusen, den er gestern bei Wempe erstanden und in den er eine 27 hatte eingravieren lassen – für ihren 27. Hochzeitstag!

Maja sah umwerfend aus in dem schwarzen Spaghettiträgerkleid, das sie sich vor ein paar Tagen in Westerland gekauft hatte. Ihre braune Haut glänzte samtig, ihre Augen strahlten, ihr Haar saß perfekt, ihre Gesichtsfarbe war pfirsich-rosig – und seltsamerweise sahen auch ihre Lippen voller aus. Der frustrierte, verbissene Zug um den Mund, der ihn immer so abgetörnt hatte, war verschwunden.

Stolz öffnete er ihre Autotür, reichte ihr seinen Arm und geleitete sie ins Lokal.

Der Besitzer machte ein Gewese, als wäre Robert ein seit Jahrzehnten verschollener Sohn, der plötzlich wieder in die Tür getreten war, und führte sie zu ihrem Tisch.

Maja schien beim Anblick der aufwendig dekorierten Tafel komplett überrascht. So verblüfft, dass sie ganz blass wurde. »Geht es dir gut?«, fragte Robert sie besorgt.

»Ja, alles bestens! Das sieht ja fantastisch aus – aber ich muss mal eben auf die Toilette!«

Wahrscheinlich musste sie seine neue romantische Ader erst mal verkraften, mutmaßte Robert und setzte sich zufrieden. Er winkte den Kellner heran, die Champagnerflasche zu öffnen und ihnen einzuschenken.

Plopp!, mit einem kaum hörbaren Geräusch hatte der

Kellner professionell den Korken aus der Flasche gedreht und schenkte ihnen gerade ein, als Maja von der Toilette zurückkam.

»Prost, mein Schatz!«, strahlte Robert sie an, als sie sich wieder gesetzt hatte, und erhob sein Glas. »Auf einen großartigen Abend!«

Das Glas in Majas Hand zitterte, als sie anstießen. War sie denn wirklich SO aufgeregt?, fragte sich Robert.

»Das hast du wirklich wunderschön arrangiert, Robert«, sagte Maja. Warum war sie so verhalten? Und warum nannte sie ihn plötzlich bei seinem Vornamen – und nicht »Schatz«, wie sonst immer?

Egal jetzt, er würde sie schon entkrampfen. Er leerte sein Glas und sah ihr tief in die Augen.

»Mir ist plötzlich klar geworden, wie sehr wir uns in den letzten Jahren vernachlässigt haben«, setzte er an. Seine Rede hatte er sich gut überlegt. Maja schaute ihn verblüfft an.

»Wir haben die Priorität auf unsere Kinder und die Karriere gesetzt – und unsere Gefühle füreinander hintangestellt!« Das hatte er im Internet gefunden, als er zum Thema »So mache ich meine Frau wieder verliebt in mich« recherchiert hatte.

» ... und das war vielleicht falsch!«, schloss er.

Maja nickte stumm.

»In diesem Urlaub ist in mir plötzlich wieder etwas aufgeflammt«, fuhr er fort. »So, als hätte ich dich seit langer Zeit zum ersten Mal wieder als Frau wahrgenommen!«

Er griff nach ihrer Hand.

»Als sehr anziehende Frau!«, schob er nach und drückte ihre Finger.

»Vielleicht liegt es daran, dass du dich hier auf der Insel diesmal besonders gut zu erholen scheinst. Du strahlst jedenfalls so – und das zieht mich sehr an!« Er küsste ihre Handinnenfläche.

Warum sah sie nur so entsetzt aus? Ihre Hand war auch ganz kalt. Egal, weiter im Programm!

»Und deshalb«, er grinste sie voller Vorfreude an, »möchte ich dir nun etwas überreichen!«

Maja saß stocksteif auf ihrem Stuhl und atmete tief durch.

»Hier, mein Engel! Pack es gleich aus!«, befahl Robert und schob Maja ein kleines, quadratisches Päckchen über den Tisch.

»Oh nein, Robert!«, rief Maja erschrocken. »Bitte nicht!«

Was hatte sie bloß?

»Doch!«, grinste er jovial. »Das hast du dir verdient! Öffne es bitte!«

Mit zitternden Händen entfernte Maja Geschenkband und Papier und klappte schließlich eine kleine, weinrote Samtschatulle auf.

»Wunderschön!«, stammelte sie, als ihr der Ring entgegenfunkelte. »Aber warum ...?«

»Steck ihn an!«, forderte Robert. Er fühlte sich großartig. Zu schenken war doch wirklich viel schöner, als beschenkt zu werden. Er kam sich extrem gönnerhaft vor.

Maja streifte sich den Ring über den Ringfinger. Er passte.

»Siehst du? Ich kenne deine Größe noch!«, strahlte Robert.

»Es ist übrigens eine Zahl eingraviert«, flüsterte er geheimnisvoll.

»Eine Zahl?« Maja sah aus, als würde sie gleich einen Nervenzusammenbruch erleiden. Sie streifte den Ring ab und versuchte, die Gravur zu erkennen. Aussichtslos ohne Lesebrille.

»Ja!« Robert schenkte ihnen Champagner nach. »Es ist eine 2 und eine 7!«

Maja starrte ihn verständnislos an.

»Herzlichen Glückwunsch zum 27. Hochzeitstag, mein Engel!« Robert stand auf, ging um den Tisch und gab ihr einen Kuss auf die Wange.

Majas ganzer Körper schüttelte sich, und sie begann zu weinen. Die Tränen liefen ihr die Wangen herunter. »Wie lieb von dir«, schluchzte sie, aber seltsamerweise sah sie überhaupt nicht glücklich aus.

Robert nahm sie in den Arm. »Ist ja gut, mein Schatz! Beruhig dich!«

»Danke«, stammelte sie, »ist schon wieder vorbei!«

Robert ging zurück zu seinem Platz. Maja exte ihr Glas und tupfte sich mit der Serviette die Tränen von der Wange.

»Du brauchst dich deiner Gefühle nicht zu schämen«, sagte Robert großmütig.

Maja nickte stumm.

Frauen in den Wechseljahren waren emotional oft sehr wankelmütig, hatte er gelesen. Maja hatte wirklich Glück, einen so verständnisvollen Ehemann zu haben. Es schien, als würde sie sich nun wieder einkriegen. Zum Glück!

Der Ober brachte die Vorspeise.

»Guten Appetit!«, wünschte Robert, platzierte die Leinenserviette akkurat auf seinem Schoß und inspizierte das Gericht aus gegrillten Artischocken mit Riesengarnelen.

Maja

Robert sagte all das, was sie jahre-, ach was, jahrzehntelang vermisst hatte und von ihm hatte hören wollen. Aber es kam zu spät! Die für seine Verhältnisse hoch emotionalen Worte ließen Maja vollkommen kalt. Noch schlimmer, sie riefen schmerzhafte Schuldgefühle in ihr hervor.

In der Vergangenheit hatte Robert fast jeden Hochzeitstag vergessen – und nun plötzlich dieses übertriebene Tamtam inklusive Rosenbukett und Italo-Schnulzen! Und dann auch noch dieser schreckliche Ring! Nicht nur die schmalzige Geste, auch das vollkommen fantasielose Design mit einem winzigen Diamanten in der Mitte schockierten sie. Und Roberts Blick, der offenbar tiefste Dankbarkeit erwartete.

Am liebsten wäre sie sofort aufgesprungen und gegangen. Sie kam sich vor wie im falschen Film. Hineinkatapultiert in ein Leben, das nicht mehr ihres war.

Noch vor ein paar Wochen wäre sie Robert um den Hals gefallen und hätte an die Reanimation ihrer Ehe geglaubt – geschmackloser Ring hin oder her. Aber nun war alles anders. Nun gab es Bernd – und nichts war mehr wie vorher.

»Zieh dich heute Abend bitte schön an, ich möchte dich

überraschen!«, hatte er morgens entsetzlicherweise angekündigt, und Maja hatte es für klug befunden, seine Einladung zu akzeptieren, um ihn ruhig zu halten. Sie hatte allerdings nicht im Mindesten geahnt, dass er derart dick auftragen würde.

Das ganze Getue in diesem Nobellokal kam ihr entsetzlich albern vor. Gelangweilte, untervögelte, reiche Leute stopften sich mit überteuerten Delikatessen voll und erfreuten sich an ihrem Elitetum. Alles nur Ersatzbefriedigung, dachte sie. Wahre Befriedigung, das wusste sie ja jetzt, ging anders. Und dafür konnten ihr jeder Jahrgangswein und jeder halbe Hummer gestohlen bleiben.

Robert redete auf sie ein, erfreute sich an den Gerichten, die er ihnen servieren ließ, und bekam vom Rotwein immer glasigere Augen.

Maja dachte nur an Bernd. Seine Küsse brannten noch auf ihrer Haut, ihr Unterleib war noch wund vom wilden Sex am Mittag. Sie war heilfroh, als das schreckliche Essen endlich vorbei war und sie das Restaurant verließen, um nach Hause zu fahren.

Doch auf dem Parkplatz vor dem Auto versuchte Robert tatsächlich, sie zu küssen. Er drückte sie mit dem Rücken gegen das Auto und nahm ihren Kopf in beide Hände. Sein Kuss fühlte sich an wie ein Auffahrunfall, ohne jedes Feingefühl rammte er ihr seine grobe Zunge in den Mund und murmelte »Ich möchte mit dir schlafen!«.

»Das geht nicht, Robert«, rief sie entsetzt und stieß ihn von sich weg. »Du weißt doch, dass ich immer noch meine Periode habe«, log sie.

»Das ist mir egal«, raunte er mit tiefer Stimme und versuchte wieder, sie zu küssen. Sie spürte verwundert eine harte Erektion in seiner Hose.

»Mir aber nicht!«, sagte sie, stieß ihn erneut zurück, stieg ein und warf die Tür zu, angeekelt von seinem Schimmelkäse-Atem und den vom Rotwein blau gefärbten Veneers.

»Übertreib es nicht, meine Liebe!«, drohte Robert zornig, als er sich neben ihr auf den Sitz fallen ließ.

Er hatte ja recht. Wenn sie sich immerzu nur verweigerte, würde sie bald die Hölle auf Erden haben.

»Komm her!«, sagte sie deshalb versöhnlich mit milder Stimme und griff in seine Hose. »Ich kann dir auch anders Erleichterung verschaffen.«

»Hier?«, fragte Robert entsetzt.

»Warum nicht?«, lachte Maja. Es war ja schon dunkel, und neben ihnen stand kein anderes Fahrzeug.

»Aber … Aaaah!« Robert stöhnte auf, als Maja begann, ihn manuell zu befriedigen. Es dauerte keine zehn Sekunden, bis er kam.

»Puuh!« Debil grinsend und mit schweißüberströmter Stirn ließ Robert sich auf dem Sitz zurückfallen und japste nach Luft. Maja trocknete sich mit einem Taschentuch die Hand und öffnete das Fenster, um wieder Sauerstoff in den Wagen zu lassen.

Sie fühlte sich schrecklich. Sexuelle Handlungen aus Mitleid oder Schuldgefühlen waren demütigend. Aber nur so konnte sie sicher sein, dass er für den Rest des Abends – und vor allem der Nacht – Ruhe gab.

Woher kam bloß dieser Begattungsdrang der Männer, wenn sie instinktiv spürten, dass es einen Rivalen gab? Es schien eine Art Urreflex zu sein. Reviermarkierung? Wieder-Inbesitznahme durch Beischlaf?

Sie musste nachdenken. So konnte es nicht weitergehen. Und was, um Himmels willen, sollte sie mit diesem blöden Ring machen?

Robert

Der vorletzte Abend ihres Urlaubs brach an, und Bernd und Karin hatten sie zu einem thailändischen Menü eingeladen. Robert hatte schlechte Laune, als er sich duschte und für den Abend umzog. Irgendwie war in den letzten Tagen nichts so gelaufen, wie er es geplant hatte.

Der Abend im »Il Ristorante« war zwar schön gewesen, aber Maja hatte absolut nicht die erwartete Reaktion gezeigt. Sie war ihm nicht um den Hals gefallen vor Dankbarkeit, sie hatte ihm nicht gesagt, wie sehr sie ihn liebte, sie wollte ihn nicht küssen – und offenbar auch nicht mehr mit ihm schlafen.

Dass sie ihm im Auto einen runtergeholt hatte, war zwar ohne Frage aufregend gewesen, aber Robert hatte das Gefühl, dass es für Maja nur eine Pflichterfüllung gewesen war. Sie war nicht mit dem Herzen dabei gewesen. Es hatte ihr keinen Spaß gemacht. So wollte er es auch nicht! Er wollte, dass sie ihn wieder wollte, wieder begehrte, wieder liebte!

Aber er hatte nicht die geringste Ahnung, wie er das bewirken sollte. Und er wusste auch nicht, was eigentlich mit ihr los war. Ob er mal Beate anrufen und sich nach Wechseljahres-Frigidität erkundigen sollte? Das wäre vielleicht eine Möglichkeit ...

Oder sollte er in einen Sexshop gehen und etwas Spielzeug kaufen – und Gleitcreme? Er hatte gelesen, dass Frauen, die in der Menopause waren, oft nicht mehr richtig feucht wurden und der Sex deshalb schmerzhaft für sie war.

Diese Erklärung leuchtete ihm plötzlich ein. Genau! Das war es: Sie wurde nicht mehr richtig feucht und hatte Angst, es ihm zu sagen! Deshalb wollte sie nicht mehr mit ihm schlafen!

Zufrieden, eine Erklärung gefunden zu haben, grinste er in sich hinein und nahm sich vor, gleich morgen bei Budnikowsky eine große Tube Gleitgel zu kaufen. Damit würde er sie dann im Bett überraschen. Was war er doch für ein einfühlsamer Mann, lobte er sich.

Bernd stand tanzend vor dem Herd, als sie in die Tür traten. Aus dem Gettoblaster schepperte laut »ABC« von den Jackson Five. Bernd rührte emsig in zwei dampfenden Töpfen und nutzte den Kochlöffel zwischendurch als imaginäres Mikro, mit dessen Hilfe er zwischendurch immer wieder Moves durch den Raum machte. Offenbar hatte der Gnom mal wieder penetrant gute Laune, dachte Robert genervt.

»Kommt doch rein«, sagte Karin. »Michael Jackson ist noch beschäftigt!« Sie lachte und deutete Richtung Küchenzeile. »Oder sollte ich besser sagen, Paul Bocuse, Schatz?«, rief sie Bernd zu. Doch der hörte nichts, die Musik war zu laut.

Robert und Maja nahmen Platz auf der Terrasse, und

Maja blätterte sich durch das thailändische Kochbuch, das Bernd vor ein paar Tagen in Westerland gekauft hatte. »Curry-Lamm mit Bohnen, Kaffirlimetten-Blättern und grünem Pfeffer« wollte er heute servieren. Die Zubereitung schien nicht allzu schwierig zu sein.

»Ich wusste gar nicht, dass du so exotisch kochen kannst!«, rief Robert in einer Musikpause Richtung Küche.

»Ich auch nicht«, rief Bernd zurück. »Aber ich wollte es unbedingt mal probieren! Sonst denkst du ja, ich esse immer nur Currywurst und verkohltes Fleisch!« Er war auf die Terrasse getreten, zwinkerte Robert zu und stieß seine Bierflasche an dessen Rotweinglas. Er schien ausnehmend gute Laune zu haben und war tiefbraun, wie Robert etwas neidisch feststellte.

»Na, du hast dich aber gut erholt hier!«, rutschte es ihm heraus.

»Und ob!«, strahlte Bernd. »Das war, glaube ich, der schönste Urlaub meines Lebens!« Er grinste Maja an und stieß mit seiner Bierflasche nun auch an ihr Glas.

»Schön«, sagte Maja gepresst und wirkte seltsam verlegen.

»Hat es dir hier auf der Insel auch so gut gefallen, Karin?«, erkundigte sich Robert höflich. Als vornehmer Hanseat wusste er natürlich, wie man Konversation machte.

»Ich habe ja leider nicht so viel mitbekommen, weil ich dauernd vor dem Computer hocken musste«, sagte Karin und zuckte mit den Schultern. »Aber das, was ich gesehen habe, fand ich sehr schön«, lächelte sie.

Bernd ging zurück in die Küche.

»Wie geht es denn jetzt bei dir weiter, Karin?«, erkundigte sich Robert.

»Bei mir wird es in der nächsten Zeit nur noch anstrengend: Erstes Staatsexamen, Zweites Staatsexamen – kennst du ja …!« Sie nahm einen tiefen Schluck Bier aus der Flasche.

Kannte Robert zwar nicht, da er ja Architektur und nicht Jura studiert hatte, aber er nickte verständnisvoll mit dem Kopf.

»Tadaaah!!« Bernd kam auf die Terrasse und hielt zwei dampfende Schüsseln in den Händen. »Jetzt geht's los!«

Stolz portionierte er das Gericht auf den vier Tellern, setzte sich, rieb sich vorfreudig die Hände und wünschte guten Appetit. Er sah aus wie ein Schuljunge vor dem Weihnachtsbaum, fand Robert.

Das Essen schmeckte erstaunlicherweise köstlich. Sehr aromenreich und perfekt abgeschmeckt. Robert nickte anerkennend.

Nach dem Essen ging Bernd in die Küche, um seinen geliebten Birnenbrand zu holen, und drehte die Musik wieder lauter. Er schenkte allen ein Glas ein. »Ich danke euch für diesen großartigen Urlaubstipp«, strahlte er und erhob sein Glas. »Schade, dass wir morgen schon wieder abreisen müssen!«

»Wohl wahr«, murmelte Robert, obwohl er heimlich froh war, wieder in die Stadt zurückzukehren. Er war am liebsten zu Hause, hielt es nie lange irgendwo anders aus.

»Hui!«, rief Bernd plötzlich und sprang so dynamisch auf, dass Robert fast auf seinem Stuhl umgekippt wäre.

»Mein Lieblingssong!« Er schnappte sich Karin, und sie tanzten zum Sound von Stevie Wonders »Superstition«.

Das konnte ja wohl nicht wahr sein, ging das schon wieder los? Robert sah Maja an und verdrehte entnervt die Augen. Die zuckte nur ratlos mit den Schultern und drehte dabei die Hände nach außen, nach dem Motto: Schau mich nicht so vorwurfsvoll an, ich kann nichts dafür!

»Komm, du alter Sack!«, rief Bernd übermütig und packte Robert an beiden Händen.

»Nein«, zischte der. »Ich will nicht! Kapier das doch endlich mal!« Es klang so wütend, dass Bernd von ihm abließ.

Der nächste Song war von Xavier Naidoo. Maja kannte das Lied und mochte es sehr und ließ sich von Bernd deshalb gerne auf die imaginäre Tanzfläche ziehen.

»Ich kenne nichts, was so schön ist wie du!«, sang Bernd Maja den Refrain ins Gesicht. Seine Augen glänzten dabei, seine Hand lag um Majas Hüfte – und Maja grinste verschämt. Grub der Kerl da etwa gerade seine Frau an?

Robert konnte es in späterer Reflexion nicht an etwas Konkretem festmachen, aber in diesem Moment kochte ein unbezwingbarer Wutanfall in ihm hoch. All sein Frust, all die Zurückweisungen, all die Demütigungen explodierten in ihm und brachen sich in einer lautstarken Eskalation Bahn.

»Du Nerv-Gnom!«, schrie Robert und zog Maja aufgebracht von Bernd weg. »Kannst du uns nicht endlich mal in Ruhe lassen?« Mit hochrotem Kopf packte er seine Frau am Arm, zischte »Und du kommst jetzt mit!« und stürmte, die verdatterte Maja vor sich herschiebend, aus dem Haus.

Irgendwie stimmte gerade gar nichts mehr.

Maja

Lange würde sie das falsche Spiel nervlich nicht mehr durchhalten. Sie kam sich vor wie eine fiese Verräterin, wie eine feige Doppelagentin. Und dabei wollte sie ihren Gefühlen für Bernd am liebsten freien Lauf lassen und in die Welt hinausschreien, wie unglaublich glücklich er sie machte!

Es fiel ihr unendlich schwer zu beurteilen, ob Robert und Karin an ihrer Körpersprache etwas ablesen konnten oder nicht. Sie wusste nicht, wodurch und wie sie sich eventuell verraten würde, und war beim Essen deshalb die ganze Zeit extrem angespannt und auf der Hut. Sie bekam kaum ein Wort heraus und vermied es, Bernd anzusehen, damit ihr ihre Gefühle nicht an den Augen abzulesen wären.

Als Bernd ihr beim Tanzen »Ich kenne nichts, was so schön ist wie du« ins Gesicht sang und seine zärtlichen Sterne-Augen Funken sprühten, die sie mit wohlig warmen Wellen durchfluteten, hätte sie ihn am liebsten geküsst und sehr lange nicht wieder damit aufgehört. Aber dann war Robert explodiert, und der Abend hatte ein jähes Ende gefunden.

»Was war das denn gerade?«, fragte sie ihn schockiert, als sie wieder in ihre Wohnung traten.

»Das frage ich mich auch!«, schnaubte er aufgebracht.

»Was hast du denn gegen Bernd? Hat er irgendwas falsch gemacht?«, versuchte Maja es dreist mit gespielter Unschuld.

»Er nervt mich einfach! Und wie er dich immer anglotzt! Der soll aufhören, dich anzubaggern!«

»Aber das tut er doch gar nicht!« Sie hätte sich selbst ohrfeigen können für diese unverschämte Lüge. Was war sie bloß für ein skrupelloser Mensch geworden?

»Ach nein?«, echauffierte sich Robert. »Und was war das deiner Meinung nach gerade eben? Dieses Angesinge und dass du so schön bist?« Er hustete. Manchmal bekam er Asthma, wenn er sich zu sehr aufregte.

»Jetzt beruhig dich, Schatz«, sagte Maja und strich ihm besorgt über den Rücken. »Er hat vermutlich einfach zu viel getrunken und wollte nett sein!«

»Hmpf!«, machte Robert.

»Und du musst doch im Job noch mit ihm klarkommen«, schob Maja nach. »Ich mache dir erst mal einen Kräutertee!« Sie verschwand in der Küche und kam nach ein paar Minuten mit einem dampfenden Becher zurück.

»Ich weiß auch nicht, was da gerade in mich gefahren ist«, sagte Robert erschöpft und ließ sich aufs Sofa fallen. »Tut mir leid!«

»Schon gut! Am besten legst du dich einfach mal hin und schläfst eine Nacht drüber«, schlug Maja vor. »Und morgen entschuldigst du dich bei ihm.«

»O.k.«, brummte Robert kleinlaut. »Wird wohl das Beste sein.«

Er griff nach seinem Becher und erhob sich. »Ich gehe hoch – kommst du mit?«

»Ich komme gleich nach«, sagte Maja. »Ich habe Nala noch versprochen, sie anzurufen. Die hat irgendein Problem in ihrer WG.«

»Gut«, sagte Robert. »Bis gleich.«

Das Telefonat mit ihrer Tochter war eine weitere Lüge, die sie nur vortäuschte, um sicherzugehen, dass Robert eingeschlafen war, bevor sie sich neben ihn legte.

Ein Plan, der zu ihrer großen Erleichterung aufging.

Robert

Sein Ausfall gestern Abend war ihm immer noch unangenehm, als sie frühstückten. Zerknirscht versteckte er sich hinter seiner Zeitung und war dankbar, dass Maja das Thema nicht noch mal zur Sprache brachte.

»Wollen wir gleich zum Strand?«, fragte er, als Maja den Tisch abdeckte und er die Zeitung sorgfältig zusammenfaltete und neben seinen Teller legte.

»Das wird mir etwas zu knapp«, rief Maja aus der offenen Küche. »Beate kommt heute auf die Insel, ich bin um 12 in der Kupferkanne mit ihr verabredet. Willst du mit?«

»Um Himmels willen, nein!«, rief Robert, den ein Frauen-Kaffeekränzchen nun wirklich nicht reizte.

»Wieso ist sie denn überhaupt auf Sylt?«, fragte er erstaunt.

»Sie hat ein Gespräch in einer Galerie, die sie eventuell ausstellen möchte«, sagte Maja. Beate war – neben ihrem Beruf als Sozialpädagogin einer staatlichen Kita – Hobbymalerin, und ihre Werke verkauften sich mittlerweile mit beachtlichem Erfolg. Mehrere renommierte Hamburger und Berliner Galerien hatten sie schon ausgestellt. Eine Ausstellung auf Sylt bedeutete neue potenzielle Käufer und war deshalb sicher reizvoll für sie. Robert hatte sich allerdings noch nie für Beates Kunst interessiert.

»Verstehe«, brummte er. »Künstler müsste man sein.«

»Bist du doch auch!«, rief Maja fröhlich und eilte die Treppe hoch Richtung Dachgeschoss.

»Vergiss nicht, dass wir noch packen müssen!«, rief Robert ihr nach oben hinterher. »Ich wollte morgen früh spätestens um 8 Uhr am Shuttle sein!«

Als er hörte, wie Maja im Badezimmer die Dusche anstellte, beschloss er spontan, sich bei Bernd für den gestrigen Abend zu entschuldigen.

Unsicher stand er vor der Nachbarhaustür und klingelte. Ein verschlafener, verknitterter Bernd öffnete die Tür und rieb sich die Augen.

»Oh, hallo, Robert!«, sagte er verwundert.

»Hallo, Bernd!« Robert atmete tief ein und machte den Rücken gerade. Es kostete ihn einige Überwindung, den Satz zu sagen, den er nun mit zusammengebissenen Zähnen hervorpresste: »Ich möchte mich für gestern Abend entschuldigen. Ich weiß nicht, was in mich gefahren ist, aber das war grob unhöflich ...«

Er blickte scheu von seinen Füßen hoch in Bernds Augen.

»Ach so!«, lachte Bernd. »Schon vergessen, altes Haus!« Er schlug ihm freundschaftlich auf die Schulter. »Das war ja auch wirklich nervig von mir. Ich weiß ja, dass Tanzen nicht so dein Ding ist. Ich hatte wohl etwas zu viel getrunken. Tut mir ebenfalls leid!«

Sie standen betreten voreinander.

»Magst du reinkommen und einen Kaffee trinken?«, schlug Bernd vor.

»Nein danke, ich habe noch zu tun«, sagte Robert. »Wir sehen uns dann ja spätestens Montag auf der Arbeit.«

»Genau«, sagte Bernd. »Gute Rückfahrt, falls wir uns vorher nicht mehr sprechen.«

Das wäre geklärt, dachte er erleichtert, als er zurück ins Haus ging. Persönliche Differenzen im Job konnte er zurzeit gar nicht gebrauchen.

Er war heilfroh, wenn der Urlaub auf Sylt endlich zu Ende war. Irgendwie hatte er sich diesmal überhaupt nicht erholt.

Maja

Durch die offene Balkontür glitzerte silbrig schimmernd das Wattenmeer. Still und ruhig wie ein See lag es heute da, weil absolute Windflaute herrschte.

Bernd und Maja lagen nackt und verschwitzt auf einer Decke auf dem Boden und kamen gerade wieder zu Atem. Sie hatten im Arosa-Hotel in List spontan ein Zimmer gebucht, um ihre letzten gemeinsamen Stunden hier auf der Insel ungestört und entspannt auskosten zu können.

Die Luft, die durch die weit geöffneten Türen hereinkam, roch frisch und salzig, Möwen kreischten in der Luft.

Maja hatte Bernd gerade zum ersten Mal »einen geblasen« und zu ihrem großen Erstaunen sogar Freude daran gehabt. Sie hatte diese Praktik bislang immer verabscheut, heute aber plötzlich Lust gehabt, Bernd noch mal so richtig zu verwöhnen.

Immer wieder wunderte sie sich darüber, wie viel Spaß es ihr machte, seinen Körper zu erforschen und ihm Lust zu schenken. Das Feld der erotischen Exkursionen und Spielmöglichkeiten schien endlos: Tantra, Augen verbinden, fesseln, Slow Sex, das Kamasutra einmal rauf und runter –

Maja wollte alles mit ihm ausprobieren, was sie beide erregte.

Sie hatte bei ihm keine Hemmungen und konnte sich bedingungslos fallen lassen. Und sie liebte mittlerweile seinen kräftigen, kompakten Männerkörper, der so gut roch. Und seinen Penis auch.

Versonnen fuhr sie mit ihrem Zeigefinger die vitalen, deutlich unter der Haut hervortretenden Adern seiner muskulösen Arme ab, die sie so sexy fand, und strich über seine schlanken, feingliedrigen Finger und seine schön geformten Nägel. Gepflegte Hände waren ihr so wichtig, und Bernd hatte die schönsten Hände, die sie bei einem Mann je gesehen hatte ...

Der Zimmerservice klopfte, Maja wickelte sich ein Handtuch um den Körper, öffnete die Tür und nahm die zwei eiskalten Smoothies entgegen, die sie aus der »Vital-Bar« bestellt hatten.

Als Maja Bernd den Drink überreichte, fiel ihr Blick auf seine Armbanduhr, die – genau wie ihre Klamotten – auf dem Boden lag. Es war schon 14 Uhr!

»Wir müssen los!«, rief Maja erschrocken und eilte Richtung Bad.

Zusammen standen sie unter der herrlichen Regendusche, schäumten sich gegenseitig mit Duschgel ein und küssten sich zwischendurch leidenschaftlich.

»Wie geht es denn nun mit uns weiter?«, fragte Bernd, als er sich abtrocknete. »Die Vorstellung, dich erst mal nicht mehr zu sehen, ist unerträglich für mich!«

»Ich werde mit Robert sprechen, wenn wir zurück in

Hamburg sind«, rief Maja durch den surrenden Föhn, mit dem sie gerade ihre Frisur richtete. »Und dann ziehe ich vermutlich erst mal in Beates Gästezimmer, um etwas Abstand zu bekommen und die weiteren Schritte zu überlegen!« Ob sie das wirklich vorhatte und die Versprechen einlösen würde, die sie hier gerade gab, wusste sie gar nicht. Die Situation überforderte sie. Sie brauchte mehr Zeit – und die Aussicht auf Fortsetzung ihrer Affäre stellte Bernd zunächst zufrieden.

Maja wollte erst mal herausfinden, wie es sich anfühlte, zurück in Hamburg und ohne Bernd zu sein. Vielleicht würde sie ihn ja schnell vergessen und wieder zurück in ihr altes Leben finden, hoffte sie. Denn alles andere würde kompliziert und anstrengend werden – und sehr beängstigend.

»Dir ist hoffentlich klar, dass ich dich liebe, Maja«, sagte Bernd sehr ernst, nahm ihr Gesicht in beide Hände und küsste sie.

Maja nickte und schwieg. Das »Ich dich auch«, was jetzt eigentlich fällig gewesen wäre, konnte Maja nicht sagen. Noch nicht?

Robert

Natürlich war er verwundert, als er Beates Nummer auf seinem Display aufploppen sah. War Maja etwas passiert? Erschrocken drückte er auf den grünen Hörer.

»Hey, Mr Wonderful«, begrüßte Beate ihn launig. »Alles schön auf der Insel?«

»Ja«, sagte Robert etwas verwundert. Sie war doch selbst auf Sylt!

»Ich suche deine Gattin. Sie geht nicht an ihr Handy!«

»Moment«, stotterte Robert. »Habt ihr euch verpasst?«

»Verpasst? Nee, wieso?« Beate klang irritiert.

»Ich dachte, ihr seid in der Kupferkanne verabredet?« Nun war auch Robert irritiert.

»Kupferkanne?«, fragte Beate verständnislos. »Watt is datt denn?«

»Ein Café hier auf Sylt«, sagte Robert.

Schweigen am anderen Ende der Leitung.

»Bist du gar nicht auf Sylt?«, hakte er nach.

»Doch, doch!«, stammelte Beate und klang plötzlich sehr hektisch. »Aber das Treffen hab ich total vergessen!

Meine Güte, man wird aber auch nicht jünger. Ich rase sofort los! Danke, Robert!«

Sie legte auf.

»Was war das denn?« Ratlos ließ er sich auf einen der Esszimmerstühle fallen.

Ein schrecklicher Verdacht glomm in seinem Kopf auf. Mit zitternden Fingern wählte er Majas Nummer. Ihre Mobilbox ging dran.

Wie gut, dass sie nicht wusste, dass er vor ein paar Wochen heimlich ein Handy-Ortungsprogramm auf ihrem iPhone installiert hatte. Maja kannte sich in technischen Dingen nicht aus, deshalb versorgte Robert sie alle paar Jahre mit einem neuen Telefon über seinen Family-Vertrag. Und natürlich programmierte er es dann auch für sie. Zu der sogenannten »Wo ist?«-App, hatte ihm Arthur, sein Arzt-Freund, geraten: »Dann kannst du sehen, wo sie ist, falls sie mal in Not gerät! Hab ich bei meiner Frau auch gemacht!«

Robert aktivierte nun erstmals die App, die kurz darauf anzeigte, dass Maja sich im Lister Arosa-Hotel aufhielt.

Wahrscheinlich macht sie dort Wellness, weil Beate das Treffen vergessen hat, beruhigte er sich. Das Hotel hatte ja angeblich einen einmalig schönen Spa-Bereich. Aber eigentlich glaubte er sich selber nicht.

Was nützten jetzt auch Spekulationen? Kurz entschlossen sprang er ins Auto und fuhr nach List.

Er parkte direkt vor dem Eingang und hastete zum Empfang. »Hat hier eine Frau Maurer eingecheckt?«, fragte er und hoffte inständig, dass dem nicht so war.

»Nein, unter diesem Namen ist niemand eingebucht«,

sagte die freundliche Rezeptionistin nach einem Blick in ihren Computer.

»Vielleicht macht sie auch nur Wellness«, sagte Robert und hielt der Frau sein Handy mit einem Foto von Maja vor die Nase. »Haben Sie sie heute hier gesehen?«

»Tut mir leid, aber wir dürfen unsere Gäste aus Datenschutzgründen nicht bekannt geben«, sagte die blonde Frau und klang nun schon etwas weniger freundlich.

Robert fühlte Wut in sich aufsteigen.

»Also ist sie hier?«, schnaubte er.

»Das darf und kann ich Ihnen leider nicht sagen«, sagte die Rezeptionistin. »Entschuldigen Sie mich bitte kurz.« Sie verschwand in einen Nebenraum.

Aus Angst, die Angestellte könnte im Nebenraum den Direktor alarmieren, verließ Robert die Empfangshalle und stieg wieder in sein Auto. Ein Blick auf sein Handy verriet ihm, dass Maja immer noch im Hotel war.

Er parkte den SUV hinter einer Hecke mit Blick auf den Eingangsbereich, ließ das Fenster herunter und wartete.

Er war gerade dabei einzunicken, als Maja und Bernd aus dem Eingangsportal traten. Händchen haltend. Sie küssten sich innig, dann stieg Maja in ein wartendes Taxi, und Bernd ging zurück in die Lobby.

Robert war fassungslos. Sein Blut rauschte in den Magen, sein Gesicht war kalkweiß, sein Mund trocken. Er konnte kaum glauben, was er da gerade gesehen hatte, und rang nach Luft. Was sollte er jetzt machen? Ins Hotel stürmen und Bernd verprügeln – oder Maja hinterherfahren? Wie in Trance entschied er sich für Letzteres, startete das

Auto und verfolgte das Taxi, das offenbar zurück nach Wenningstedt fuhr.

In Roberts Kopf purzelte alles durcheinander, während er auf Autopilot dem Taxi folgte. Bernd und Maja! Seine Maja! Wie konnte sie nur? Und wie lange ging das schon? Warum hatte er nichts gemerkt? Wusste Karin Bescheid? Hatten ihn alle verarscht? Die Fragen überschlugen sich.

Das Taxi hielt eine Querstraße vor ihrem Haus. Maja stieg aus und ging zu Fuß zur Ferienwohnung.

Robert folgte ihr in großem Abstand und sah sie die Eingangstür aufschließen und ins Haus verschwinden. Er parkte das Auto und rang nach Luft. Ein schwerer Asthmaanfall bahnte sich an.

Maja

Sie war traurig, als sie im Taxi zurück nach Wenningstedt fuhr. Das war ihr vorerst letztes Treffen mit Bernd gewesen, und sie hatte keine Ahnung, wie es nun weitergehen sollte. Bisher war alles relativ einfach und leicht – ab jetzt würde es schwierig und zäh werden, verbunden mit jeder Menge Verletzungen, Verlusten, Kämpfen, Tränen und Komplikationen.

Oder sie sah Bernd einfach nie wieder, lebte ihr gewohntes Leben weiter und bewahrte das Geheimnis für immer in ihrem Herzen. Diese zwei Optionen hatte sie, aber keine davon schien ihr wirklich gangbar.

Robert war offenbar unterwegs, denn das Haus war leer, als sie zurückkam. Gedankenverloren setzte sie sich mit einem Glas Mineralwasser an den Küchentisch, als plötzlich mit einem lauten Knall die Eingangstür aufflog und Robert hereinstürmte. Maja erschrak so sehr, dass sie fast das Glas fallen ließ.

»Wie lange geht das schon?«, schrie Robert. Er schien vollkommen außer sich.

»Wie lange geht was?«, fragte Maja verständnislos.

»Deine Affäre mit Bernd!«

Maja war schockiert. Sie brachte kein Wort raus, starrte Robert nur mit offenem Mund an, der bebend vor ihr stand und mit asthmatischem Röcheln schwer ein- und ausatmete.

»Was?«, fragte sie wie durch Watte.

»Ich habe euch eben zusammen aus dem Arosa kommen sehen! Ihr habt euch geküsst!« Roberts Stimme überschlug sich.

»Äh ...« Maja war sprachlos vor Schock.

Robert rang rasselnd nach Luft. Seine Atemwege schienen stark verschleimt.

»Ich hole dir dein Asthmaspray!«, rief Maja, sprang auf und rannte die Treppen hoch ins Bad.

»WIE LANGE??«, schrie Robert ihr von unten nach.

Maja eilte polternd die Treppe wieder runter und hielt ihm den Inhalator hin.

»Seit wann das schon geht, will ich wissen!«, brüllte Robert und schlug mit der Faust auf den Tisch. Das Glas fiel um und lief aus.

Robert

Die Tanzszene gestern, Majas sexuelle Zurückweisungen, die ausbleibende Freude über den Ring und den Abend im »Il Ristorante«, ihr Strahlen in letzter Zeit – jetzt war ihm plötzlich alles klar. Und etwas in ihm explodierte! Die ganze Frustration und Demütigung der letzten Tage kulminierten in einem beispiellosen Wutausbruch. Wie glühend heiße Lava kroch es in ihm hoch.

»Seit wann??«, brüllte Robert noch mal und packte sie am Blusenkragen. Seine Augen funkelten vor Zorn, sein Mund war vollkommen verzerrt.

»Seit ein paar Tagen«, log Maja. Sie begann zu weinen, wie sie es immer tat, wenn ihr verbale Aggression entgegenschlug. »Es tut mir so leid …«, wimmerte sie.

Robert bekam keine Luft mehr. Die Wut schnürte ihm buchstäblich die Kehle ab. Er hielt sich den Inhalator vor den Mund und nahm einen tiefen Zug. Ihm wurde schwindelig. Er suchte Halt an der Stuhllehne, setzte sich zitternd und versuchte, ruhig durchzuatmen, um wieder Luft zu bekommen.

»Aber wie …?«, fragte Maja.

»Das ist doch jetzt vollkommen egal, Maja!«, sagte er heiser. »Ich weiß es eben.«

Er fühlte sich plötzlich sehr erschöpft.

»Warum hast du das getan? Warum hast du uns das angetan?«

Er starrte sie fragend an, stand auf und tigerte im Wohnzimmer auf und ab. »Ausgerechnet dieser fette Zwerg! Ich verstehe es nicht!«

»Er hat mir etwas gegeben, das mir fehlte«, sagte Maja leise und wischte sich mit dem Handrücken die Tränen von der Wange.

»So?«, zischte Robert scharf. »Was fehlte dir denn? Was denn?«

»Wertschätzung!«, rief Maja heulend.

»Aber ich habe dich doch wertgeschätzt!«, schrie Robert zurück. Er verstand die Welt nicht mehr. »Denk doch mal an den Ring!«

»Das meine ich nicht, Robert«, schluchzte Maja. »Es geht um Zärtlichkeit, Liebe und Aufmerksamkeit ...«

»Aber ich liebe dich doch!!«, schrie er so aufgebracht, dass sein Gesicht ganz rot wurde und die Augen hervortraten.

Maja nickte stumm. »Ich weiß ...«

»Bist du in ihn verliebt?«

Maja antwortete nicht.

»Bist du in ihn verliebt, Maja?« Er sah plötzlich ängstlich aus.

Maja schüttelte weinend den Kopf und schaute ihn an.

»Ich weiß es nicht«, flüsterte sie schließlich und blickte auf den Boden.

»Willst du mich etwa verlassen?« Er stellte die Frage so fassungslos, als würde ihm diese Möglichkeit erst jetzt klar werden.

Maja antwortete nicht.

»Was soll das heißen? Willst du tatsächlich gehen?« Er schwankte und hielt sich an der Stuhllehne fest.

Maja tat es in der Seele weh, den Mann, der immer zu ihr gehalten hatte, so zu verletzen. War es das wirklich wert? Was setzte sie hier alles aufs Spiel? Das Vertrauen zwischen ihr und Robert würde nie wieder so sein wie vorher. Die heilige Kugel absoluten Vertrauens zwischen ihnen hatte nun einen irreparablen Sprung.

»Liebst du mich nicht mehr?«, fragte Robert angsterfüllt und schluckte heftig. Er sah aus, als würde er gleich erschossen werden.

»Ich brauche etwas Zeit, Robert. Lass uns eine Weile getrennt wohnen. Ich ziehe erst mal ins Gästezimmer von Beate.«

»Wie bitte?« Erbost sprang er auf. »Das ist ja wohl das Allerletzte!«, schrie er. »Du möchtest ausziehen?«

Es verschlug ihm offenbar die Sprache. Kopfschüttelnd und mit aufgerissenen Augen lief er im Wohnzimmer auf und ab und kratzte sich dabei an den Händen.

»Wo ist er?«, brüllte er plötzlich.

»Wer?«

»Dein Deckhengst! Wo ist er jetzt?«

»Ich weiß es nicht!«

»Vermutlich noch im Hotel! Ich werde ihn schon finden!«

Außer sich vor Wut stürmte Robert aus dem Haus, um Bernd zu verprügeln, und schlug die Tür so heftig hinter sich zu, dass die Wände erzitterten. Maja hörte, wie er das Auto startete und mit quietschenden Reifen vom Parkplatz raste.

Hoffentlich ging das gut, betete sie.

Maja

Ging es nicht.

Fünf Minuten, nachdem Robert aus dem Haus gestürmt war, hörte Maja Sirenengeheul. Sie eilte aus dem Haus und sah die vielen Blaulichter schon von Weitem. In dunkelster Vorahnung und heilloser Panik rannte sie die Straße hinunter Richtung Hauptkreuzung und erkannte zu ihrem Entsetzen, dass Robert offenbar frontal in einen Linienbus gerast war.

Zitternd vor Angst kämpfte sie sich durch die Menschenmenge und sah ihn am Boden liegen, umringt von Rettungssanitätern. Alles war voller Glassplitter, sein Kopf war blutüberströmt, er war offenbar bewusstlos. Ein Notarzt intubierte ihn gerade.

»Ich bin seine Frau!«, rief Maja, kniete sich neben ihn und nahm seine blutende Hand in ihre. »Ich bin hier, Robert! Alles wird gut«, flüsterte sie ihm zu.

»Sie müssen bitte zur Seite gehen!«, wies ein Sanitäter sie scharf an. »Sonst können wir hier unsere Arbeit nicht machen!«

Maja stand auf. Sie zitterte am ganzen Körper und hatte

das Gefühl, gleich ohnmächtig zu werden, als plötzlich über ihnen ein ohrenbetäubendes Getöse zu hören war.

»Zur Seite! Bitte, machen Sie Platz!«, wiesen die Sanitäter die Menschenmenge an und schoben sie zurück. »Der Rettungshubschrauber landet hier gleich!«

Die Rotorblätter des Helikopters verursachten einen so heftigen Wind, als wäre plötzlich ein Orkan losgebrochen. Die Menschen stoben mit fliegenden Haaren auseinander, und die Maschine setzte langsam auf dem Asphalt auf.

Wie in Trance nahm Maja wahr, wie Ärzte mit Koffern aus dem Helikopter sprangen und sich hektisch an Robert zu schaffen machten. Sein Kopf wurde in eine Art Luftballon gesteckt, er wurde auf eine Bahre gelegt und flankiert von etlichen Maschinen zum Hubschrauber getragen.

Ferngesteuert lief Maja hinterher. »Ich bin seine Frau!«, schrie sie, nahm die Hand, die einer der Männer der Helikopterbesatzung ihr reichte, ließ sich in die Kabine ziehen, Kopfhörer aufsetzen und auf einen Klappsitz neben Roberts Bahre bugsieren. Der Helikopter hob ab.

»Wird er es schaffen?«, fragte sie brüllend einen der Männer, der ihre Frage aber nicht hören konnte, weil alle Kopfhörer trugen und der Lärm ohrenbetäubend war.

Das war die Strafe, dachte Maja. Die Rache für ihre Sünden! Wie konnte sie dem Mann, der jahrzehntelang treu an ihrer Seite gestanden hatte, dem Vater ihrer Kinder, das nur antun? Ihre Ehe kam ihr plötzlich so viel wichtiger vor als die sexuellen Ekstasen der letzten Tage.

Nein, beschloss sie. Sie würde jetzt einen radikalen U-Turn machen und zu Robert stehen! Was würden sonst auch ihre Kinder sagen? Die ganze Familie würde auseinanderbrechen! Sie weinte, als sie Roberts blutige, erschreckend kalte Hand hielt. Was hatte sie nur getan?

Sie schwor sich, Bernd nie mehr wiederzusehen.

Bernd

Sie hatten vereinbart, dass er eine Stunde nach ihr nach Hause kommen sollte, deshalb hatte er sich im herrlichen Außenpool des Arosa noch etwas die Zeit vertrieben und genüsslich die gerade erlebten Sinnesfreuden Revue passieren lassen. Mit ausgebreiteten Armen ließ er sich im türkisen Salzwasserbecken auf dem Rücken treiben, lauschte dem Rauschen des Dünengrases und sog den Duft der blühenden Heckenrosen ein. Was war das Leben doch herrlich!

Er würde Maja von Robert loseisen und die erste wirklich erfüllende Beziehung seines Lebens mit ihr führen. Vielleicht würden sie in eine andere Stadt ziehen – oder sogar in ein anderes Land, fantasierte er.

Auf dem Rückweg kurbelte er das Fenster vom Bulli herunter und ließ sich den Fahrtwind ins Gesicht wehen.

» ... just say yeah, yeah, yeah, yeah, yeah!«, schepperte es aus seinem Radio. Bernd sang lauthals mit und klopfte den Takt dazu auf dem Lenkrad. Ja, genau, er würde Maja heiraten!

Seine euphorische Stimmung schlug allerdings schlagartig um, als er vor Wenningstedt in einem langen Stau landete und auf der Kreuzung schließlich Roberts zerstörten

Wagen erkannte. Etwas Schreckliches musste passiert sein, ahnte er. Sein Magen krampfte sich zusammen, er drehte das Radio aus und versuchte angsterfüllt, Maja oder Robert auf dem Handy zu erreichen – vergeblich.

Er fuhr mit überhöhtem Tempo zum Ferienhaus, parkte den Bulli, sprang heraus und entdeckte auf dem Bürgersteig einen Mann, der konzentriert Richtung Kreuzung guckte. Er hatte ihn schon ein paarmal gesehen, er musste ein Nachbar sein. Mit nur mühsam unterdrückter Panik sprach er ihn an, sein Herz raste. »Entschuldigung, aber wissen Sie vielleicht, was da unten passiert ist?«

Er erfuhr, dass Robert verunglückt und Maja mit ihm im Rettungshubschrauber aufs Festland geflogen war. Erschüttert ging er zum Haus.

Karin saß vollkommen geschockt am Küchentisch, als er in die Tür trat. Offenbar hatte sie auf ihn gewartet. Sie war sehr blass.

»Schrecklich, oder?«, begrüßte sie ihn. »Ich habe die Sirenen gehört und bin runter zur Kreuzung gelaufen und habe gerade noch gesehen, wie Maja in den Hubschrauber gezogen wurde«, erzählte sie.

»Wie ist das bloß passiert?«, fragte Bernd fassungslos und ließ sich neben ihr auf einen Stuhl fallen.

»Ich glaube, sie haben gestritten«, sagte Karin. »Jedenfalls gab es vorher viel Lärm und Geschrei da drüben.«

»Hast du gehört, worüber?« Bernd griff sich die Mineralwasserflasche, die vor Karin stand, und pulte nervös am Etikett.

»Nein, ich war ja mitten in einer Telko«, schüttelte Karin den Kopf. »Ich bin nach oben gegangen, um mehr Ruhe zu haben.«

Sie schaute ihn entschuldigend an.

»Ich hab nur irgendwann die Tür scheppern und den Wagen wegfahren hören.«

»Aha«, Bernd dachte nach. Er hatte eine dumpfe Ahnung, was passiert sein könnte.

»Ich glaube, ich sollte dir etwas sagen, Karin«, brachte er schließlich heraus. Er schluckte hörbar und guckte sie ernst an.

»Ja?« Sie sah ihn fragend an.

Er räusperte sich.

»Ich habe mich in Maja verliebt, und ich vermute, dass das der Grund für den Streit war.«

»Nee, ne?«, rief sie entgeistert und sprang auf. »Das glaub ich jetzt nicht!«

»Es ist aber dennoch wahr …«, presste Bernd schuldbewusst hervor und schaute sie mit zerknautschter Stirn an.

»Na, das sind ja interessante Neuigkeiten!« Erstaunlich gefasst setzte Karin sich wieder hin.

»Und wann hattest du vor, mich in dein Gefühlsleben einzuweihen?«, fragte sie mit harter Stimme. »Wie lange spielst du schon ein doppeltes Spiel?«

»Jetzt chill mal«, versuchte er es mit übertriebener Lockerheit, erleichtert, dass Karin es offenbar gelassener nahm als befürchtet. »Wir führen doch eine offene Beziehung …«

»Ja, aber belogen zu werden, ist definitiv gegen die Spielregeln!« Jetzt sah sie doch etwas wütend aus.

»Und sich zu verlieben, erst recht! Das hättest du mir sagen müssen!«

Sie schaute ihn so ernst an, als würde sie eine Gerichtsverhandlung führen.

»Lügen ist leider ein absolutes No-Go für mich, Bernd. Wer mich belügt, mit dem ist es aus – menschlich und emotional!«

Bernd nickte. »Verstehe ...«

»Aber wir haben jetzt auch ganz andere Sorgen, mein Lieber! Willst du nicht mal versuchen rauszukriegen, in welche Klinik Robert geflogen worden ist? Ich finde, wir sollten da hinfahren und Maja beistehen!«

»Jaja, natürlich!«, sagte Bernd und war ihr sehr dankbar für ihren pragmatischen Aktionismus. Er fühlte sich immer noch wie gelähmt.

»Ich packe schon mal unsere Sachen«, sagte Karin und ging nach oben.

Hektisch versuchte er herauszufinden, wo der Hubschrauber gelandet war. Acht Telefonate später wusste er, dass man Robert ins Hamburger UKE geflogen hatte – und dass er auf der Intensivstation lag.

Genau in dem Moment, in dem Karin von oben »Ich bin fertig mit Packen! Hilfst du mir bitte, die Taschen runterzutragen?« rief, klingelte sein Handy.

Es war Maja! Sie konnte kaum sprechen, meldete sich weinend und schluchzend.

»Maja! Schatz!! Meine Güte, ist das schön, deine Stimme zu hören!« Er setzte sich auf das Wohnzimmersofa, seine Beine drohten wegzuknicken vor Erleichterung. »Was ist denn bloß passiert? Wo bist du?«

Ihm wurde ganz schlecht vor Sorge um sie.

»Es ist aus, Bernd«, sagte sie monoton und schnäuzte sich. »Ich will dich nie wiedersehen! Ich brauche jetzt alle Kraft für Robert.«

»Wird er durchkommen?«, ignorierte Bernd die Ansage.

»Das wissen die Ärzte noch nicht!« Klick! Freizeichen. Maja hatte aufgelegt.

Bernd saß wie versteinert auf dem Sofa. All das Adrenalin, das durch den Schock durch seinen Körper gerauscht war, verpuffte auf einmal. Er fühlte sich wie gelähmt. Und unendlich erschöpft.

»Schlechte Nachrichten?«, fragte Karin, die die Taschen inzwischen allein die Treppe hinuntergeschleppt hatte, besorgt.

»Robert liegt auf der Intensivstation«, stammelte Bernd. »In Hamburg!«

»Komm, dann fahren wir jetzt sofort los!«, ordnete Karin an. »Ich nehme den Bulli, und du kommst mit der Harley hinterher!«

Sie schleppte die Taschen aus der Tür in den Bulli und begann danach, die Lebensmittel in eine Kühlbox zu packen.

Der »Piep Piep«-Ton einer eingehenden SMS riss Bernd aus seiner Lethargie. Sie war von Maja: »Es wäre nett, wenn du unsere Koffer packen und nach Hamburg schicken könntest!«, stand da.

»Maja fragt, ob wir ihre Koffer packen und nach Hamburg schicken lassen können«, berichtete er Karin.

»Ach, Quatsch«, rief die resolute Karin. »Die nehmen wir gleich mit! Komm, wir gehen rüber und packen ihre Sachen zusammen!«

»Aber wir haben doch gar keinen Schlüssel!«, wandte Bernd ein.

»Ich glaube, die Terrassentür ist noch auf.«

Gemeinsam eilten sie in das Nachbarhaus und packten Roberts und Majas Koffer. Bernd war froh, dass Karin so vernünftig und cool blieb. Das war in dieser Situation in jeder Hinsicht hilfreich und erleichternd. Dennoch hatte er sich vermutlich genau deshalb in Maja verliebt, weil sie das genaue Gegenteil war. Sie war eine warme, absolut emotionale Frau, die ihren Gefühlen hilflos ausgeliefert war. Karin dagegen war rational und kühl und hatte sich fast immer unter Kontrolle.

Im Packen hielt Bernd plötzlich inne, schnupperte an einem T-Shirt von Maja und sog den Geruch ein. Wie sehr er ihren Duft liebte! Die Bilder und Emotionen der vergangenen Tage überschlugen sich in seinem Kopf, und er wunderte sich über die Tränen, die ihm plötzlich übers Gesicht liefen.

Der Piepton einer SMS riss ihn aus seiner Wehmut. Sie war wieder von Maja. »Komm bitte auf keinen Fall in die Klinik!«, stand da.

Maja

Robert war zum Glück schnell außer Lebensgefahr. Die Kopfverletzung stellte sich als doch nicht so dramatisch wie zunächst angenommen heraus, und Robert konnte nach drei Tagen aus dem künstlichen Koma geholt werden und die Intensivstation verlassen.

Weil er nicht angeschnallt gewesen war, hatte er sich allerdings etliche, zum Teil komplizierte Knochenbrüche zugezogen. Besonders dramatisch war die komplette Zersplitterung seines Kniegelenks. Er würde vermutlich nie wieder völlig schmerzfrei gehen können.

»Bleibst du bei mir?«, waren seine ersten Worte gewesen, als er aus dem Koma erwachte und Maja seine Hand hielt. Sie wusste nicht genau, ob er damit nur diesen Tag meinte und wissen wollte, ob sie noch etwas an seinem Bett sitzen bleiben würde – oder ob die Frage auf den Rest ihres gemeinsamen Lebens gemünzt war.

»Ja, natürlich, mein Schatz!«, sagte sie und streichelte ihm über die Stirn. »Es tut mir so leid!«

Robert nickte gnädig.

»Ich habe die Geschichte mit Bernd beendet. Ein für alle

Mal«, ergänzte Maja und gab ihm einen Kuss auf die Wange. »Und ich danke dem Himmel, dass du wieder da bist!«

»Gut«, murmelte Robert zufrieden und schlief wieder ein.

Maja war fest entschlossen, ihren Schwur einzuhalten und Vernunft und Verantwortung über Gefühl regieren zu lassen. Der Unfall würde ein Wendepunkt für einen neuen Beziehungsmodus sein.

Sie hatten vereinbart, ihren Kindern, die sofort angereist waren, nichts über den Grund des Unfalls zu erzählen. Es tat Maja gut, dass die beiden die ersten Tage nach dem Unfall bei ihr im Haus waren und dadurch nicht nur Robert, sondern auch ihr Beistand leisteten. Aber umso einsamer fühlte sie sich, als zuerst Milo zurück nach Paris und ein paar Tage später auch Nala zurück nach Frankfurt fuhr.

Jeden Tag verbrachte sie mehrere Stunden an Roberts Bett, brachte ihm selbst gekochte Mahlzeiten, Zeitungen oder frische Wäsche und hielt seine Hand. Ein vollkommen neuer Tagesablauf spielte sich ein: Nach dem Aufwachen und einem ersten Kaffee unternahm sie mit Mika einen langen Spaziergang an der Alster. Dann kaufte sie ein und kochte Roberts Essen, das sie anschließend transportfertig eintupperte.

Gegen Mittag brachte sie Mika in die Hunde-Kita, fuhr in die Klinik und blieb dort bis zum späten Nachmittag.

Auf dem Rückweg holte sie Mika wieder ab, unternahm einen weiteren ausgedehnten Spaziergang mit ihr, auf dem sie viel über Robert und sich nachdachte. Während die Hündin eifrig Enten jagte oder an den Markierungen ihrer Artgenossen schnüffelte, kamen Maja dabei oft nostalgische Bilder in den Kopf. Wie Robert bei der Geburt ihrer Kinder fast selbst kollabiert wäre ... wie er mit der kleinen Nala auf den Schultern im gleißend hellen Schnee Ski fuhr ... ihre Flitterwochen auf Mallorca, in denen sie einen Tauchkurs belegt hatten, bei dem Robert von einem tollwütigen Rochen attackiert worden war ... die Weihnachtsfeste unter der geschmückten Tanne ... Es waren so viele Jahre und so viele Erlebnisse, die sie verbanden – und nun hätte sie ihn um ein Haar fast verloren ...

Roberts so vertraute Macken und Eigenheiten kamen ihr in den Sinn: sein Räuspern, bevor er redete, die Art, wie er seine Hände knetete, sein leicht wieherndes Lachen, bei dem seine eigentlich tiefe Stimme sich stets ein paar Oktaven höher überschlug, sein seltsames Niesen, seine Antworten erst nach der dritten Nachfrage, wenn er Zeitung las – niemanden auf dieser Welt, außer ihren Kindern, kannte sie so gut wie ihn. Er war ihr Zuhause, und das stellte doch einen Wert dar? Oder nicht?

Wenn sie von ihren Spaziergängen voller Grübeln und Reue zurück nach Hause kam, aß sie eine Kleinigkeit, trank Wein und sah fern. Mika schlief dabei meist mit dem Kopf auf ihrem Schoß.

Es tat ihr gut, den warmen, wuscheligen Hundekopf zu kraulen und ihrem ruhigen, entspannten Schlaf-Atem-Rhythmus zu lauschen, während ihr immer wieder die Bilder der beiden Wochen auf Sylt durch den Kopf purzelten.

Um irgendwie durch die einsamen Nächte zu kommen, in denen sich Schuldgefühle ob ihres Betrugs und Roberts daraus resultierende seelische und körperliche Verletzungen und Zweifel, ob ihre Schlussfolgerungen aus dem Unfall wirklich richtig waren, regelmäßig einen harten Kampf lieferten, ließ sie Mika in ihrem Bett schlafen und genoss die tröstende Präsenz des großen warmen Hundekörpers, an dem sie sich festhalten konnte, wenn sie abwechselnd in Selbstvorwürfen oder Selbstmitleid versank.

Natürlich dachte sie noch oft an Bernd, und natürlich verspürte sie riesige Sehnsucht nach ihm. Auf der anderen Seite war er in ihrem Kopf unwiderruflich mit der Katastrophe des Unfalls verbunden und stand somit für Unglück. Wenn sie ihn nie wiedersah, davon war sie fest überzeugt, hätte sie das Unglück, das ihren Ehemann fast umgebracht und ihre Familie zerstört hätte, aus ihrem Leben verbannt.

Die langen Nachrichten, die Bernd ihr auf ihre Mailbox sprach, und die E-Mails und SMS, die er ihr schickte, hörte sie nicht ab und las sie nicht. Sie wollte weder in Versuchung geführt noch irritiert werden. Sie hatte sich derart in die Überzeugung hineingesteigert, dass er Unglück brachte, dass sie sämtliche Mitteilungen von ihm sofort ungelesen bzw. ungehört löschte.

Einmal hatte Bernd versucht, sie vor der Klinik abzufangen. Er musste über Stunden in der Kälte in seinem Auto auf sie gewartet haben und war aus der Tür gesprungen, als sie vorbeiging.

»Maja, warte doch mal!«, hatte er flehentlich gerufen, als

sie schnellen Schrittes und ohne ihm in die Augen zu blicken an ihm vorbeieilte.

»Ich muss mit dir reden! Gib mir nur eine Minute! Bitte!!«, hatte er gebettelt und versucht, sie festzuhalten. Doch sie hatte nur panisch den Kopf geschüttelt und sich losgerissen.

»Maja, bitte!« Er schlug die Autotür zu und lief hinter ihr her. Sie beschleunigte ihren Schritt.

»Maja, so warte doch bitte mal! BITTE!«, rief er verzweifelt.

Sie begann zu rennen.

»Maja!!«

Das letzte »Maja« hatte er geschrien und war schließlich stehen geblieben.

Maja war weitergerannt. Sie rannte und rannte, bis ihre Lungen brannten und sie keine Luft mehr bekam. Sie wollte nicht in Versuchung geführt werden. Wollte ihn nicht sehen, nicht mit ihm reden, weil sie wusste, dass dann etwas in ihr schmelzen würde. Und sie wollte Robert auf keinen Fall noch mal gefährden.

Sie merkte gar nicht, dass sie weinte, als sie ein paar Minuten später ihre Haustür aufschloss.

Zweimal hatte Bernd in der Woche danach noch an ihrer Haustür geklingelt, aber sie hatte sich versteckt und nicht geöffnet. Sie musste jetzt hart bleiben, so hart es auch war, wusste sie – sonst würde sie den Absprung nicht schaffen.

Bernd

Er konnte nicht fassen, dass Maja ihn tatsächlich unwiderruflich aus ihrem Leben geschmissen hatte. Was er auch versuchte – Briefe, E-Mails, spontane Besuche, Anrufe –, alles schmetterte sie ab. Mit nichts kam er durch bzw. an sie heran.

Die langen Briefe, die er ihr unter Tränen schrieb und in denen er versuchte, ihr klarzumachen, dass sie nicht schuld an Roberts Unfall war und folglich nicht ihr Leben lang dafür büßen müsse, kamen ungeöffnet zurück. »Return to sender«.

Er hatte ihr geschrieben und auch auf ihr Band gesprochen, dass er ohne sie nicht mehr leben könne – es blieb ungehört. Alles vergeblich!

Nach vier Wochen Verzweiflung und Kampf setzte eine Art Erstarrung bei ihm ein. Eine innere Lähmung und Vereisung, die dazu führten, dass sein spärlicher Haarkranz mehr und mehr ergraute. Auch essen konnte er kaum, wodurch er bereits merklich abgenommen hatte.

So konnte es nicht weitergehen, warnte ihn Karin eindringlich, mit der er nach der Trennung trotz ihrer Drohung, mit Lügnern nichts mehr zu tun haben zu wollen, freundschaftlich verbunden geblieben war. Er tat ihr leid, denn sie sah, wie sehr er litt und wie sehr Majas Weigerung, mit ihm in Kontakt zu treten, ihm wehtat. Er liebte sie offenbar tatsächlich – und das war etwas, das Karin durchaus respektierte.

»Du musst etwas tun, um Maja zu vergessen!«, forderte sie eines Abends, den Bernd wieder mal in Bier ertränkte, resolut. »Vielleicht in eine andere Stadt oder sogar in ein anderes Land ziehen«, schlug sie vor. »So kann es jedenfalls nicht weitergehen! Ich werde sicher nicht tatenlos zuschauen, wie du hier langsam an gebrochenem Herzen krepierst!«

So ganz verstand er seinen Zustand selbst nicht. Die Geschichte mit Maja war ja nur anderthalb Wochen gegangen. Aber diese neun Tage hatten irgendetwas in ihm verändert. Seine Haut war dünner als Pergament, sein Herz lag offen auf dem Tisch, und er kannte keinen Mechanismus, sich zu schützen. War das Liebe? Tat sie am Ende immer nichts als weh? War das der Preis, den man für ein paar glückliche Stunden zu zahlen hatte?

Warum ausgerechnet Maja?, fragte er sich immer wieder. Er hatte in seinem Leben viele tolle und attraktive Frauen kennengelernt – warum hatte ausgerechnet sie den Weg in sein Herz geschafft? Er hatte keine Antwort auf diese Fragen, fühlte aber, dass er die Tatsachen nicht ändern konnte. Liebe war offensichtlich unberechenbar und mystischen Mechanismen unterworfen.

Als klar war, dass Robert nach seiner Klinikentlassung wieder arbeiten würde, bat Bernd um Versetzung ins Ausland. Natürlich wollte er Robert nicht antun, ihm gegenüberstehen und das gemeinsame Projekt weiter durchziehen zu müssen. Und vielleicht hatte Karin ja auch recht: Vielleicht half ihm ein Ortswechsel, wieder zu sich zu kommen – und Maja zu vergessen.

Maja

Während der zwei Monate, die Robert in der Klinik verbringen musste und in denen er noch dreimal operiert wurde, redeten sie so viel miteinander wie in ihrer gesamten Ehe nicht. So kam es Maja jedenfalls vor.

Sie sprachen über die Träume, die sie mal hatten, die Wünsche und Ziele. Sie versuchten herauszufinden, wo sie in ihrer Beziehung falsch abgebogen waren und wann die Entfremdung eingesetzt hatte. Maja saß an Roberts Bett oder schob ihn im Rollstuhl durch den Park, während sie versuchten aufzuarbeiten, wie passieren konnte, was passiert war.

Natürlich wollte Robert zunächst genau wissen, ob Bernd besser im Bett war, was Maja sehr ärgerte. Immer wieder zwang er sie, explizit zu erzählen, wann und wo sie es wie gemacht hatten. »Ich muss es mir vorstellen können, sonst komme ich nie darüber hinweg«, lautete sein Argument.

Maja kam seiner Bitte zögernd nach, ließ aber mehr als die Hälfte aus und spielte die Leidenschaft stark herunter.

Während ihrer Berichte schwankte Robert stets zwischen Wut, Eifersucht und Märtyrertum. Es waren schwierige Tage.

Wie setzte man eine Beziehung auf Reset? Wie spulte man zum Anfang zurück? Wie belebte man Gefühle wieder, die längst schon erloschen waren? Wie begann ein Herz, nach einer emotionalen Versteinerung wieder in Liebe zu schlagen?

»Wir haben uns irgendwie verloren, Robert«, sagte sie eines Nachmittags, als sie ihn wieder mal im Rollstuhl durch den Park schob. »Ich möchte wieder dahin zurückkommen, wo wir begonnen haben.«

»Ich auch«, nickte er zustimmend.

»Aber das wird nicht leicht«, gab Maja zu bedenken.

»Es wird vermutlich genauso schwer, wie wieder laufen zu lernen«, sagte Robert mit Blick auf seine Beine. »Ein ähnlicher Prozess – nur psychisch.«

»Das hast du schön gesagt, mein Lieber«, fand Maja, zog seine Wolldecke zurecht und gab ihm einen Kuss auf sein Haar.

Zur Unterstützung ihres Wieder-Annäherungs-Prozesses hatte Maja in der Buchhandlung ein paar Ratgeber gekauft. »Lieben & Verzeihen: Wie sich Paare wiederfinden« oder »Die Liebe wiederfinden« lauteten die vielversprechenden Titel. Doch »Eine schon verloren geglaubte Liebe wiederzufinden, ist ein hartes Stück Arbeit, das einigen Mut erfordert«, warnten sie.

Die Basis für den Neustart ihrer Beziehung war, dass Robert ihr vergab. Aber konnte er ihr wirklich jemals verzeihen und die Tage auf Sylt vergessen?

Die Phase der Aufarbeitung war zäh und wut- und tränenreich, aber irgendwann vorbei – und die Pläne für die Zukunft, die sie irgendwann zu schmieden begannen, waren dagegen schon fast optimistisch.

Trotz Mika an ihrer Seite schlief Maja sehr schlecht in dieser Zeit. Sie fühlte sich innerlich seltsam zerrupft, hatte kaum Appetit, nahm deswegen stark ab und bekam zusehends mehr graue Haare.

»Du musst besser für dich sorgen, Maja!«, sagte Robert eines Tages. »Du darfst dich nicht nur um mich kümmern und dich selbst so vernachlässigen!« Er meinte es liebevoll, schaute sie dabei zärtlich an und streichelte ihre Hand.

Maja stiegen die Tränen in die Augen, denn in diesem Moment wurde ihr klar, wie brutal sie sich selbst bestrafte. Sie gab sich die alleinige Schuld daran, dass Robert im Krankenhaus lag – und deshalb durfte es ihr auch nicht gut gehen.

»Du hast keine Schuld«, versicherte er ihr mehrfach. »Ich habe das Auto gefahren, nicht du!« Aber durch diese edlen Worte, die sie entlasten sollten, fühlte sie sich noch schlechter. Robert war ein guter Mensch, verzieh ihr sogar, dass sie ihn fast umgebracht hatte – und sie hatte ihn betrogen. Schlechter als sie konnte man ja gar nicht sein!

Robert zuliebe meldete sie sich dennoch beim Friseur an und achtete wieder mehr darauf, regelmäßig und gesund zu essen. Aber das tat sie nur für ihn, damit er sich nicht beunruhigte und noch mehr Stress hatte, nicht für sich selbst.

»Ich weiß nicht, ob es dich interessiert, aber Bernd hat

sich ins Ausland versetzen lassen«, erzählte Robert ihr irgendwann.

»Huch?«, fragte sie überrascht. »Wohin denn?«

»Nach Argentinien!«

Vielleicht war es das Beste so, dachte sie. Für Robert ganz sicher, weil er seinen verhassten Kollegen dann nicht mehr sehen, geschweige denn mit ihm zusammenarbeiten musste – aber vermutlich auch für sie, denn so war er dann wenigstens wirklich endgültig aus ihrem Leben verschwunden.

Maja

Anfang Oktober wurde Robert aus der Klinik entlassen und zog mit Rollstuhl und Krücken wieder zu Hause ein. Und er kehrte auch ins Berufsleben zurück.

Maja fuhr ihn morgens zur Arbeit, lud seinen Rollstuhl ein und wieder aus und holte ihn abends wieder ab, um ihn zur täglichen Physiotherapie zu begleiten. Ihr Leben drehte sich nur noch um ihn und seine Gesundung, ein Umstand, der sie beständig mehr zermürbte.

Beate hatte ihr neulich kräftig die Leviten gelesen und ihr eingebläut, dass es jetzt auch mal gut sei mit dem Büßergewand. Sie könne den psychischen und physischen Verfall ihrer Freundin nicht mehr mitansehen, die Abwärtsspirale müsse jetzt endlich mal gestoppt werden.

»Wir müssen etwas ändern, Robert! So wie es momentan läuft, kann es für mich nicht weitergehen«, eröffnete Maja ihm deshalb beim Abendbrot, als er nach ein paar Wochen wieder in der Lage war, auf Krücken zu gehen und selbstständig zur Arbeit und zur Physio zu fahren.

»Wie meinst du das?«, fragte Robert kauend und pikste eine Tomate auf seine Gabel.

»Vielleicht sollte ich wieder arbeiten, ich hänge doch sonst nur den ganzen Tag sinnlos im Haus rum.«

»Ja gut, wenn du meinst! Aber finanziell ist es nicht nötig!« Er sah leicht gekränkt aus.

»Aber psychisch!«, warf Maja ein.

In den nächsten Tagen versuchte sie, an ihren ursprünglichen Beruf anzuknüpfen und als Illustratorin wieder Fuß zu fassen. Aber erstens war sie viel zu lange raus, und zweitens existierte der Großteil ihrer alten Kontakte und Auftraggeber nicht mehr. Die Verlags- und Zeitungsbranche hatte sich zudem stark verändert. Das meiste wurde nun am Computer gemacht – und damit kannte Maja sich nicht aus. Sie bekam ein paar kleinere Gnadenaufträge, die aber bei Weitem nicht reichten. Nicht zum Leben und schon gar nicht zur Stärkung ihres zusammengekrachten Selbstbewusstseins.

Das Arbeitsamt bot ihr eine Grafik-Computer-Schulung an. Motiviert begann Maja den Kurs, aber als sie feststellte, dass ihre Gruppe fast ausschließlich aus Zwanzigjährigen bestand, gab sie resigniert auf. Wenn die schon keinen Job hatten bzw. ihren wollten – wie sollte sie, die zwanzig Jahre älter war, es dann schaffen?

Beate versuchte erfolglos, sie zu einer Yogalehrer-Ausbildung zu überreden. »Oder mach was Soziales!«, schlug sie vor. »Engagier dich in der Flüchtlingshilfe oder bei Greenpeace! Anderen zu helfen, soll auch einem selbst sehr guttun!«

»Aber ich helfe doch schon den ganzen Tag«, wandte Maja ein.

»Wem denn?«

»Na, Robert!«

»Da hast du natürlich recht«, gab Beate zu.

Der nette Herr vom Arbeitsamt bestand darauf, dass sie sich die angebotenen Jobs als Verkäuferin wenigstens mal anschaute.

Das tat sie auch und nahm schließlich einen Halbtagsjob in einem Nobel-Schuhladen an. Nun wühlte sie nachmittags also immer in Schuhkartons und half reichen Frauen, ihre Füße mit 600-Euro-Tretern zu bekleiden. Der Job tat ihr trotzdem gut, denn es war entschieden wohltuender, unter Menschen zu sein und sich ein bisschen unterhalten zu können, als allein in dem leeren Haus rumzuhängen und auf Roberts Heimkehr zu warten.

Es war nicht zu leugnen, dass sie in eine depressive Phase rutschte. Irgendwie schien die Farbe mehr und mehr aus ihrem Leben zu schwinden. Nichts machte ihr wirklich Spaß. Nichts machte sie wirklich zufrieden. Alles war grau und trist, das lag vielleicht auch am Herbst und dem nahenden Winter. Die Tage wurden kürzer und dunkler – und genauso fühlte es sich auch in ihr an: immer dunkler!

Sie musste sich eingestehen, dass die Ehe mit Robert sie einfach überhaupt nicht mehr erfüllte – erst recht nicht, nachdem sie in den zwei kurzen Wochen auf Sylt erfahren hatte, wie freudvoll und ekstatisch das Leben sein konnte.

»Baby, I'll try to love again, but I know: The first cut ist the deepest« – sogar Cat Stevens war offenbar daran gescheitert, aber Maja versuchte trotzdem, verzweifelt und wirklich ambitioniert,

ihre Gefühle zu Robert wieder aufleben zu lassen. Doch in der Asche ihrer Liebe fand sich noch nicht mal Glut, die zumindest eine kleine Flamme gespeist hätte. Sie empfand einfach nicht mehr als Mitleid und tiefe Verbundenheit für ihn und suchte schließlich Rat bei einer Paartherapeutin.

Es brauchte einige Überredungskunst, aber dann erklärte Robert sich bereit, mitzukommen und mitzumachen.

Optimistisch gingen sie zur ersten Beratungsstunde, in der sie erfuhren, wie wichtig Sex – und damit Nähe und Intimität – für eine funktionierende Beziehung sei. »Ohne dieses Bindeglied ist praktisch jede Beziehung früher oder später zum Scheitern verurteilt«, so das harte Urteil der hornbebrillten Psychologin.

»Ja, aber es gibt doch auch wunderbar funktionierende platonische Beziehungen«, wandte Robert ein.

»Eine Zeit lang kann das gut gehen«, bestätigte die Therapeutin. »Aber Sexualität ist nun mal eine sehr starke Kraft und zudem ein Urtrieb. Früher oder später wird einer der Partner seine Befriedigung woanders suchen – und dann ist er weg!«

Maja schaute betreten zu Boden, Robert räusperte sich. Sie hatten vereinbart, der Fachfrau nichts von Majas Affäre zu erzählen.

»Ich musste das selbst schmerzhaft erfahren«, gestand Frau Dr. Breitner. Eine im Grunde viel zu intime Information, die Robert und Maja kommentarlos und peinlich berührt zur Kenntnis nahmen.

»Aber es gibt eine Lösung!«, strahlte die Psychologin und verordnete ihnen, mindestens zweimal die Woche miteinander zu schlafen, egal, ob sie Lust dazu hatten oder nicht. Die Lust würde dann früher oder später automatisch zurückkehren nach dem Motto: Der Appetit kommt beim Essen!

»Beobachten Sie Ihren Partner mal genau«, riet die Fachfrau ihnen. »Was finden Sie an ihm oder ihr körperlich anziehend? Wie war das in der ersten Zeit Ihrer Beziehung? Was fanden Sie damals am anderen begehrenswert? Ihre Stimme, seinen Hintern oder Bauch, bestimmte Blicke? Wie ist das heute?«

Maja und Robert schauten sich ratlos an, und es war an ihren Blicken abzulesen, dass sie verzweifelt versuchten, etwas Erotisches am anderen auszumachen.

»Ich würde Ihnen und Ihrem Mann empfehlen, möglichst offen über Sexualität zu sprechen, und auch über sexuelle Wünsche und Ängste«, gab die Expertin ihnen mit auf den Weg ins eheliche Bett.

Der erzwungene Sex war eine Katastrophe – zumindest für Maja! Nach der langen Zeit der Flaute wussten sie zunächst gar nicht, wie sie beginnen sollten. Das »erste Mal« war total verkrampft und rational initiiert, und da Robert ihr derart vertraut war, fühlte es sich für Maja an, als müsse sie mit ihrem Bruder schlafen.

Der »Akt« funktionierte sowieso nur mit Hilfsmitteln: Robert gestand Maja seine Erektionsprobleme und nahm deshalb eine Stunde vorher eine Viagratablette ein, und Maja brauchte Gleitgel, weil sie – mangels Vorspiel – überhaupt nicht erregt war und dementsprechend auch nicht feucht wurde.

Mehrmals versuchte sie, Roberts Hand zu führen und ihm die Bewegungen zu zeigen, die sie mochte. Aber erstens fühlte er sich dadurch gekränkt, zweitens befehligt, und drittens machte er trotzdem alles falsch.

Er bewegte sich – Maja musste es sich leider eingestehen – äußerst ungeschickt und hatte überhaupt kein Gespür für sie, ihre Lust oder ihre Bedürfnisse.

Er weigerte sich, seinen Pyjama auszuziehen, weil ihm sonst kalt würde – und wollte auch keinen anderen Ort als das Bett ausprobieren, wegen seiner Bandscheibe.

Überhaupt ließ er es nur ungerne zu, dass sie die Führung übernahm. Er konnte sich nicht fallen lassen, wollte in jedem Fall die Kontrolle behalten. Das schien Maja eher ein psychisches Problem denn ein sexuelles, aber eine Therapie hätte er nie begonnen.

Sie war verzweifelt, denn jetzt, wo sie dank Bernd wusste, wie schön »es« sein konnte, erschien ihr Roberts Performance umso dilettantischer.

Als sie in Woche vier den achten, anstrengenden Akt durchführten, bekam Robert einen Wutanfall, weil er es nicht schaffte, sie zum Höhepunkt zu bringen.

»Ich verstehe es nicht!«, rief er aufgebracht. »Was ist denn bloß mit dir los? Du warst doch früher auch zufrieden?« Verzweifelt schaltete er die Nachttischlampe ein und setzte sich auf.

»Es liegt wahrscheinlich an den Wechseljahren«, versuchte Maja zu deeskalieren. Früher wusste ich auch noch nicht, wie schön es sein kann, dachte sie heimlich. Es stimmte, früher hatte sie gerne mit Robert geschlafen, aber nur, weil sie sich ihm dann nahe gefühlt hatte. Ekstatisch war es nie gewesen, aber sie hatte die körperliche Intimität gebraucht, um sich mit ihm zu verbinden.

»Oder bist du jetzt frigide geworden? So macht es mir jedenfalls auch keinen Spaß!« Beleidigt zog Robert seine Pyjamahose hoch, und drehte sich auf die Seite und schaltete das Licht wieder aus.

Maja lag noch lange wach und fragte sich, wie es bloß so weit mit ihnen hatte kommen können, wie es jetzt war. Ihre Ehe war eindeutig in eine Sackgasse geraten, aus der sie offenbar nicht mehr rauskamen.

Aus Rache dafür, dass Maja sexuell nicht seinen Vorstellungen entsprechend funktionierte, begann Robert wieder damit, Maja indirekt Schuldgefühle einzuimpfen, indem er verstärkt hinkte und dabei schmerzgeplagt ächzte.

Um seinem Schauspiel ein Ende zu machen, begann Maja ein eigenes und fing an, ihm Orgasmen vorzutäuschen. Seine Stimmung stieg, aber sie selbst zerbrach fast daran

Um welchen Preis rettete sie hier eigentlich gerade ihre Ehe bzw. Roberts Seelenheil?

Was war mit ihr?

»Versuchen Sie alles, aber seien Sie auch ehrlich zu sich selbst, wenn Sie feststellen sollten, dass der erotische Zug mit Ihrem Mann abgefahren ist«, hatte die Psychologin ihr in ihrer Paarsitzung zugeraunt.

Sollte das jetzt die nächsten 30 Jahre so weitergehen? Obwohl Maja fest entschlossen gewesen war, sich ihr Eheglück mit allen Mitteln und aller Kraft zurückzuerkämpfen, gab es mehr und mehr Tage, an denen sie sich eingestand, dass ein Sieg offenbar aussichtslos war. Sie war einfach nicht glücklich.

Hatte der Zug eine Notbremse?

Maja

Weihnachten stand vor der Tür. Lichterketten schmückten die Straßen, dekorierte Tannenbäume funkelten in fast jeder Wohnung, und die üblichen Weihnachtssongs dudelten als Dauerbeschallung überall rauf und runter. Der Duft von Lebkuchen und Zimtsternen, Mistelzweige über den Türrahmen, Kerzenlicht und erwartungsvolle Kindergesichter.

Maja nahm all dies wie durch Watte wahr, obwohl sie Weihnachten immer geliebt und zelebriert hatte. Dieses Jahr allerdings hatte sie weder Lust, Kekse zu backen, noch Geschenke zu kaufen oder Weihnachtskarten zu schreiben.

Heiligabend kamen ihre Eltern, Schwiegereltern und Kinder zu Besuch, und es wurde – wie jedes Jahr – »heile Großfamilie« zelebriert.

»Du lieber Himmel, siehst du schlecht aus, Kind!«, rief ihre Mutter allerdings diesmal besorgt, kaum dass sie in die Tür getreten war. »Bist du krank?«

»Nein, nur todunglücklich!«, hätte Maja am liebsten gerufen, aber das hätte stundenlange Erklärungen erforderlich gemacht. Und ihre Mutter würde ihr ja letztlich auch nicht helfen können.

»Das sind die Wechseljahre, Mutti«, log sie deshalb, und Erika nickte verständnisvoll.

Als Maja in der Küche die obligatorische Gans aus dem Ofen holte, erklang Mariah Careys Kultsong »All I want for Christmas is you« aus dem Radio. Und plötzlich und vollkommen unerwartet stach der Gedanke an Bernd wie ein Messer in ihren Bauch und fühlte sich so schmerzhaft an, dass sie fast die Gans fallen ließ.

Es musste etwas passieren, beschloss Maja. So konnte es nicht weitergehen. So ging sie vor die Hunde!

Nachdem die Familie nach dem zweiten Weihnachtstag wieder abgereist war, schüttete Maja auf einem langen Alsterspaziergang Beate ihr Herz aus. Sie hatten sich bei Bobby Reich auf dem Alsteranleger in die Sonne gesetzt und schlürften heißen Kakao mit Sahne. Mika saß neben ihnen und erbettelte mit unwiderstehlichen flehenden Blicken erfolgreich kleine Portionen von Majas Schlagsahne.

Maja erzählte von ihrem immer stärker werdenden Unglücklichsein und ihrer Verzweiflung darüber, dass sie nicht dagegen ankam. Dass sie nicht in der Lage war, ihre Ehe zu retten und ein glückliches Leben zu führen, obwohl sie doch eigentlich alles hatte.

»Das Leben hält sich selten an Pläne, Schnucki«, sagte Beate, lächelte sie liebevoll an und strich sich eine vorwitzige Strähne ihrer grauen Krissellocken hinters Ohr.

»Warum stellst du dich nicht endlich der Tatsache, dass zwischen Robert und dir nichts mehr zu retten ist?«

»Weil ich ihm das nicht antun kann!«, rief Maja verzweifelt.

»Auf welchem Planeten lebst du eigentlich?«, platzte Beate der Kragen. »Ehen scheitern auch mal, Hase! Das ist ganz normal!«

Maja starrte stumm auf die Tischplatte.

»Hallo?? Ist jemand zu Hause??« Beate wedelte theatralisch mit der Hand vor Majas Augen herum.

»Aber ich habe Robert fast umgebracht!«, sagte sie schließlich.

»Ja und?«, rief Beate empört aus. »Und als Wiedergutmachung bringst du dich jetzt selbst langsam um, oder was?« Sie schüttelte aufgebracht den Kopf.

»Du willst es ihm nicht antun zu leiden – aber dir schon?« Beate nahm ihre Sonnenbrille ab und schaute Maja ernst in die Augen. »Jetzt hör mir mal gut zu, meine Liebe: Du sitzt das Ganze ja quasi wie eine Gefängnisstrafe ab! Wie eine Strafe für ein Verbrechen, das du gar nicht begangen hast. Bist du eigentlich bescheuert?«

Sie schlug mit der flachen Hand auf den Tisch, sodass der Kakao in den Bechern fast überschwappte.

»Aber ich HABE ihn doch betrogen!«

»Das ja, meine Liebe, okay«, gab Beate zu. »Aber du bist sicher nicht schuld an seinem Unfall und an seinem körperlichen Zustand – das musst du jetzt endlich mal kapieren! Du bist nicht schuld daran, dass er cholerisch veranlagt und mit vollkommen überhöhtem Tempo auf die Kreuzung gerast ist!«

Maja nickte und versenkte ihren Blick am Boden ihres Kakaobechers.

»Und deshalb musst du dafür auch nicht bestraft werden! Verstanden?«

Maja zeigte keine Reaktion.

»Maja!!«, rief Beate scharf. »Hast du mich verstanden?? Du hast dir Lebenslänglich dafür gegeben – begnadige dich doch endlich mal selbst!«

Maja schaute sie hilflos an.

»Oder ziehst du heimlich irgendeinen Lustgewinn aus der Maso-Show, die du hier seit einem halben Jahr mit dir veranstaltest?«

»Nein«, schüttelte Maja den Kopf. »Bestimmt nicht.«

»Dann steh doch endlich für dich ein, und hör auf damit!«

Maja nestelte nervös am Griff ihres Kakaobechers.

»Noch mal 30 Jahre – das ist doppelt so lange, wie ihr jetzt verheiratet seid, und noch etwas mehr!«, konstatierte Beate entsetzt. »Bist du denn wahnsinnig, dir das anzutun?«

Maja guckte erstaunt.

»Und ihm?«

Maja schaute Beate fragend an.

»Im Grunde bestrafst du auch ihn, wenn du ihn nicht verlässt«, sagte Beate.

»Warum das denn?«

»Weil du ihm dadurch die Chance nimmst, glücklich zu

werden. Er hat eine Frau verdient, die ihn wirklich liebt und begehrt. Und das tust du nicht!«

»Stimmt ...«

»Wenn du ihn freigibst, habt ihr beide die Möglichkeit für einen Neustart, der euch beide glücklicher machen kann«, beschloss Beate und lehnte sich zufrieden zurück.

»Hmmm ...«, Maja grübelte. »Und wovon soll ich deiner Meinung nach leben, falls ich mich von Robert trennen würde? Du weißt doch, dass ich noch nicht mal genug verdiene, um irgendeine Miete zahlen zu können ...«

»Schon mal was von Zugewinngemeinschaft gehört, du Naivchen?«, fragte Beate kopfschüttelnd. »Robert hat während eurer Ehe Karriere gemacht und dabei reichlich Kohle und Sachwerte angehäuft. Mach dir mal um dein finanzielles Auskommen keine Sorgen!«

»27 Jahre Ehe schmeißt man nicht einfach so weg, Beate!«, sagte Maja leise und fixierte ein Segelboot, das in der Ferne über das glitzernde Wasser schwebte. »Die Kinder würden mir eine Scheidung nie verzeihen!«

»Die sind erwachsen, Hase«, sagte Beate. »Die werden das mit Sicherheit verkraften!«

Maja schaute skeptisch.

»Du musst dich ja auch gar nicht gleich scheiden lassen ... Nimm dir doch einfach erst mal eine Auszeit!«, schlug Beate vor.

»Bernd fehlt mir so«, brach es plötzlich aus Maja heraus, und sie schaute Beate so unsicher an, als hätte sie ihr gerade gestanden, regelmäßig ihren Hund zu verprügeln.

»Klar fehlt er dir«, sagte Beate und streichelte ihr über

die Wange. »Hast du denn tatsächlich nie wieder mit ihm gesprochen?«

»Nein!«, sagte Maja empört. »Natürlich nicht!«

»Dann machst du das jetzt sofort!«, entschied Beate resolut. »Sonst gehst du mir hier noch ein! Kontakte ihn! Das ist keine Empfehlung, sondern ein Befehl! Sonst rede ich nie wieder ein Wort mit dir!

»Das ist Erpressung!«, lächelte Maja.

»Klar, aber dich muss man ja anscheinend auch zu deinem Glück zwingen«, rechtfertigte sich Beate.

Drei Tage später versuchte Maja tatsächlich, mit Bernd Kontakt aufzunehmen, und schickte ihm nach langem Zögern eine SMS, an der sie ewig herumformuliert hatte: »Lieber Bernd. Mir fehlen die Worte für alles – aber ich kann dich einfach nicht vergessen! Bitte, melde dich noch mal. M.«

Die SMS ging nicht raus. Unzustellbar.

Nachdem Maja es etwa noch hundertmal versucht und die Tatsache endlich akzeptiert hatte, nahm sie all ihren Mut zusammen und wählte seine Nummer. »Teilnehmer unbekannt«, erklang es aus ihrem iPhone.

Auch die E-Mail kam als »Mailer-Daemon«, also als Fehlermeldung, zurück.

Sollte sie versuchen, Karin ausfindig zu machen? Sich bei Roberts Arbeitsstelle nach ihm zu erkundigen war jedenfalls tabu.

Weil sie nicht wusste, was sie tun sollte, unternahm sie einfach gar nichts und versuchte zu akzeptieren, dass Bernd wohl für immer aus ihrem Leben verschwunden war.

Es waren langsame und langwierige Auflösungsprozesse, die Maja durchlief. Natürlich konnte sie sich nach fast 30 gemeinsamen Jahren ein Leben ohne Robert gar nicht vorstellen, ohne ihre Familie, die bislang immer der Hauptsinn ihres Daseins gewesen war. Massive Existenzängste stiegen in ihr hoch. Würde sie dann für immer allein bleiben? Würde sie Hartz 4 beantragen müssen? Würde sie in psychischer und physischer Verelendung enden? Und was würde aus Robert werden? Würde er es überhaupt überstehen, wenn sie ihn verließ?

Um sich all diesen Fragen nicht stellen zu müssen, schob sie eine Entscheidung immer weiter und immer wieder vor sich her – zur großen Verzweiflung ihrer Freundin Beate. Aber die hatte ja auch gut reden! Sie hatte sich noch nie über wirklich lange Zeiträume fest gebunden. Und sie war beruflich erfolgreich und dadurch selbstständig und finanziell unabhängig – im Gegensatz zu Maja ...

Immerhin ging der Winter allmählich vorbei. Die Tage wurden wieder länger, die ersten Schneeglöckchen und Osterglocken blühten auf.

Maja setzte sich bei ihren Alsterspaziergängen mit Mika nun oft auf eine Bank am Wasser und genoss die Frühlingssonne in ihrem Gesicht. Vielleicht würde mit den steigenden Temperaturen ja alles wieder besser werden, hoffte sie.

Die Sex-Versuche mit Robert hatte sie mit der Begründung »Menopausenbeschwerden« eingestellt und für die kommenden drei Monate einen Körperlichkeits-Stopp gefordert. Er hatte widerstandslos akzeptiert und schien sogar fast erleichtert darüber.

»It's too late, baby now, it's too late
Though we really did try to make it,
Somethin' inside has died, and I can't hide,
And I just can't fake it«

Der alte Carole-King-Song traf den aktuellen Status quo ihrer Ehe punktgenau.

Maja

Mitte Februar bekam Robert die Zusage für eine vierwöchige Reha auf Sylt und begann den Aufenthalt Anfang März, da aufgrund einer Stornierung überraschend schnell ein Platz für ihn frei geworden war.

Er reiste zunächst ohne Maja an, aber am ersten Wochenende fuhr Maja ihm nach, um ihn in der Reha zu besuchen. Sie hatte sich mit Mika im Wenningstedter Hotel Lindner eingebucht, das traumhaft an der Kurpromenade und damit quasi direkt am Meer lag, und freute sich auf lange Strandspaziergänge. Sie hoffte, dass der frische Wind ihr den Kopf durchpusten und Klarheit über ihren künftigen Lebensweg verschaffen würde.

Robert war natürlich mit seinem geliebten SUV gefahren, obwohl er ihn während der Kur gar nicht brauchte, deshalb musste Maja mit der Bahn hinterherkommen, was mit einem riesigen Hund, dem enge, überfüllte Abteile absolut nicht geheuer waren, nicht ganz einfach war.

Umso erleichterter war sie, als sie endlich in Westerland aus dem Zug stiegen und sich im Taxi zum Hotel fahren ließen. Es war schon später Nachmittag, regnete in Strömen und wurde langsam dunkel. Maja schaute aus dem Autofenster und war trotzdem seltsam glücklich, wieder auf der Insel zu sein, die gerade aus dem Winterschlaf erwachte.

Maja gab ihren Koffer in der Lobby ab und drehte vor dem Einchecken noch eine dringend nötige Gassirunde mit Mika, bevor sie ihre Koffer auspackte. Weil sie die Hündin, die ja gerade erst die aufregende Zugfahrt überstanden hatte, nicht sofort wieder allein auf dem Zimmer lassen wollte, verschob sie ihren Besuch bei Robert auf den nächsten Tag.

Von der Hunderunde komplett durchnässt und durchgefroren, nahm sie ein heißes Bad, bestellte sich das Abendessen aufs Zimmer und verbrachte den Rest des Abends vor dem Fernseher im herrlich bequemen Hotelbett.

Der nächste Morgen weckte sie mit strahlendem Sonnenschein, und sie beschloss, nach dem Frühstück einen langen Spaziergang zu machen, bevor sie zu Robert fuhr.

Sie schlenderte über die noch leere Promenade und genoss den Ausblick auf den Strand, die Dünenlandschaft und die herrlich wilde Brandung. Der Geruch von Salz und Heckenrosen lag in der Luft.

Alles erinnerte sie an die rauschenden Tage und Stunden mit Bernd. Auf der Promenade hatten sie Eis gegessen, in der Surfschule hatten sie den Schnupperkurs gebucht – und in den Dünen hatten sie sich geliebt.

Maja stieg die Treppe zum hölzernen Dünenpfad nach Kampen hoch, der oben auf dem Kliff entlangführte, und stellte sich auf die Aussichtsplattform. Tränen schossen ihr in die Augen. Wie unglaublich glücklich sie im letzten Jahr hier gewesen war! Kaum aushaltbar schmerzhaft wurde ihr klar, dass sie etwas einmalig Schönes für immer verloren hatte. Sie begann zu weinen.

Nach Trost suchend, griff sie nach unten, um Mika den Kopf zu kraulen – und fasste ins Leere! Die Hündin war weg! Erschrocken schaute Maja sich um, scannte die Dünenlandschaft ab und entdeckte Mika schließlich unten am Strand. Sie tollte ausgelassen mit einem Mann herum, sprang immer wieder an ihm hoch und balgte sich mit ihm im Sand. Sie hörte den Mann lachen und Mika freudig bellen.

Und plötzlich stellte sich das Bild scharf: Der Mann war Bernd!! Ganz dünn geworden und mit grauen Haaren. Aber braun gebrannt – und ganz eindeutig Bernd!

Fassungslos rannte Maja die Treppen hinunter zum Strand und lief atemlos auf die beiden zu.

»Bernd!!!«, schrie sie schon von Weitem. »Was machst du denn hier?« Sie war komplett entgeistert.

Auch Bernd erkannte sie nun, erstarrte augenblicklich und war unfähig, sich zu bewegen.

»Maja?«, fragte er vorsichtig, während sie näher kam. »Bist du das wirklich?«

Sie standen voreinander und konnten die Anwesenheit des anderen nicht fassen. Bernd streichelte schließlich ihre Wange und nahm sie zärtlich in den Arm.

»Ich bin überglücklich, dich zu sehen«, flüsterte er mit brüchiger Stimme in ihr Ohr.

»Ich auch«, wisperte sie zurück.

Ganz vorsichtig lösten sie sich voneinander und sahen sich so ehrfürchtig an, als wären sie zerbrechliche Wunder. Wie Papierkunstwerke, die gleich bei einem heranziehenden Regenschauer in sich zusammenzufallen drohten, wie Eisskulpturen, die bei zu viel Sonne schmelzen könnten, wie ein vorbildlich aufgegangener Hefeteig, der in sich zusammenstürzte, wenn er plötzlich kalter Luft ausgesetzt wurde.

Lange, sehr lange schauten sie sich wortlos in die Augen, während Mika um sie herumtobte.

»Das ist Mika?«, fragte Bernd schließlich.

»Das weißt du noch?«

»Ich weiß noch alles!«

Es kam wie eine Flutwelle. Bernd!! Ihr Bernd. Maja fiel erneut in seine Arme und sog so gierig seinen Geruch ein wie ein Verdurstender das Wasser. Sie zog ihn zu sich heran und küsste ihn leidenschaftlich.

Er erwiderte den Kuss, der ewig dauerte. »Wow! Das hast du eindeutig nicht verlernt!«, sagte er schmunzelnd, als sie sich nach einer gefühlten Ewigkeit voneinander lösten.

»Jetzt sag, was machst du hier?«, bohrte Maja.

»Ich musste letzte Woche beruflich nach Deutschland und hatte dieses Wochenende frei«, erklärte er. »Mein Therapeut hat mir geraten, noch mal an den Ort der Geschehnisse zu fahren, um die Begegnung mit dir zu verarbeiten und mit dir abzuschließen.«

Er machte eine Pause.

»Aber ich kann es nicht, Maja!« Er schaute sie verzweifelt an. »Ich kann dich einfach nicht vergessen!«

»Du machst eine Therapie?«, fragte sie erstaunt.

»Natürlich, wie soll ich denn sonst jemals über dich hinwegkommen?«

»Gar nicht mehr!«, lachte Maja, nahm ihn an der Hand und zog ihn hinter sich her Richtung Treppe.

In Majas Hotelzimmer berührten und küssten sie sich so behutsam, als könnten sie ihr Glück kaum fassen und als hätten sie Angst, die Seifenblase könnte jeden Moment wieder zerplatzen.

Aber schließlich wurden sie doch von ihrer Leidenschaft füreinander übermannt, und ihre Körper verschlangen sich so gierig und raubtierartig hungrig ineinander, als würden sie sich gegenseitig am liebsten auffressen.

Hinterher lagen sie nackt, erschöpft und schweißgebadet auf dem Bett. Überglücklich.

»Jetzt lass ich dich nie wieder los!«, schwor Bernd atemlos.

»Sollst du auch nicht!«, lächelte Maja und küsste seine Stirn.

»Unser Wiedersehen hier ist ja wohl absolut schicksalhaft«, fand sie. »Dem muss man sich fügen.«

»Das sehe ich genauso! Danke, Universum!«, rief Bernd und faltete dabei wie zum Gebet die Hände.

»Was hältst du davon, wenn wir den Bauernhof meiner Eltern in Stralsund übernehmen?«, fragte er plötzlich, stand auf und holte zwei Flaschen Bier aus der Minibar.

»Wie bitte??«, fragte Maja entgeistert.

»Wir könnten den Hof meiner Eltern übernehmen«, wiederholte er. »Sie können ihn nicht mehr bewirtschaften und möchten in eine kleine Wohnung umziehen.«

»Und dann?« Maja setzte sich interessiert auf.

»Stellen wir um auf Bio – das boomt im Moment total! Du kochst Marmelade, verkaufst Salat …«

»Und du beackerst die Äcker?«, lachte Maja.

»Genau! Und ein paar Tiere könnten wir auch noch halten!«

»Und Mika!« Maja klatschte begeistert in die Hände.

»Selbstverständlich«, sagte Bernd, küsste Maja und kraulte die Hündin, die vor dem Bett schlief, liebevoll hinter den Ohren.

Maja

Bei ihrem Besuch in der Rehaklinik hatte Maja Robert mitgeteilt, dass sie einige gravierende Entscheidungen bezüglich ihrer Zukunft gefällt habe, die sie ihm gerne in Ruhe mitteilen würde.

Robert war einverstanden, und Maja sah ihm an, dass er schon ahnte, worum es gehen würde.

Sie verabredeten sich für den nächsten Abend zum Essen, und Maja reservierte einen Tisch in der Sansibar, um dem Ende ihrer Ehe einen würdigen Rahmen zu geben.

»Bevor wir sprechen, möchte ich, dass du dieses Lied anhörst, Robert«, forderte Maja, nachdem sie einen Aperitif getrunken hatten, und zeigte auf ihr Handy. Robert zog verwundert die Augenbrauen hoch, friemelte sich dann aber folgsam seine AirPods in die Ohren. Maja drückte auf Start.

Der alte tieftraurige Gordon-Lightfoot-Song *If you could read my mind*, in dem ein Mann seiner Frau gesteht, dass er sie nicht mehr liebt, erklang:

»I don't know where we went wrong

But the feeling's gone
And I just can't get it back«

Robert nickte stumm, als der Song zu Ende war. Seine Augen schimmerten feucht. Langsam nahm er die Kopfhörer wieder aus den Ohren.

»Ich werde dich verlassen, Robert!«

»Ich weiß!«

»Aber nicht wegen einem anderen Mann, sondern weil ich nicht mehr glücklich bin. Weil WIR uns nicht mehr glücklich machen, sondern nur noch festhalten.«

»Ja.«

In diesem Moment klingelte sein Handy.

»Geh doch ran!«

»Ach, nein ...«, sagte er und drehte die Display-Seite auf die Tischplatte, damit Maja nicht erkennen konnte, wer der Anrufer war.

»Wer ist es denn?«

»Ach, nur so eine Frau, die ich in der Rehaklinik kennengelernt habe ...«, sagte Robert betont verharmlosend. »Nicht wichtig.«

Er war seltsam verlegen. Maja kannte ihn zu gut. Sie wusste, was das bedeutete, und lächelte belustigt in sich hinein. Er würde sicher schnell wieder unterkommen, ihr gut aussehender Gatte. Da brauchte sie sich wohl keine Sorgen zu machen.

Beschwingt und sehr erleichtert verließ sie das Restaurant und schlenderte den Schotterweg hinunter zum Parkplatz, auf dem Bernd vor seinem Leihwagen stehend auf sie wartete.

»Na, wie ist es gelaufen?«, fragte er ängstlich, als sie näher kam.

»Ich bin frei!«, strahlte Maja.

Bernd stieß einen Jubelschrei aus, nahm sie in den Arm und ließ sie sehr lange nicht mehr los.

Ende

Epilog

Drei Jahre später …

Die Hochzeitsfeier von Maja und Bernd war ein rauschendes Fest. Maja hatte sich eine lange weiße Tafel im blühenden Garten gewünscht – wie in französischen Filmen.

Ihre Kinder, Robert und seine neue Frau Valerie, Beate und ihr aktueller Tinder-Lover, Karin, ihre und Bernds Eltern sowie etliche Nachbarn und Freunde waren gekommen. Die Stimmung war ausgelassen bei Tanz, Musik und Wein.

Nach der Trauung beim Standesamt hatte Bernd sie im Bauernhof über die Schwelle getragen und ihr »Willkommen in Ihrem neuen Leben, Frau Simon!« ins Ohr geflüstert.

Doch der Weg in ihr neues Leben war lang gewesen:

Noch während Roberts Reha-Aufenthalt hatte sie in Hamburg ihre Sachen gepackt und war zu Beate gezogen, während Bernd in Argentinien seine Zelte abbrach und nach Deutschland zurückkehrte.

Als er zurück war, zogen sie zusammen auf den elterlichen Bauernhof in Klein Damitz, einem winzigen Dorf vor

Stralsund. Das Gehöft lag wunderschön und traumhaft idyllisch zwischen einem See und der Ostseeküste.

Den Heiratsantrag hatte Bernd ihr vier Monate nach ihrer »Wiedervereinigung« gemacht: An einem heißen Tag im Juli hatte er sie zu einem Überraschungstrip eingeladen, sie auf dem kleinen Ostseeflughafen Stralsund-Barth in eine Cessna gesetzt und ihr die Augen verbunden. Sie hatte es schon geahnt, war aber dennoch überrascht, als sie in Westerland landeten.

Auf der Wenningstedter Promenade hatte Bernd das »Eissorten-Ratespiel« mit ihr wiederholt, bei dem sie sich im vergangenen Sommer angenähert hatten. Sie musste wieder die Augen schließen und raten, welche Eissorte Bernd ihr in den Mund schob. Beim dritten Test hatte Maja durch die süße gefrorene Leckerei einen Ring erspürt. Er war wunderschön. Aus Roségold mit einem hellgrünen Peridotstein.

»Den habe ich selbst geschmiedet!«, strahlte Bernd. »Und der Stein bringt Glück, sagt mein Juwelen-Dealer!«

Fasziniert hatte Maja das kleine Kunstwerk betrachtet, das an ihrem Finger funkelte, als Bernd einen Gettoblaster angeschmissen und begonnen hatte, lauthals die Karaoke-Version von »Marry you« von Bruno Mars anzustimmen. Da er eine brüllend komische Tanzeinlage dazu einstudiert hatte, bildete sich schnell eine interessierte Menschenmenge, und Maja wurde knallrot vor Verlegenheit und Lachkrämpfen.

»Don't say no, no, no, no, no
Just say yeah, yeah, yeah, yeah, yeah«

Am Ende des Songs hatte sich Bernd formvollendet vor ihr niedergekniet und sie laut durch das Mikro gefragt, ob sie seine Frau werden wolle.

»Ja, nichts will ich mehr!«, hatte sie unter Freudentränen mit erstickter Stimme hervorgebracht, und er hatte laut jubelnd »Hurra!« geschrien, sie hochgehoben und sich drehend in seinen Armen geschwenkt. Die Menge hatte gejohlt, applaudiert und gratuliert.

Es folgte eine vorgezogene »Hochzeitsnacht« am Ellenbogen, in einem gemieteten Bulli, den Bernd von innen mit Blumen und Herzen ausgeschmückt hatte.

Ein halbes Jahr hatten sie noch mit seinen Eltern zusammen auf dem Bauernhof gelebt. Nachdem die ausgezogen waren, begannen sie, den Hof von Grund auf zu sanieren und zu renovieren und den Betrieb langsam auf Bio umzustellen.

Sie hatten etliche Tiere und mittlerweile vier Hunde, denn Mika war ungeplant vom Nachbarsrüden, einem bildhübschen schwarzen Hovawart, gedeckt worden und hatte 14 Welpen bekommen. In zwei davon hatten sie sich derart verliebt, dass sie sie einfach behielten.

Maja hatte gelernt, Kühe, Ziegen und Schafe zu melken, Käse und Marmelade herzustellen, ein Hochbeet für Kräuter anzulegen, Gemüse auszusäen und den Hühnern ihre Eier zu entwenden.

Bernd renaturierte im Gegenzug die Ackerflächen und

baute Kartoffeln, Kohl, Mais an und organisierte die nötigen Prüfungen und Zertifikate.

Die Scheidung von Robert verlief zum Glück unkompliziert, da auch er wieder heiraten wollte, und bescherte Maja ein sechsstelliges Plus auf ihrem Konto.

Zunächst lief es etwas schleppend, aber nach und nach spülte der Betrieb so viel Geld in die Kasse, dass sie gut davon leben konnten und ihr Angebot um einen kleinen Hofladen und Online-Handel erweiterten.

Die oftmals harte Arbeit befriedigte Maja total. Sie genoss es, mit ihrer Hände Arbeit etwas zu erschaffen, zu reparieren und zu verarbeiten. Sie fühlte sich vollkommen erfüllt, weil diese Arbeit in ihren Augen Sinn machte: Sie versorgten Tiere und stellten gesunde Lebensmittel her, die wiederum Menschen versorgten. Ein Kreislauf, der Maja absolut sinnvoll erschien.

Und nun feierten sie Hochzeit, an einem Sommerabend im Juli. Es war noch 25 Grad warm, und das Fest war im vollen Gange.

»Danke, dass du dich von mir getrennt hast«, sagte Robert plötzlich und stieß sein Glas an ihres. Maja pausierte gerade neben der Tanzfläche und hatte ihn gar nicht kommen hören.

»Wie bitte?«, fragte sie verblüfft.

»Du weißt schon, was ich meine, mein Ex-Engel!« Er zwinkerte ihr zu. »Danke, dass du uns 20 bis 30 frustrierte, verbitterte Jahre erspart und neues Glück ermöglicht hast!«

»Echt jetzt?«, fragte Maja ungläubig.

»Ja, aus vollem Herzen!«, lachte er.

Valerie, seine neue junge Frau, umarmte ihn von hinten. »Ich danke dir auch!«

Die Klänge zu Al Greens groovigem Dancefloor-Kracher »Love is a beautiful thing« ertönten, und Bernd, der nun endlich auch offiziell ihr Mann war, zog sie auf die Tanzfläche.

»One to one, you and me
Maybe it's our destiny
Love is a beautiful thing«

»Siehst du, Schnucki?«, sagte Beate, küsste Maja beim Tanzen auf die Wange und legte den Arm um sie. »Es ist nie zu spät, das Ruder rumzureißen und Kurs Richtung Glück zu nehmen!«

»Ich hab' ein zärtliches Gefühl für jeden Menschen,
wenn er nur vollkommen wehrlos lieben kann.«

Herman van Veen

Danksagung

Ich danke ...

... meiner Mutter Gisela für ihre niemals endende Unterstützung und Liebe – und für die erfolgreiche Saat von sprudelnder Kreativität in unseren Kinderseelen

... meinen Schwestern Julia und Lara für ihre Liebe

... der »anderen« Claudia für Wärme, Weitsicht, Wellness und Witze

... meinem Vater Klaus für Stärke, das »Immer-nach-den-Sternen-greifen«-Gen und Liebe

... Lini-Bini für ständiges Entzücken und Dauergrinsen in meinem Gesicht. Kein Kind ist hübscher, smarter, intelligenter – und charmanter. Vor allem hat kein anderes Mädchen grünere Augen. ☺

... Pauline, dafür, dass sie ihr weiches Wuschelfell stets bereitwillig für meine Streichelattacken hergibt, ihre wunderschönen orange-braunen Bernsteinaugen, ihr hundertprozentiges Gespür für meine Stimmungen, ihre unvergleichliche Treue, ihren elvisartigen Hüftschwung beim Spazierengehen und ihr beruhigend ruhiges Atmen nachts vor dem Sofa

... meiner Cousine Kerstin für Lob und Lachen

... meinen Tanten Frauke und Barbara dafür, dass sie meine geliebten Tanten sind

... meiner geliebten Oma Annemarie

... meinen Cousinen und Cousins Anja, Jan, Stefan und Nina und deren »besseren Hälften« Christian, Viola, Heike, Olli und Ingo – einfach fürs Da-Sein

... meinen toughen coolen Cousinen väterlicherseits: Juliane und Franziska

... den zahlreichen Nichten und Neffen »um die Ecke« – Ben, Maria-Fee, Theresa, Antonia, Alena, Julian, Tom, Laurin und Julian No. 2 – genauso

... Susanna für Freundschaft, Fairness, Großzügigkeit und Unterstützung

... Veronika und Friedhelm für Liebe, Wärme, Respekt, Großzügigkeit, Humor – und ihr wirklich absolut wundervolles Kind

... meinen Schwestern Katharina, Alexandra und Friederike und deren Kinderhorden

... meinen Freundinnen Karen, Nicole, Astrid, Julie, Kerstin O. und Katja

... Karina L. für kommende Bestseller. Wir sind ein Winning Team wie die Beatles!

... der großartigen Regina Först, genialste Speakerin ever und Herzensfreundin

... meiner Agentin Meike Herrmann für feinfühliges Verständnis auch zwischen den Zeilen, Unterstützung, Motivation und ihr tolles Management

... Heinke Hager für mögliche Verfilmungen

... allen anderen Mitarbeitern der Agentur Graf für ihren großartigen Support

... Claudia Winkler vom Ullstein Verlag fürs unbeirrbare und erfolgreiche »An-mich-Glauben« und die wie immer inspirierende und produktive Zusammenarbeit

... Ingola Lammers wieder mal für das tolle, unkomplizierte Lektorat

... meiner Anwältin Annette Kleine-Cosack und der Kanzlei Spangenberg und Sickmüller (www.spsls.de) für ihre stets äußerst kompetente und super-professionelle Beratung in allen Rechtsfragen

... dem fantastischen Notar Gerd Lange in Hannover für Humor, Rat, Geduld, Schnelligkeit und eindrucksvolle Kompetenz (www. kanzlei-gerdlange.de)

... Jörg Auf dem Hövel von Rock Lobster Webdesign (www.rocklobsterweb.de) für die Gestaltung und Wartung meiner website www.claudiathesenfitz.de

... Marina und André vom Kino Nordlicht, für ihr tolles werbe-unabhängiges Programm, Freundlichkeit und Freundschaft! www.kino-nordlicht.de

... Elke Wenning für die tollen Lesungen im Kursaal Hoch 3

... Sandra Übel für die Paulinen-Betreuung, als es in der entscheidenden Schreibphase am nötigsten war

... Urte und Hjarn für die vielen tollen Stunden mit Cleo und Pauli in meinem Garten

... Sylt, für deine ganz besondere Magie, das grüne Meer, die wilde Brandung und das Glück, das ich jedes Mal verspüre, wenn ich deinen Boden betrete.